KB153086

신여성을 스토리텔링하다

– 나혜석, 김일엽, 김명순, 윤심덕 –

신여성을 스토리텔링하다

나혜석, 김일엽, 김명순, 윤심덕

유진월 지음

평민사

서문

신여성을 스토리텔링하다

백 년 전 식민지라는 참담한 현실에서 아이러니하게도 근대라는 신문명이 유입되었다. 그 새로운 물결 안에서 자아의 주체 세우기를 통한 개인의 탄생이 이루어졌고 신여성이라는 신인류가 등장했다. 이 땅에서 가장 먼저 '여자도 인간'이라는 의식을 가졌던 신여성들에게 당대의 사회는 동의와 격려 대신 날선 비난을 퍼부었다. 가부장제와 남성 중심적인 봉건주의 사회에서 좁고 어려운 길을 헤치고 나아간 1세대 여성 작가들은 그 삶의 궤적을 글로 남겼다. 그 글을 통해 오히려 오늘날에 와서야 더욱 공감되는 여러 가지 문제들에 대해서 고민하고 발언한 그들의 실천적 삶을 만나게 된다.

'배운 여자'라고 요약할 수 있는 이 신여성들의 삶은 역사적으로 볼 때 '최초'라는 수식어로 기념되는 영광의 길이었으며 동시에 아무도 간 적이 없는 고난의 길이었다. 선진적인 의식을 가진 한 개인으로서 그들은 완고하고도 거대한 봉건의 벽에 용감하게 도전하고 마침내 산산조각 부서져 내렸다. 그 삶의 결말은 세상 사람들이 보기에는 비참한 최후였으나 그 죽음은 아무것도 허용되지 않는 세상에서 온몸으로 저항하고 최선을 다했던 삶의 역설적인 승리였다. 그래서 그들의 죽음은 절대로 패배가 아니고, 세상에 진 것도 아니다. 스스로 선택한 나다운 길을 끝까지 걸어가서 마침내 도달한 '나의 완성'이었다.

이 책은 그동안 신여성들에 관해 써온 글들 중의 일부이다. 제목에 '스토리텔링'을 넣은 것은 첫째, 나 자신이 항상 신여성들의 삶을 작품화하고 싶은 생각을 하고 있는 작가로서 그들의 삶을 기본적으로 스토리텔링의 관점에서 바라보기 때문이다. 둘째, 신여성들은 그들이 남긴 작품에서 자신의 삶을 반영하거나 재구축하면서 스토리텔링을 구현하고 있다는 점에 주목하기 때문이다. 셋째, 현대의 작가들이 그들을 소재로 한 작품을 지속적으로 창조하고 있는 현실에서 그 작품을 구현하는 스토리텔링 방식을 분석하고자 했기 때문이다.

1990년대 중반 박사논문을 쓰면서 나혜석의 〈파리의 그 여자〉(1935)라는 희곡을 만난 이후 신여성 연구자가 된 나는 연구 논문을 쓰는 한편 희곡 〈불꽃의 여자 나혜석〉(2000)을 쓰고 공연함으로써 나혜석의 부활을 꿈꾸었다. 이 책의 1부는 나혜석을 향해 나아가는 과정에서 쓴 다양한 글들이다.

2부에는 김일엽, 김명순, 윤심덕에 관한 글과 당시 큰 영향을 주었던 서구 연애론에 관한 글을 실었다. 나혜석과 함께 신여성의 쌍두마차였던 김일엽은 언어를 독점한 남성 문화 권력자들에 대항해서 여성만의 힘으로 만드는 잡지 《신여자》(1920)를 창간했다. 그 선진적 의지에 대한 존경을 담아 그 잡지와 거기 실린 여성들의 작품을 연구한 결과 『김일엽의 〈신여자〉 연구』(2006)라는 책을 출간했다. 김일엽이 여성 잡지인이 되어 스스로 많은 글을 쓰는 동시에 당시 여성들의 의식화된 글을 집대성하고자 한 뜻깊은 일의 의미와 가치에 대해서 쓴 논문들은 그 책에 실려 있다.

반면 이 책에는 진보적인 여성운동가에서 비구니로 전향한 김일엽의 사랑과 인생을 불교의 관점에서 이해하려 한 글을 실었다. 신여성에서 비구니로 옮겨간 김일엽이 마치 변절자처럼 여겨졌던 시절이 있었는데 이 글을 쓰는 과정에서 완전히 달라 보였던 그 두 개의 길이 '참 나'를 찾아가는 불교적 구도의 과정에서는 오히려 하나임을 깨닫게 되었다.

젊은 시절 생의 화려한 절정을 경험했던 나혜석이나 김일엽과 달리, 첩의 딸이자 나쁜 피를 대물림한 여자라는 잔인하고도 무례한 낙인으로 평생을 고통 속에 살다간 김명순은 사후에도 주목받지 못했다. 나혜석과 김일엽에 대한 연구가 축적되는 동안 소외되었던 김명순에 대한 연구가 이제 비로소 시작되고 있다. 이 책에는 희곡 〈의붓자식〉(1923)을 쓴 김명순을 '최초의 여성 극작가'로 자리매김하고 김명순 희곡의 특성을 분석한 글을 실었다.

신기하게도 1896년 같은 해에 태어나 같은 시기에 활동했기에 1세대 여성작가로 묶이는 이 세 사람은 자신의 사상과 감정을 솔직하게 피력한 많은 글을 남겨놓았다. 그러나 김우진과의 동반자살과 '사의 찬미'로 유명한 윤심덕은 성악가였기에 글을 전혀 남기지 않았고 그런 연유로 여전히 풍문과 스캔들의 인물로 남아있다. 삶과 죽음이 매우 극적이기도 하고 작가적 입장에서는 상상력의 여지가 많이 남아있기도 해서 가장 많이 작품화되었다. 연극, 영화, 뮤지컬, 드라마, 오페라 등 여러 극장르를 통해 소환된 윤심덕과 각 작품들의 스토리텔링을 비교 분석한 글을 실었다.

근대는 연애의 시대였다. 근대를 수용하면서 여러 가지 변화에 대한 욕구가 있었으나 식민지 지식인들이 참여할 수 있는 영역은 거의 없었다. 유일하게 실천할 수 있는 분야는 바로 연애였다. 주체적 자아와 자유로운 존재로서 개인의 탄생은 자유연애로 이어졌고 그것은 배우지 못한 구식여성인 아내와의 이혼과 조혼타파, 그리고 신여성과의 재혼으로 이어졌다. 그 과정에서 지극히 사적인 영역으로서의 연애는 근대 엘리트 지식인의 의미 있는 실천으로 공적인 의미를 갖게 되었다. 당시 이들의 연애를 뒷받침한 서구 연애론의 유입과 수용에 대한 글을 싣는 것으로 책을 마무리했다.

이 땅에서 여성으로 산다는 것에 대한 많은 질문들의 답을 찾는 과정에서 자연스럽게 백 년 전에 나와 같은 길을 걸어갔던 신여성들을 만나게 되었다. 그들에 관해 더 많이 연구하고 더 좋은 작품을 쓰고 더 널리 알려야 한다는 생각과 달리 실천은 늘 부족하게 느껴졌다. 이제 신여성들에게 이 책을 소박한 꽃다발로 바친다.

여전히 갈 길이 멀다고 느껴지는 오늘, 우산도 없이 신발도 없이 그저 얇은 저고리를 입고 눈 쌓인 길을 헤치며 나아간 그들의 발자국을 따라 묵묵히 걸어갈 생각도 다시금 해본다. 벼락을 맞아 죽든지 진흙에 미끄러져 망신을 당하든지 미끄러져 머리가 터지든지 한 걸음도 밟지 못하고 자빠지든지 하여튼 나가보려 한다는 나혜석의 외침이 아련히 들려오는 듯하다.

2021년 봄
다시 한 걸음을 시작하며
유진월

목차

1부

· · · · · · · · · ·

1장
최초의 여성화가
나혜석의 탈주 욕망과 헤테로토피아

2장
파리의 그 여자, 이국적 공간과 신여성의 사랑

3장
나혜석의 남편으로 산다는 것

4장
이혼 전후, 여성의 권리를 주장하다

5장
나혜석이라는 캐릭터와 스토리텔링

1장

최초의 여성화가 나혜석의
탈주욕망과 헤테로토피아

탐험하는 자가 없으면
그 길은 영원히 못 갈 것이오

나혜석(1896~1948)은 최초의 여성 화가이자 작가이며 페미니스트였다. 나혜석을 근대로 향해가는 격동기 조선에서 문제적 위치에 처해 있었던 경계인이라 보고 지금/여기가 아닌 다른 곳에 대한 동경을 가지고 있었던 나혜석의 탈주욕망과 공간과의 상관성을 고찰하였다. 나혜석의 삶은 당시의 보통 사람들의 경우와는 큰 차이가 있었고, 그 진보적인 이념을 기반으로 하여 생산된 예술과 용감한 행동의 추동력이 남다른 공간의 체험을 통해서 발현되었다. 신여성 나혜석의 진보적 활동은 이질적인 공간이 충돌하는 접점에서 경계를 밟고 서 있던 경계인이라는 그녀의 지위와 관련되어 있고 그 그림과 문학은 거기서 산출된 예술적 결과물이다.

하나의 공간이 개인에게 힘을 행사하는 크기와 방향을 고려할 때 나혜석에게 유독 새로운 공간의 체험이 많았다는 것에 의미를 두었다. 동경, 안동, 유럽 등 당시의 여성에게는 매우 특별한 공간인 외국을 비롯해서 국내에서는 학교, 신혼여행지인 묘지, 양로원과 거리 등 다양한 공간을 헤테로토피아라는 관점에서 통합하고, 그 공간들이 나혜석의 인생사에 어떻게 배치되어 힘을 행사했는지를 분석하였다. 특히 나혜석의 삶은 공간과 사건이 한 편의 작품처럼 연결되어 극적 구성을 보여준다는 점에서 각각의 단계를 중시하였다. 나혜석은 평생에 걸쳐 사건을 일으키면서 통제와 억압에 저항했고 그러한 저항의 결과로 새로운 공간을 끝없이 탄생시킨 인물이었고 그것은 결국 타자에 불과한 식민지/여성을 능동적이고 적극적인 주체로 변모시켰다.

1. 경계인 나혜석

20세기 초반 식민지라는 위기 상황에서 근대화의 열병을 앓던 조선은 여전히 근대와 전근대, 서구와 조선, 남성과 여성이라는 진부하고도 오래된 이분법을 적용시킬 수밖에 없는 상황이었다. 그 무렵 이 땅에 새롭게 등장한 신문명의 아이콘인 신여성들은 새로운 사회로서의 학교라는 공적 기관 및 그 공간에서 유도되는 역동적인 힘의 방향 등에 의해 크게 영향을 받는 동시에 그 새로움에 매료되었다. 근대는 새로운 공간을 낳고 그 공간은 새로운 개인의 탄생으로 이어지며 그 개인은 다시 새로운 공간과 시간 안에서 점차 사회화된다. 이러한 개인과 공간의 연관성 안에서 개인을 구체화시켜 한 시대의 특성을 담은 인간으로 살아가게 하는 가장 대표적인 공간은 가정과 학교라 할 수 있다.

개인은 가정이라는 사적인 공간에서 그 가문의 특별한 질서와 속성을 익히고 나아가 그 가문이 속한 사회의 일반적 질서를 체화한다. 특히 근대라는 관점에서는 학교가 중요해지는데 학교라는 공적인 공간을 통해서 개인은 다른 차원의 질서를 교육/훈육 받고 근대인으로 새롭게 변화 형성되기 때문이다. 이 땅의 근대화 과정에서도 역시 그러한 현상은 동일하게 진행되었고 새로운 세계와 가치 및 지식을 지향하는 욕구가 강하면 강할수록 가정이라는 사적인 공간보다는 학교라는 공적인 공간에서의 영향을 더 크게 받았다. 가정은 여전히 조선의 전통적 가치가 지배하는 공간이었고 학교는 새로운 서구 지식의 유입으로 인한 변화된 가치관을 모색할 수 있는 공간이었다.

유교질서가 지배하는 낡은 시간과 정체된 공간이 어우러진 당시 조선의 신여성들은 대립되는 요소들이 길항하는 문제적 공간에 있었다. 이곳에 속해 있으나 저곳을 꿈꾸고 저곳으로의 욕망 때문에 이곳으로부터의 탈주를 모색하던 그들은 이곳에도 저곳에도 속하지 못한 채 경계선을 밟고 서 있는 경계인이었다. 오랜 세월 동안 억압되고 숨겨지고 외면해왔던 만큼 그들의 탈주욕망은 남성보다 강렬한 것이었고 그 새로운 욕망은 여전히 전통적 공간이었던 당시 조선의 질서를 어지럽힌다는 혐의를 받고 비판의 대상이 되었다. 정상적인 질서에 적응하지 않거나 반항하는 자들은 감시, 처벌, 교정의 대상이 된다는 푸코의 말처럼 그들은 꿈을 꾼 대가를 혹독하게 치러야 했고 과도한 처벌로부터 자유로울 수 없었다.

본고에서는 나혜석을 근대로 향해가는 격동기 조선에서 문제적 위치에 처해 있었던 경계인이라 보고 지금/여기가 아닌 다른 곳에 대한 동경을 가지고 있었던 나혜석의 탈주욕망과 공간과의 상관성을 고찰하고자 한다. 나혜석의 삶은 당시의 일반적인 사람들의 경우와는 큰 차이가 있었고 그 진보적인 이념을 기반으로 하여 생산된 예술과 용감한 행동의 추동력이 남다른 공간의 체험을 통해서 발현되었다. 개인은 자신을 다른 공간적 세팅 속에서 각기 다르게 재현[1]하는 법이다.

신여성 나혜석의 진보적 활동은 이질적인 공간이 충돌하는 접점에서 새로움을 모색하는 경계인이라는 그녀의 지위와 관련되어 있고 그림과 문학은 거기서 산출된 예술적 결과물이다. 특히 본고

에서는 하나의 공간이 개인에게 미치는 힘의 크기와 방향을 고려
할 때 나혜석에게 유독 새로운 공간의 체험이 많았다는 것에 의미
를 두고자 한다. 그 다양한 공간들을 헤테로토피아라는 관점에서
통합하고 그 공간들이 나혜석의 인생사에 어떻게 배치되어 힘을
행사했는지를 분석하고자 한다.

2. 탈주욕망과 헤테로토피아

헤테로토피아(heterotopia)는 '다른, 낯선, 다양한, 혼종된'이라는 의미를 가진 hetero와 장소라는 의미의 topia의 합성어[2]로서 푸코가 권력의 공간에 대항하는 대안공간으로 제안한 개념이다. 헤테로토피아는 원래 정상을 이탈한 신체부위를 일컫는 말이었으나 푸코에 의해 사회학적으로 사용되기 시작했다. 이는 상상세계가 일시적으로 구현된 공간이며 사회의 내부에서 사회의 음화(陰畵)를 이루거나 주변부에 자리하는 장소로 무질서의 온상과 같은 곳이며 결과적으로 불안을 야기한다. 사회의 지배질서를 교란시키며 어딘가에 존재하는 현실감을 지닌 장소로서 일상생활로부터 일탈된 공간을 생산한다. 다른 공간이자 타자의 공간이며 모든 공간과 관계를 맺으면서도 그에 저항하는 주변적 공간이다. 기존의 사회공간과는 대립적인 공간이며 현실의 제도 속에 존재하면서 그것의 닫힌 상태를 위협하는 생성의 공간이다. 변화를 만들고 탈주를 시도하며 반항하는 과정의 공간이고 대안적 유토피아[3]라 할 수 있다. 나혜석의 인생은 이러한 헤테로토피아적 공간에서 탈주욕망을 구현하고자 하는 삶이라 요약할 수 있다.

또한 나혜석은 시대와 사회의 한계를 딛고 자신의 운명에 맞선 자로서 주인공의 면모를 갖추고 있으며 그 삶이 매우 극적이어서 여러 번 문학 작품의 주인공으로 등장했다. 본고에서는 나혜석의 삶을 하나의 작품, 곧 일정한 구조를 가진 극적인 드라마로 보고 공간의 의미를 극적 구성에 따라 분류하여 분석하려 한다. 남달리 다양한 공간을 체험하면서 공간과 밀접한 관계를 수수하는 삶에 주목하는 것이다. 그녀의 삶을 헤테로토피아적 특성을 가진 공간의 의미와 작품 안에서 인물이 움직여가는 극적 구조와 관련하여 정리하면 다음과 같다.

극적 구성단계	헤테로토피아적 공간	인물에게 작용하는 공간의 의미
발단	식민지	비정상적 상황에서의 출발
전개	학교 (경성, 동경)	상승의 기회이자 문제적 삶이 시작되는 계기
위기	신혼여행 (묘지)	생의 큰 전환점(독신에서 기혼여성으로 변화)
절정	이국적 공간 (동경, 안동현, 유럽)	많은 것을 누리고 성취하는 생의 절정인 동시에 하강의 계기
결말	양로원, 거리	몰락과 파멸

첫째, 나혜석이 살았던 시기(1896~1948)는 일제강점기(1910~1945)와 완전히 겹쳐진다. 식민지로서의 조선은 나혜석이라는 자유로운 영혼에게 기본적인 억압의 공간이자 불안정한 헤테로토피아로서의 공간이었다. 푸코에 의하면 식민지는 학교, 정신병원, 감옥, 박물관, 극장, 배 등과 함께 대표적인 헤테로토피아적 공간의 예가 된다.

둘째, 그럼에도 나혜석에게는 억압에서 벗어날 수 있는 기회의 공간이 있었다. 전통의 윤리가 지배하던 당시 나혜석은 새로운 지식의 습득을 위해 근대교육기관인 학교에 다녔다. 당시 조선 사회에서 대다수의 여성들에게는 제한된 장소인 학교는 다른 구성원들에게는 폐쇄적이라는 점에서 헤테로토피아적 공간이다.

셋째, 푸코에 의하면 꼭 특정한 장소가 아니더라도 '--이기도 하고 --가 아니기도 한' 상태 역시 헤테로토피아가 된다. 나혜석의 경우 신혼여행이 그 예가 되는데 이는 결혼한 상태이기도 하고 아니기도 한 상태, 결혼의 주거 공간과의 영속성을 가지면서 아직은 노상의 공간이자 완전한 정착상태가 아니라는 의미에서 그러하다. 특히 묘지로의 신혼여행은 독신에서 결혼으로 이동해간 나혜석에게 일종의 이행공간이자 비일상적 행동을 보여준다는 의미에서 헤테로토피아적 공간이다.

넷째, 주위 공간에서 이탈한 반(反)공간이지만 그 공간과 완전히 단절되지는 않고 간섭받으면서 주위공간에 반영된 질서를 어느 정도 스스로도 반영하는 공간이 있다. 이것은 동경 유학시절, 안동현 시절, 유럽여행 시절 등의 이국적 공간들에 해당한다. 이 공간들은 한편으로는 출구 없음과 무력감이 지배하며 다른 한편으로는 그럴수록 간절해지는 갈망이 생기는 공간 곧 절망 속의 희망이 존재하는 공간이다. 다른 장소의 사람들과는 구별되는 방식으로 특별하게 행동하지만 극히 순간적이고 일시적이며 혼종성을 띤다는 의미에서 헤테로토피아적 공간이다.

다섯째, 모든 것을 잃고 몰락한 노년기의 나혜석은 양로원에 머물러야 했고 그곳에서의 탈출을 감행하여 결국 거리에서 죽었다. 정신병원과 유사한 기관인 양로원, 화려한 인생을 마감하는 최후의 순간이 된 의외의 공간으로서의 거리는 유토피아와 대립되는 공간으로서의 헤테로토피아적 공간이다.

이렇게 나혜석의 일생은 한 사회에서 모든 장소와 관계되어 있으면서도 동시에 그것과 모순되는 기묘한 장소, 일상생활로부터 일탈된 공간, 그런 의미에서 반공간인 헤테로토피아적 공간과 긴밀한 관계를 맺는 공간들로 점철되어 있었다. 여성들은 같은 시간 속에 살면서도 상이한 공간 속에 존재한다는 이유로 인해 국지적으로 맥락화된 억압에 노출되며 그에 대한 상이한 문제 의식화와 대응이 존재[4]한다. 동질적이고 균일화된 곳처럼 보이는 세계 공간은 실은 이질성이 생산되는 장소이며 이러한 공간들을 점유하면서 생산되는 주체들의 사유 또한 이질적이기 마련이다. 결국 나혜석의 공간들은 공간 본래가 가진 특성 때문에 나혜석에게 의미를 부여하기도 하지만 동시에 경계인 나혜석의 탈주 욕망과 그에 기반을 둔 개인적 사건들 때문에 더 새로운 의미를 생성하게 된 것이다. 나혜석의 인생과 중요한 공간을 연결하는 이상의 관점에서 개별 공간의 의미를 고찰하고자 한다.

1) 식민지라는 공간

당시 조선은 독립된 민족국가도 아니었고 주체적 내면의 성숙도 이루지 못했다. 식민지는 공적인 차원에서의 주체성의 상실을 의미하는 것이었고 그에 상응해서 충족된 내면을 지닌 개인이 등장하는 것도 어려웠기 때문이다. 특히 조선민족과 민중 그리고 여성은 신문명의 타자였다. 그 신문명의 타자들은 신문명=아버지로부터 탈주한 후에야 독립을 얻을 수 있었다.[5] 그리고 탈주 이후에야 주체로 설 수 있었지만 역설적으로 그 탈주에 대한 인식은 신문명을 알고 익힌 후에나 가능한 주체에 대한 자각 이후에야 비로소 오는 것이었다. 결국 그 과정은 개인의 노력만으로 가능한 영역에 속한 것이 아니었다.

나혜석은 글쓰기를 통해 자신의 페미니스트로서의 의식을 적극적으로 표출한다. 동경유학시절인 1914년 남성의 글만 실어온 《학지광》에 첫 번째 글 〈이상적 부인〉을 발표한다. 이후 계속되는 글쓰기를 통해 기존의 사회질서에 대항하는 저항의 공간이자 반 헤게모니의 세계를 창출한다는 점에서 나혜석의 글 자체가 일종의 헤테로토피아의 역할을 한다고 볼 수 있다. 글쓰기를 포함하여 자신이 존재한 공간을 모두 새로운 담론을 지향하는 헤테로토피아의 공간으로 만들어 간 인생 전체가 의미 있는 역담론의 형성 과정이라 할 수 있다.

> 나는 현재에 자기 일신상의 극렬한 욕망으로 影子(영자)도 보이지
> 아니하는 어떠한 길을 향하여 무한한 고통과 싸우며 지시한 예술에
> 노력코저 하노라. -〈이상적 부인〉(1914)

소위 여성문학 1세대 작가로 일컬어지는 나혜석, 김일엽, 김명순의 탈주욕망은 남성작가를 포함한 경직된 조선사회의 일방적이고 비이성적인 모욕과 질시와 억압 속에서 과도한 징계를 받았다. 그 뒤를 잇는 2세대 여성작가들은 선배들과의 철저한 분리 및 차별화를 통해서야 겨우 작가라는 명맥을 유지할 수 있었다. 그들은 1세대 여성작가들의 자유로운 욕망의 분출과 거침없는 글쓰기로 인하여 그들의 삶마저 매장되는 것을 목도함으로써 여성/작가로서 이 땅에서 살아남는 일이 얼마나 어려운가를 깨달았고 그것은 그들에게 하나의 훈육으로서 작용했다. 그들은 문학을 하는 데 있어서 소재와 주제의 선택과 표현에 주의를 기울임은 물론 글을 쓴다는 것이 여성으로서의 평범한 일상과 모순되지 않도록 노력했다. 작가가 아닌 개인으로서 사생활의 모든 면면에서 모범적인 여

성 곧 당시에 요구되던 현모양처형의 여성상을 구현하기에 최선을 다해야만 작가생활도 할 수 있다는 것을 명확하게 인지하게 되었던 것이다. 그러나 나혜석은 "여자도 인간"이라는 기치 아래 타협 없는 길을 걸었다.

> 우리 조선 여자도 인제는 그만 사람같이 좀 돼 봐야만 할 것 아니오? 여자다운 여자가 되어야만 할 것 아니오? (중략) 우리는 인제서야 겨우 여자다운 여자의 제일보를 밟는다 하면 이 너무 늦지 않소? 우리의 비운은 너무 참혹하오 그려. -〈잡감〉(1917)

당시 조선을 장악하고 있던 남성들은 그동안 지적이고 예술적인 사상과 이념의 표출을 통해 독차지해왔던 지도자적 위상과 권력을 여성들에게 나누어주려 하지 않았다. 그들은 새로운 비전을 보여주는 여성 작가들을 인정하고 동료로 수용하는 대신 매장시키거나 자신들 문학의 아류로 만들기 원했다. 그럼으로써 자신들의 권력을 공고하게 유지하는 동시에 당시의 모순된 사회를 유지하고자 하는 천박한 생각에 몰두하고 있었다. 결국 여성이 글을 쓴다는 것은 당대 사회에 수용될 만한 자질의 여성상을 우선적으로 형성하고 남성의 기준에 맞춘 다음 그들의 글쓰기 방식을 모방하는 창작을 하고 그들이 주도하는 문학이라는 제도권 내에서 평가받고 가치를 인정받기를 기대해야 하는 차원에 머물게 된 것이다.

나혜석은 조선이 근대화되어 가는 혼종의 시공간에서 살았던 경계인이었다. 이것은 당시의 많은 지식인들이 공통적으로 경험한 것이기는 하나 나혜석의 경우는 특별한 요건들이 더 있었다. 우선 가정적으로 나혜석은 대한제국 말기와 일제시대 초기 군수를 지낸 개명관료의 딸이라는 환경적 요인이 있다. 아버지 나기정은 대한제국 말기 경기도 시흥군수와 용인 군수를 지냈으며 한일 합방이 된 이후에도 당시 기존의 관료를 통해 통치를 장악하려는 일본의 정책에 의해 군수를 계속했다. 일본에서 신학문을 배운 아들들 특히 작은 오빠 나경석의 권유로 혜석도 동경유학을 할 수 있었고 조선과 일본이라는 혼종의 공간과 전근대와 근대가 뒤섞인 시대적 조류 안에서 혼란스러운 경험을 하게 되었다. 진명여학교 수석 졸업이라는 기사로 언론의 유명세를 타면서 어느새 조선을 대표하는 신여성의 자리에 서게 된 나혜석은 전통과 근대, 조선과 동경의 경계선상에서 정체성의 혼란을 경험할 수밖에 없는 경계인이었다.

이러한 시대적 상황, 출생 배경과 성장 환경, 수학 과정 등은 나혜석에게 식민지/지식인/여성이라는 다층적 지위의 혼종성을 부여했다. 그것은 나혜석을 한 개인에 머물 수 없게 했으며 뜻하지 않은 복잡다단한 삶을 강요하게 되었다. 식민지라는 공간적 시간적 배경은 기본적인 인물이 처해있는 상황을 설정한다는 점에서 극적 단계에서 발단에 해당한다. 혹독한 자아의 내적 외적 혼란을 겪으면서도 끝내 자유로운 인간으로 살기를 욕망하였기에 그 삶의 궤적은 파란만장한 것이 될 수밖에 없었다. 그러나 그 모든 간난신고의 삶은 그가 남긴 글과 그림을 포함한 모든 예술의 결과물이 기원한 지점인 동시에 그 자체로 나혜석이라는 한 독보적인 존재가 지닌 중요한 의미가 되었다. 탈주하는 존재로서의 나혜석은 다층의 경계를 넘나들며 개인의 자유로운 욕망의 구현과 여성으로서의 주체 확립을 위해 매진하는 열렬한 삶의 주인공이었다.

2) 일본 유학과 학교

신여성들이 처음 근대의 문으로 들어선 것은 서구식 학교를 통해서였다. 물론 근대적 공간인 학교로 가는 길이 여성들에게 자유로웠던 것은 아니다. 일반적으로 명문가의 여성보다는 오히려 남성 권력의 감시가 느슨한 집안 곧 한미한 가문의 딸들에게 학교로의 유입이 더 쉬웠다는 것은 당시의 상황을 짐작케 해준다.

그러나 나혜석처럼 오빠들이 근대적 교육의 경험을 통해 여동생들에게 교육의 장으로 갈 수 있도록 길을 터준 경우가 있다. 나혜석의 학교 교육은 명문가의 딸에게는 거의 금지되어 있던 새로운 교육을 경험하는 데서 머물지 않고 해외유학이라는 선진적 체험의 기회로 나아갔다는 점에서 매우 운이 좋은 출발이었다. 일본으로 유학을 가게 된 것은 일본의 식민지라는 현실에서 기인한 것이므로 식민지라는 공간이 발단에 해당한다고 할 때 일본의 유학과 학교는 전개 단계로 연결된다.

국가는 새로운 이념의 세계 안에서 일관성을 가진 하나의 사회를 구축하려는 목표를 갖고 근대화라는 이름으로 개인을 일정한 규칙들로 규격화시키고자 한다. 그러한 목표는 대체로 가장 먼저 학교를 통해 이루어진다. 학교는 그 사회 안에 있고 그 사회의 규칙들을 훈육하고 강제하는 공간이면서도 한편으로는 그에 저항하는 요소를 가진 이질적인 공간이다. 나혜석은 수원에 있는 삼일여학교와 경성에 있는 진명여학교를 다녔고 최우등으로 졸업하면서 처음 매일신보에 이름을 올린 이후 조선의 대표적인 신여성으로 유명세를 타기 시작했다.

나혜석은 새로운 교육기관인 학교를 통해서 근대국가에 소속될 수 있는 자질들을 교육받은 한 개인이었지만 바로 그 공간에서 여성으로서의 삶의 문제를 직시할 수 있는 시각을 기르기 시작했다. 조선의 남녀 불평등 문제, 남성들의 축첩문제, 그러한 문제적 상황으로 고통 받으면서도 그것을 운명처럼 받아들이고 순응하며 사는 여성들의 무기력한 삶에 대한 자각, 여성이 왜 배워야 하고 무엇을 해야 하는가에 대한 인식 등이 학교를 통해 비로소 이루어졌다. 그 후 자신의 체험을 반영한 소설 〈경희〉에서는 대개의 여성들이 교육과는 거리가 먼 상황에서 배운다는 것이 현실에서 어떻게 구체적으로 삶을 변화시키고 의식을 바꾸는지를 보여주고 있다.

> 먹고만 살다 죽으면 그것은 사람이 아니라 금수이지요. 보리밥이라도 제 노력으로 제 밥을 제가 먹는 것이 사람인 줄 압니다. 조상이 벌어놓은 밥 그것을 그대로 받은 남편의 그 밥을 또 그대로 얻어먹고 있는 것은 우리집 개나 일반이지요. -〈경희〉(1918)

내 나라에서 도리어 일본어가 국어가 되고 정작 내 나라 말을 외국어인 양 조선어라고 명명한 학교라는 공적 교육기관은 식민지 백성이 감내해야 하는 모멸감과 비극성을 몸으로 체험하는 공간이었으며 당시의 시대적 사회적 정치적으로 대립적인 요소들이 모두 모여 모순이 극대화된 공간이었다.

3) 결혼과 신혼여행

들뢰즈는 통제에서 벗어나기 위해서는 비록 사소한 것이라 할지라도 이를 위한 사건을 일으키는 것이 중요하다고 했다. 여기서 사건이란 표면적이건 소규모적이건 간에 새로운 시공간을 탄생시키는 것이다. 새로운 시공간은 통제와 억압에 저항하는 새로운 주체를 구성하는 잠재성의 지점이다. 이렇게 볼 때 나혜석은 평생에 걸쳐 사건을 일으키면서 통제와 억압에 저항했고 그러한 저항의 결과로 새로운 시공간을 끝없이 탄생시킨 인물이었다. 그것은 결국 타자에 불과한 식민지/여성을 능동적이고 적극적인 주체로 변모시켰다. 그러나 그러한 진취적이고 선구적인 길은 영광만이 있는 것이 아니라 오욕을 동반한 힘겨운 여정이었다.

> 그때 내가 요구한 조건은 이러하였습니다. 일생을 두고 지금과 같이 나를 사랑해주시오. 그림 그리는 것을 방해하지 마시오. 시어머니와 전실 딸과는 별거케 하여 주시오. 씨는 무조건하고 응낙하엿습니다. 나의 요구하는 대로 신혼 여행으로 궁촌 벽산에 있는 죽은 애인의 묘를 찾아 주엇고 석비까지 세워준 것은 내 일생을 두고 잊지 못할 사실이외다. -〈이혼 고백장〉(1934)

죽은 애인의 묘지를 찾아간 이 특별한 신혼여행은 나혜석의 사랑과 결혼에 대한 태도를 잘 보여준다. 남편에게 자기의 과거지사를 모두 솔직하게 털어놓을 뿐 아니라 그곳에 가서 자기의 새로운 출발을 다짐함으로써 과거의 애인에게 명확한 이별을 고하고 정리된 마음으로 결혼생활을 시작한다는 각오를 다지는 모습이다. 따라서 신혼여행의 여정은 가부장적 질서를 거부하고 교란시키는 공간이며 변화를 생성하는 역동적 공간이 된다. 유학과 학교생활이 전개에 해당했다면 거기서 연애를 하고 결혼을 결심하게 되어 신혼여행으로 넘어온다는 점에서 시간과 공간적으로도 연결되며 과거의 개인으로서의 삶에서 결혼이라는 보다 복잡한 삶으로 접어들면서 굉장한 어려움을 겪게 된다는 점에서 극적으로도 위기라 할 수 있다.

또한 당시 여자가 결혼하면 시집살이라는 제도 안으로 들어가는 것이 당연한 수순이었는데 이를 거부하고 자신의 예술 활동을 지속할 수 있도록 보장하라는 약속을 받아낸 것은 구습에 대한 용기 있는 저항이고 새로운 개인의 주장이었다. 나혜석은 가부장제의 호명을 거부한 인물인 것이다. 사적 영역에서의 삶이 근대화되지 않는다면 개인은 두 가지의 상이한 삶의 대립에 견디기 힘들어지며[6] 이것은 주체로서의 삶을 추구하는 개인에 대한 강력한 억압기제로 작용하게 된다. 일찌감치 이를 간파한 나혜석은 결혼이라는 중대한 결단 이후 펼쳐질 새로운 공간에 대한 한계와 기준을 자신에게나 남편에게 명확하게 제시한 것이다.

여성/타자인 나혜석은 남성중심적 질서의 바깥에서 주변부의 관점을 유지하는 위치에 서 있었다. 공동체 내에서 남성 주체와는 다른 지위를 강요받아온 여성들은 공동체의 가치와 질서에 대해 남성 주체와는 다른 관점을 갖게 된다. 이중적 이방인의 위치에 서 있었던 나혜석은 공동체적 질서의 교란자[7]가 되는 셈이다. 경계인의 삶을 선택하면서 일반적으로 받아들여지는 안전한 삶보다 훨씬 불안정하고 고통스러울 수 있는 생으로 접어든 것이다. 여성이 나라고 말하는 것은 얼마나 어려운가? 그러나 나혜석은 여성으로서의 나를 말하기 위해 평생 주저하지 않고 최선을 다했다. 그것은 남성중심적 사회에서 살아온 남성들에게는 물론 여성들에게도 매우 낯선 일이었고 부담스러운 것이었다. 그럼에도 그녀의 도전적 자세는 서서히 세상을 바꿀 변화의 시발점이 되었다. 그러나 그 변화가 보편적인 여성의 삶이 되기까지는 아주 오랜 시간을 요했다.

4) 이국적 공간들

나혜석은 동경에서의 두 차례 유학(1913~1914, 1916~1918) 이후 귀국하여 결혼한 후 임신 중에도 일본에서 잠시 그림 공부를 했고 (1920) 중국 안동현 부영사였던 남편과 함께 중국에서의 외교관 부인 생활을 통해서 조선에서와는 다른 생활을 했다. 더욱이 당시로서는 획기적 사건인 최초의 부부동반 유럽여행은 나혜석의 인생에서 반전과 새로운 인식의 계기로 작용했다. 조선에서의 근대식 교육기관에서의 수학 경험과 다양한 외국체험은 근대의 선구적 여성으로서의 나혜석에게 무엇보다도 중요한 영향을 미쳤다. 이 시기는 나혜석의 생에서 가장 주목받는 시기인 동시에 몰락의 단초를 제공하는 사건을 품고 있는 문제적 시기였다. 외적으로는 인생의 화려함의 극치에 도달했고 내적으로는 하강을 향해 갈 수밖에 없는 위험한 사건을 품고 있다는 점에서 극적으로도 절정 단계에 해당한다.

(1) 동경, 신문명을 접하다

미래를 향한 꿈과 희망과 의욕으로 불타오르는 젊은이들에게 있어서 식민지 백성으로 산다는 것은 출발부터 비극적이고 암울한 그림자를 드리우는 일이었다. 그들이 일본에 가서 신학문을 배운다는 것은 여러 가지의 갈등을 불러일으키는 이율배반적인 일이기도 했으나 당시 조선의 상황에서는 젊은이들에게 출구가 필요했고 새로운 지식과 문명의 세계를 향한 욕구 또한 당연한 것이었다.

나혜석에게 있어 동경 유학기는 신교육을 통한 이념의 흡수와 구축기였다. 서양 학문의 유입으로 근대화의 물결이 한창 드높아 가던 동경은 특히 엘렌 케이나 입센, 콜론타이 등의 글이 번역 수용되면서 여성에 대한 새로운 인식이 싹트기 시작했고 히라츠카 라이초를 중심으로 한 청탑파의 활동이 활발하게 용솟음치고 있었다. 미술 특히 유화라는 새로운 분야에 처음 도전하는 조선 여성으로서의 자부심과 책임감이 있었던 나혜석은 또래 지식인 남성들과의 자유로운 교유도 할 수 있었다. 첫사랑이었던 시인 최승구와의 연애가 시작되었고 글쓰기를 통해 자기의 생각을 공론화하기 시작한 곳도 동경이었다.

동경 유학시절 19세의 나혜석은 〈이상적 부인〉의 발표를 시작으로 글쓰기의 문을 열었다. 최초의 여성 화가로서 이름을 떨쳤지만 글쓰기는 그보다 더 긴 세월에 걸쳐 계속되었고 그림보다도 더 직접적으로 자신의 사상과 감정을 표출하는 자아실현의 과정이었다. '매번 글쓰기는 하나의 문턱을 넘는다'는 들뢰즈의 말은 나혜석의 글쓰기에도 잘 들어맞는다. 평생 동안 발표한 많은 글들이 숱한 문제를 제기했고 당대 사회는 물론 오늘에 이르기까지 논쟁거리를 제공할 정도로 도전적인 글쓰기를 실천했다. 동경에서 조선에서의 교육보다 훨씬 다양하고 새로운 분위기를 경험하면서 나혜석은 조선의 지식인 여성으로서의 강한 사명감과 책임감을 가지게 되었다. 최초로 발표한 다음의 글은 이러한 나혜석의 초기 사상을 잘 보여준다.

단히 양처현모(良妻賢母)라 하여 이상을 정함도 필취할 바가 아닌가 하노라. 다만 차를 주장하는 자는 현재 교육가의 상매적 일 호책이 아닌가 하노라. 남자는 夫(부)요 父(부)라. 양부현부(良夫賢父)의 교육법은 아직도 듣지 못하였으니 다만 여자에 한하여 부속물된 교육주의라. (중략) 운하면 여자를 노예 만들기 위하여 차 주의로 부덕의 장려가 필요하였도다. -〈이상적 부인〉(1914)

근대는 여러 가지의 도전과 그에 따른 갈등과 변화를 낳았다. 그 중에서도 연애만큼 직접적이고 강렬하게 사람들을 흔들어 놓은 것은 없을 것이다. 용어 자체도 새로 수입되었으며 이전의 사랑의 방식과는 다른 오직 청춘 남녀 간의 사랑만이 love의 번역어인 '연애'가 되었다. 당시 개인은 국가를 위해 희생해야 했고 그런 의미에서 개인은 억압될 뿐 아니라 금기시 되는 영역이기도 했다. 이러한 상황에서 개인이 극대화된 영역이라 할 수 있는 연애가 신문명을 업고 모습을 드러내기 시작했다. 연애는 암울한 시대적 상황에서도 자유로운 개인의 자각이라는 근대적 명분을 획득하면서 오랫동안 지배적 결혼양식이었던 조혼과 강제결혼을 거부하는 반역의 기호로서 지식인 젊은이들부터 시작해서 점차 대중에게로 전파되었다.

특히 동경 유학생들에게 연애는 학문의 수용만큼 중요한 것이었고 자유연애를 하고 조혼한 아내와 이혼하는 것이 새로운 인텔리 청년들의 유행이 될 정도로 새로운 시대의 징후가 되었다. 연애란 오늘의 관점에서는 전적으로 사적인 영역에 속하는 일이지만 당시에는 다분히 공적인 차원에 속하는 양면성을 가지고 있었다. 연애는 사회의 변화를 앞서가는 새로움이자 나아가 진보와 연결되어 있는 매우 선진적인 것이었기 때문이다. 이러한 상황을 반영하는 작품들이 당시 많이 창작되었는데 그 중에서도 이광수의 희곡 〈규한〉은 가장 대표적인 작품이다. 이 작품은 동경으로 유학을 간 남성이 자신의 새로운 이념인 자유연애를 구가하기 위해 조선에 남아있는 조혼한 아내에게 일방적으로 이혼을 통보하는 편지를 보내고 충격을 받은 아내가 미쳐버리는 내용으로 되어 있다. 남성중심의 자유를 구가하는 이 작품은 근대적인 작품의 문을 연 희곡으로 기존의 희곡사에서 높이 평가되기도 했다.

나혜석은 조선에서도 서구식 교육기관을 다녔지만 동경에서는 조선을 떠나온 남성들과의 자연스러운 교류가 있었다. 그 중 최승구와의 연애는 여성이 사랑과 자아성취라는 갈등 앞에서 어떠한 선택을 내려야하는가에 대한 체험적인 계기를 마련했다. 공부 때문에 폐병으로 죽어가는 그의 곁을 떠났고 그의 병이 죽음으로 이어지자 큰 고통에 사로잡혔다. 이 경험은 이후 유럽에서 최린과의 만남에 영향을 미쳤다. 지금 여기에서의 사랑에 충실하지 않으면 나중에 후회하게 된다는 것을 최승구의 죽음 앞에서 절실하게 느꼈던 것이다.

　　이렇게 동경은 청춘기의 나혜석에게 연애라는 신문명의 기호를 체험하게 했으나 그보다 새로운 문화와 여성의식과 미술 공부라는 새 세상으로 이끈 공간이었다. 식민지 백성으로서의 갈등으로 독립운동에도 뜻을 갖고 감옥에도 갇혔으며 수많은 여성을 대표해서 신학문을 배우고 있다는 사명감을 인식한 곳이었다. 하나의 장소에 고정되지 않았으며 한 가지의 생각에만 매어있지도 않았으며 한 가지의 목표에만 정체되어 있지도 않은 역동적인 삶의 공간, 이상을 꿈꾸고 그 이상을 향해 나아가려는 의지와 용기로 들끓어 오르던 공간, 한 인간의 일생을 좌우할 이념과 삶의 방향이 모두 형성된 공간, 미래의 문제적 인간 나혜석을 추동하던 공간이었다.

　　귀국 후에도 나혜석에게 있어 동경은 가장 용감하고 거침없던 자신의 모습이 아로새겨져 있는 장소로 기억되어 있었다. 현재에 고착된 자신이 두려웠고 출산과 그 이후의 예상치 못한 일들에 두려워질 무렵 그녀는 동경으로 다시 한 번 탈출했다. 임신 중 두 달의 동경 생활을 통해 그림에 대한 열정을 다잡고 돌아온 것이다. "과거 4,5년의 유학은 전혀 헛것이요, 내가 동경에 가서 공부를 하

였다고 말하려면 오직 이 2삭 간뿐이었다.”고 회상할 정도로 짧은
기간이었으나 소중한 시간을 보냈다. 동경이라는 장소는 다방면
에 열정을 가진 복잡다기한 인간 나혜석을 구축하게 한 모태와 같
은 공간이었다.

(2) 안동현, 탈주를 시도하다

파격적인 조건을 내세우고 이루어진 나혜석의 결혼생활은 아내
를 존중하려는 남편의 노력으로 부분적으로는 약속이 이루어졌지
만 모든 면에서 만족스러울 수는 없었다. 그림 그리는 일에 집중
하기를 원했지만 당시 조선의 상황에서 시집과 완전히 단절된 생
활을 할 수도 없었으며 임신과 출산의 경험은 큰 어려움을 수반했
다. 나혜석은 이에 대한 생각을 공론화하여 논쟁을 일으켰지만 모
성성과 어머니 되기의 문제에 관해 일방적이고도 심각한 비난만
을 초래하였다.

> 세인들은 항용 모친의 애라는 것은 처음부터 모된 자 마음속에
> 구비하여 있는 것같이 말하나 나는 도무지 그렇게 생각이 들지 않
> 는다. 혹 잇다 하면 제2차부터 모될 때에야 있을 수 있다. 즉 경험과
> 시간을 경하여야만 있는 듯싶다. -〈모된 감상기〉(1923)

아이를 낳고 기르는 체험은 예상보다 많은 시간과 노력의 투입
을 요구했고 그것은 예술가로서의 자아 정체성에 큰 갈등 요인이
되었다. 〈모된 감상기〉를 통해 모성성을 여성이라면 누구에게나
있는 지고지순한 본능이며 숭고한 미덕처럼 인식해 온 세상을 향
해 출산과 육아의 고통스러움을 토로했다. 이는 여성으로서 가장
중요한 역할로 강조되었던 어머니로서의 기대를 저버리는 일이었

고 현모양처론에 대한 전면적인 도전이었다. 일찍이 아무도 그 어려움을 말한 적 없고 무조건 의무로 받아들이면서 살아온 여성들을 대신하여 입을 연 나혜석에 대해 남성들의 맹렬한 비판이 퍼부어졌다. 나혜석은 직접 체험한 사람만이 말할 자격이 있고 체험하지 않은 남성들은 말할 권리가 없다고 맞받아쳤다. 그러나 당시에 나혜석의 선진적인 외침을 따를 여성들은 없었고 그 용감한 발언은 여성들의 동조를 받지 못한 채 고독한 외침으로 남고 말았다.

> 나는 꼭 믿는다. 내 〈모된 감상기〉가 일부의 모 중에 공명할 자가 있는 줄 믿는다. 만일 이것을 부인하는 모가 있다 하면 불원간 그의 마음의 눈이 떠지는 동시에 불가피한 필연적 동감이 있는 줄 믿는다. (중략) 이런 경험이 있어야만 우리는 꼭 단단히 살아갈 길이 나설 줄 안다. ─〈백결선생에게 답함〉(1923)

학교나 공장이 일상적으로 근대적 주체를 형성하는 장이라 할 때 주거공간은 그와 반대되는 것으로 보이기도 한다. 그러나 실제로 근대의 주거공간에서는 이전의 외적인 감시의 시선을 내적인 감시의 시선으로 대체했으며 이전의 외적인 강제와 규율은 내적인 강제와 규율, 혹은 가족적인 강제와 규율로 대체되었다. 사적인 공간은 가족이라는 틀 안에서 서로를 감시와 통제의 시선이 적용하는 자리에 두게 된 것이다. 이는 나혜석의 가정도 마찬가지였고 조선사회의 강력한 가부장적 지배질서가 시집식구들과 아이들이라는 구체적 가족관계를 통한 억압으로 표출되었고 거기서 탈출구를 찾으려는 강렬한 욕구 속에서 나혜석의 새로운 공간 모색이 이루어지는 것이다.

남편 김우영이 안동현 부영사가 되어 조선을 떠나게 되면서 중국에서의 새로운 생활이 시작되었다. 조선을 떠나게 된 것은 시집살이라는 억압적 공간으로부터의 상징적이고도 구체적인 탈출이었으며 나혜석이 시간과 공간을 자신만의 자유로운 방식으로 주관할 수 있게 되었음을 의미한다. 화가로서의 생활을 지속하기를 꿈꾸었으나 현실적으로는 아이를 기르는 일과 남편의 일을 돕는 외교관 아내로서의 일들이 놓여 있었다. 시간을 아끼고 철저하게 배분하면서 나혜석은 아내/어머니/예술가라는 상충할 수도 있는 자기의 역할들에 충실하려고 애썼다.

조선을 떠나 다소간 숨통이 트인 나혜석은 그림을 그리는 한편 식민지 지식인으로서의 저항이라는 새로운 역할을 하게 된다. 예술가로서의 나혜석에게는 그토록 소중한 개인의 자유만을 추구할 수는 없는 억압적 현실을 바라보아야 했다. 개인의 자유, 국가의 자유를 강제적이고 폭력적으로 억압하는 일본에 대한 저항의 계기를 찾은 것이다. 관료의 아내라는 지위는 나혜석에게 안락한 경제적 환경과 안정된 지위를 보장하는 것이기는 했으나 식민지 백성이라는 입장에서는 상당한 갈등을 유발하는 것이기도 했다. 해방 이후 김우영, 최린, 이광수 등 나혜석의 인생에 상당한 관련이 있었던 당시 조선의 유력한 세 남성은 함께 반민특위 법정에 서게 된다. 이러한 상황을 고려할 때 나혜석의 삶에서 어떠한 친일적 행적도 볼 수 없는 것은 매우 중요한 점이다. 동경 유학시절 3.1 만세운동과 관련해서 감옥에 수감되었던 사건이나 안동현 시절 조선총독부를 폭파하려던 황옥 사건 등과의 연관을 통해 나혜석이 식민지 시대의 지식인으로서 치열하게 고민하고 나름의 노력을 기울였음을 알 수 있다.

안동현은 나혜석에게 탈주를 시도한 반항의 공간으로 작용했다. 육아와 내조라는 가부장제에서 기본적으로 요구되는 여성의 역할에 대해 갈등하면서도 예술가로서의 자신을 구현하고자 노력하는 한편, 식민지 지식인으로서 항일에의 저항적 의지를 구체적으로 실천했다. 현실적 한계와 이상의 추구가 갈등을 빚어내는 문제적 공간에서 여러 가지의 상충하는 문제들에 최선을 다한 모습을 보여줌으로써 안동현은 나혜석의 생에서 중요한 공간이 된다. 안동현은 이상적이나 현실에는 존재하지 않는 유토피아를 대체할 수 있는 역동성을 가진 헤테로토피아적 공간으로 기능한 것이다.

(3) 유럽, 일탈을 통해 저항하는 주체로 탄생하다

헤테로토피아는 현실의 고착화된 국가주의적이고 자본주의적인 배치에 저항하고 이를 위반함으로써 구멍을 내는 다른 배치의 가능성을 보여준다. 그것은 고착된 배치를 교란하고 불안하게 함으로써 다른 배치로 이동하도록 추동하는 탈영토화의 능력을 뜻한다. 언제 어디서든 현실의 균열을 뚫고나와 그 배치를 비틀거리게 하고 쓰러지게 하는 힘이 헤테로토피아의 능력인 것이다. 다른 공간을 향한 탈주는 국가의 전횡적 영토화에 의해 제지당하지만 그런 제지는 도리어 다른 배치의 실재성과 가능성이 존재함을 확인[8]해주는 셈이 된다. 나혜석의 인생에는 항상 이러한 의미에서의 공간이 존재해왔고 그것이 가장 강력하게 표출된 것은 유럽여행을 통해서였다.

나혜석은 예술가로서 신여성으로서 지식인으로서 근대적 자아로서 자유와 개성을 마음껏 발현하는 삶을 구가하기 원했지만 현실적으로 많은 한계와 직면하게 되었다. 개인의 힘으로는 도저히 넘어설 수 없었던 식민지라는 현실은 근본적으로 개인의 삶을 구속했다. 더욱이 가부장제의 억압이 상존하는 결혼이라는 제도와 결혼에서 비롯되는 확장된 가족들과의 새로운 관계, 여성에게 당연하게 부과되어온 임신과 출산, 육아문제는 개인의 삶을 중시하고 집중해야 하는 예술가에게는 현실적으로 매우 중요한 문제였다. 그러나 그 사실에 대한 언급만으로도 빗발치는 사회의 비난으로 몰아가는 모성성의 굴레 또한 나혜석에게는 힘겨운 것이었다.

그럴 즈음 김우영은 아내에게 구미만유의 기회를 동반 여행으로 제안한다. 어린 아이 셋을 시어머니에게 맡겨두고 떠나는 조선 최초의 부부동반 유럽여행은 조선을 떠들썩하게 만든 놀라운 사건이었다. 나혜석의 신세계를 향한 동경은 언제나 공간의 억압을 뚫고 새로운 공간을 지향하는 저항하는 주체로 구현되었다. 모든 공간은 사회적 의미를 갖고 있기 때문에 개인은 통제를 벗어나고자 하는 사건을 통해 하나의 공간을 새로운 공간으로 변모시킨다. 헤테로토피아로서의 공간은 타자의 공간이 어떻게 의미를 생성하는 주체의 공간으로 변하는가를 보여준다. 동시에 주체로 변화한 개인은 저항 공간으로서의 정치적 힘을 가진 헤테로토피아를 창조하는 것이다.

유럽은 조선이라는 공간에서 억압되어 있었던 나혜석에게 여러 가지 면에서 중요한 의미 생성의 공간이었다. 제국의 경계를 넘어선 곳에서 자신의 욕망을 실현하고자 하는 식민지 조선 지식인의 행위는 그 자체로 경계에 대한 의문을 던지고 그러한 확정된 경계를 넘어서기 위한 기획[9]이 된다. 나혜석은 서구에 대한 지향을 통해 자신의 아이덴티티를 새롭게 구축하려 애썼다는 점에서, 또한 제국의 지리적 문화적 경계를 넘어선 세계 속에 자신을 위치시키려 했다는 점에서 '지방'을 벗어나 '세계'로 나아가려는 식민지 조선 지식인의 욕망을 잘 보여준다.

식민지/지식인/여성이 지고 가야 하는 모든 삶의 짐을 내려놓고 예술의 이상향으로 떠나면서 예술적 자아를 구현하기 원했고 신여성으로서 꿈꾸던 이상이 실제로 구현된 서구 가정과 남녀관계 등을 구체적으로 보는 경험을 하기 원했다. 또한 여행이란 현실적 제약에서 벗어나 색다른 시공간에 놓이는 새로운 위치지음을 통해서 평소와는 다른 호기심의 발동과 감정의 고양으로 이끌게 된다. 자유인으로서의 감정의 표출이 이루어졌고 여성의 억압에 대한 저항으로서의 욕망의 탈주가 있었다. 세계의 변방에 자리한 식민지 지식인으로서의 한계로 절망하던 나혜석은 서구의 새로운 세계에서 억압된 자아의 발흥을 느꼈다. 그것은 단순한 이국취향이나 서구 지향으로만 치부할 수는 없는 자유에 대한 갈망이었다. 그 일탈은 서구의 자유와 새로움을 체험하면서 새로운 공간 안에서도 여전히 제국의 한계를 벗어날 수 없다는 절망, 진정한 자유인으로서의 자아를 정립하지 못하는 억압을 더 절실하게 느낄 수밖에 없는 나혜석의 유일한 출구였다.

> 정조는 도덕도 법률도 아무 것도 아니요, 오직 취미다. 밥 먹고 싶을 때 밥 먹고 떡 먹고 싶을 때 떡 먹는 거와 같이 임의 용지로 할 것이요, 결코 마음의 구속을 받을 것이 아니다. (중략) 우리 해방은 정조의 해방부터 할 것이니 좀더 정조가 극도로 문란해가지고 다시 정조를 고수하는 자가 있어야 한다. -<신생활에 들면서>(1935)

유럽의 낭만적 분위기에서 나혜석은 예술적으로 통하는 남자 최린을 만났고 두 달 남짓 짧은 사랑에 빠졌다. 이 연애사건은 이후 나혜석의 인생을 몰락으로 이르게 하는 동인이 되었다. 이상세계에서 욕망을 구현한 나혜석의 파리는 조선으로 되돌아가는 순간 완전히 무너졌다. 남은 것은 냉엄한 조선의 현실뿐이었다. 결혼한 여자로서 정조를 지키지 않은 부도덕한 여자로 낙인 찍혀 비난을 받는 한편 김우영과 최린으로부터 모두 외면당하면서 나혜석은 완전한 몰락으로 떠밀렸다.

이혼을 요구한 김우영에게는 자녀양육권과 재산분할권을 주장했고 최린을 상대로는 정조유린에 대한 손해배상청구소송을 했으며 이 과정의 전모와 자기 생각을 밝힌 〈이혼고백장〉을 발표했다. 이것은 모두 솔직하고 용기 있는 행동이었으나 나혜석을 더 비참한 나락으로 끌어내렸다. 한 인간이 쌓아올린 생의 업적들은 모두 사라져버리고 남은 것은 탕녀라는 손가락질뿐이었다. 그럼에도 나혜석은 자신을 소재로 한 자전적 희곡에서 다음과 같이 고백했다.

청년기 사랑은 맹목적이요 중년기 사랑은 의식적이야. 열과 정에는 차이가 없겠지만 제 행동을 아는 것처럼 재미있고 힘이 나고 멋진 것이 없는 것 같아요. -〈파리의 그 여자〉(1940)

비록 파리에서의 연애사건이 모든 것을 앗아가는 결과를 가져오기는 했지만 아무 것도 모르던 청년기의 사랑과는 달랐고 사랑 자체에 대한 후회는 없다는 것이다. 다만 비겁하게 물러섰고 거짓으로 모면하려 했던 최린의 태도에 분개해서 사회적 이슈를 만들기 위해 소송을 했던 것이다. 나혜석의 파리 사건은 주체가 여성이라는 이유로 당시의 남성 예술가들에게는 흔히 용인되기도 했던 자유연애의 맥락에서 수용되지 못했다. 예술가의 자유로운 개성의 발현이라는 측면에서 이해하려는 이는 없었고 유부녀의 스캔들로만 인식됨으로써 남성과 여성의 성에 대해서 별개의 기준이 적용됨을 명확하게 보여주었다. 나혜석은 가문에 먹칠을 하고 남편의 명예를 실추시킨 여자라는 낙인이 찍히면서 그간의 예술적 사회적 성취를 모두 박탈당하는 징계를 받아야 했다. 그러나 나혜석의 자유연애와 그 이후의 행동 방식은 그 자체로 선구적 저항의 의미로 재평가되어야 하고, 나혜석의 파리는 일탈을 통한 저항의 공간으로서 새로운 의미가 부여되어야 할 것이다.

이야기에서 플롯의 기본단위인 '사건'은 경계의 횡단 즉 의미론적 경계의 돌파가 감행되었을 때 비로소 성립할 수 있다. 이른바 주인공이란 이 특별한 선을 긋는 텍스트의 수행 주체이고 사건의 총체로서의 플롯은 주어진 세계상과의 관련 속에서 발생하는 혁명적 요소가 되는 것[10]이다. 금지를 뛰어넘어 사랑을 감행하는 나혜석은 극적 행동을 주도하는 자이며 경계를 넘어 움직이는 인물이고 플롯의 한 단계를 넘어서는 진정한 주인공이 된다.

5) 양로원과 거리

공간의 지배는 사회적 전체성이라는 목표를 달성하기 위해 근대사회가 취한 통치논리와 방법이다. 예컨대 19세기의 가정은 사적 영역의 확보를 위한 공간으로 인식되었다. 가족생활의 내밀성이란 바깥으로 나가서는 안 되는 절대적인 원칙이었으며 주거의 배치 역시 이를 반영해야 했다. 나혜석이 〈이혼고백장〉을 통해서 사적인 결혼 생활에 관한 이야기를 공적인 장에 내놓았을 때 그 내용이 문제가 되기도 했으나 사실 여부를 떠나 공적인 장에 사적인 일을 내놓았다는 것 자체가 충격적인 하나의 사건이 된 것은 이러한 관점에서 이해될 수 있다. 가정생활에서 간섭받지 않을 권리로서의 사적 공간이란 남성들이 누렸던 사적 지배의 공식적 형태였으며, 가족의 프라이버시를 보호한다는 명분하에 공인된 사적 소유권의 사회적 배치에 다름 아닌 것이다. 가정의 이상을 지키는 일은 곧 국가적 이상을 수호하는 일과 동일한 과업이었고 여성에게 요구되던 현모양처론이야말로 가정과 사회와 국가에 가장 유용한 여성상이었다.

> 유식계급여자 즉 신여성도 불쌍하외다. 아직도 봉건시대 가족제도 밑에서 자라나고 시집가고 살림하는 그들의 내용의 복잡이란 말할 수 없이 난국이외다. 반쯤 아는 학문이 신구식의 조화를 잃게 할 뿐이요, 음기를 돋을 뿐이외다. (중략) 조선 남성 심사는 이상하외다. 자기는 정조 관념이 없으면서 처에게나 일반 여성에게 정조를 요구하고 또 남의 정조를 빼앗으려고 합니다. -〈이혼고백장〉(1934)

아내의 자리도 어머니의 자리도 강제로 박탈당한 후 나혜석은 조선에서 현모양처의 이념과는 가장 거리가 먼 여자가 되었다. 그러나 나혜석은 사방이 완전히 무너져버린 곳에서도 다시 일어설 수 있는 의지를 가진 인물이었다. 나혜석은 예술가로서 재기하고자 했고 금강산으로 들어가서 그림에 몰두했다. 금강산은 새로운 주체로의 변화를 모색하는 공간이자 재영토화를 지향하는 나혜석의 창조의 공간이 되었다.

그러나 금강산에서 그린 그림들을 화재로 잃고 후학을 양성하고자 했던 여자미술학사도 실패한 후 나혜석은 양로원에 머물러야 했다. 가족과 친지로부터 외면당하고 갈 곳조차 없었지만 언제나 자유를 구가하는 존재로 살고자 했던 나혜석은 거듭해서 양로원을 떠났다. 마지막 순간까지 자신의 인생에서 사랑과 예술과 이상의 꽃이 가장 화려했던 공간인 파리로 갈 수 있기를 바라며 거리에서 죽어갔다.

1944년 49세의 나혜석은 오빠 나경석의 주선으로 청운양로원에 맡겨졌고 1947년에는 안양의 경성보육원에서 나혜석을 만났다는 화가 박인경의 증언이 있다. 1948년 시립 자제원에서 53세를 일기로 사망했고 1949년 관보에 그 사실이 공고되었다. 위대한 인간은 파멸할지라도 패배하지 않는 법이다. 외적으로는 몰락했지만 양로원에 갇혀 생을 연명하는 대신 길 위에서 자유로운 죽음을 선택했던 나혜석은 비극적 인간의 위대한 면모를 보여주었다. 비극은 인간의 의지와 노력으로는 바꿀 수도 피할 수도 없는 운명과, 그 운명과 대결하는 가운데 초래되는 인간의 종국적 파멸과 죽음을 다룬다. 그럼에도 불구하고 그러한 운명에 대항하여 투쟁하다 몰락하는 주인공의 영웅적 자세는 인간의 투쟁 의지와 자신의 존재에 대한 처절한 존재 의식을 보여준다. 이렇게 고통을 동반한 나혜석의 삶과 죽음은 인생의 진실한 의미를 일깨우며 자아와 존재에 대한 새로운 인식으로 이끄는 것이다.

> 가자, 파리로. 살러 가지 말고 죽으러 가자. 나를 죽인 곳은 파리다. 나를 정말 여성으로 만들어 준 곳도 파리다. 나는 파리 가 죽으련다. 찾을 것도 만날 것도 얻을 것도 없다. 돌아올 것도 없다. 영구히 가자. 과거와 현재가 空(공)인 나는 미래로 나가자. (중략) 사 남매 아이들아. 에미를 원망치 말고 사회 제도와 도덕과 법률과 인습을 원망하라. 네 에미는 과도기에 선각자로 그 운명의 줄에 희생된 자이었더니라. -〈신생활에 들면서〉(1935)

나혜석이 죽어간 거리는 감금의 지배질서로부터 끊임없이 탈주를 시도하며 반항하는 과정에 위치한 공간이라는 의미에서 헤테로토피아적 공간이다. 자유에의 의지를 속박하는 어디에도 속하지 않았으며 자신에게 내적이든 외적이든 일체의 구속을 용납하지 않았던 나혜석의 의식은 무너져버린 육체를 뛰어넘고 죽음을 극복하며 오늘까지 살아있다. 신여성이라는 이름 안에 내재된 새로움에의 욕구가 억압적인 세상과 상충하며 갈등을 일으킬 때 타협하지 않았으며 끝까지 맞서고자 했던 한 인간 나혜석이 죽어가기에 거리는 잘 어울리는 장소일 수 있다. 길은 어느 곳으로나 통하며 막힘이 없으며 모든 공간으로 나아갈 가능성을 내포하며 갇힌 내부가 아니라 탁 트인 외부의 공간으로 가능성의 무대이기 때문이다. 거리에서의 죽음은 투사로서의 나혜석다운 선택이었고 이 선택에 의미를 부여하는 것은 바로 이러한 공간의 의미를 통해서이다. 가장 화려한 생이 몰락으로 치닫다가 종말에 도달한 지점으로서의 거리와 그 곳에서의 죽음은 당연히 극적 단계에서 결말에 해당한다. 죽음은 시작-중간-끝의 구성단계에서 가장 마지막에 자리한 장소로서 더 이상 아무 일도 일어나지 않는 자리인 것이다.

나혜석은 평생을 남성이 주도하는 세계의 중심에서 벗어나 주변부에 머물렀다. 세상의 중심을 지향하면서도 남성이 이끌어가는 중심과는 타협하지 않고 새로운 시선으로 자기의 길을 모색했던 나혜석은 고정관념에 고착된 가치에 정착하는 대신 끝없이 탈주를 꿈꾸고 실천했던 경계인의 모습이었다. 기존의 집단에 문제를 제기하는 자, 당연시되는 것들에 이의를 제기하는 자, 정돈된 질서를 교란하는 자로서 나혜석은 끝없는 질문을 던졌다. 그 질문들에 대답할 수 없었던 당시 조선 사회는 공정한 대답 대신 외면하거나 등을 돌리고 매장시키는 방법을 택했다. 저항은 역담론의 형태를 취하고 새로운 지식을 생산하고 새로운 진리를 말하고 그럼으로써 새로운 권력을 구성한다. 그러나 나혜석의 선진성은 당대에는 그러한 지점까지 나아가지 못했고 긴 세월이 흐른 뒤에야 비로소 한국 페미니즘의 선구자로서의 위상을 차지하게 되었다.

3. 창조적 소수자 나혜석

나혜석은 일생을 두고 언제나 정상과 비정상, 이성과 감정, 받아들여지는 행동과 배척되는 행동 등의 경계로부터의 탈주를 일삼고 두 개의 대립되어 있다고 상정되는 세계를 넘나들었다. 이러한 나혜석의 행동은 표준화된 사고와 질서에 길들여진 사람들에게는 낯설고 당황스럽고 수용하기 어려운 것들이다. 따라서 그러한 행동을 한 인물은 그들의 고정되고 획일화되고 표준적인 가치와 사회를 유지하기 위해 완전하게 격리되어야 한다. 그렇게 함으로써 평범한 다수자들은 평온함을 회복할 수 있다. 그러나 자신에게 주어지는 억압을 넘어서 새로운 가치를 창조하려는 탈주를 감행하는 자야말로 범인을 넘어서는 뛰어난 자가 된다. 탈주는 현존하는 세계를 질서 짓고 그 내부와 외부를 가르는 경계선을 허무는 것이다. 다양한 삶의 형태나 활동을 기존 질서의 경계 안에 끼워 맞추거나 배제함으로써 스스로를 유지해가는 그 경계선을 허물고 새로운 세계를 창조하는 셈이다. 한 곳에 머물지 않고 끝없이 여기서 저기로 넘어서려는 경계인의 삶을 보여준 나혜석은 탈주를 욕망하고 감행하는 용기 있는 삶의 주체였다.

나혜석의 일생은 한 사회에서 모든 장소와 관계되어 있으면서도 동시에 그것과 모순되는 기묘한 장소, 일상생활로부터 일탈된 공간, 그런 의미에서 반공간인 헤테로토피아적 공간과 긴밀한 관계를 맺고 있었다. 그러한 공간은 공간 본래가 가진 특성 때문에 나혜석에게 의미를 부여하기도 하지만 동시에 나혜석의 탈주 욕망에 기반을 둔 개인적 사건들 때문에 의미를 생성하게 된다.

처음 집을 떠나 진명여학교에 발을 들여 놓은 이후 언제나 치열하게 저항하며 끊임없이 자아를 창조해나갔고 마지막 죽음의 순간까지 한 공간의 고착된 의미를 깨뜨리고 새로운 의미를 부여할 수 있었던 나혜석은 자유인이었다. 나혜석은 평생에 걸쳐 사건을 일으키면서 통제와 억압에 저항했고 그 저항의 결과로 새로운 시공간을 끝없이 탄생시킨 인물이었다. 그것은 결국 타자에 불과한 식민지/여성을 능동적이고 적극적인 개인/주체로 변모시켰다. 비일상적이고 불안정하며 주변부적이고 불안한 헤테로토피아로서의 반공간을 이상을 실현하는 공간으로 변화시키고자 노력했으나 끝내 그것을 완벽하게 이루지는 못한 자로서 몰락하는 것이 나혜석 인생의 비극성이라 할 수 있다.

그러나 기존의 사회질서에 저항하고 사회적 억압을 해체시키고자 노력한 그녀는 자신이 속한 헤테로토피아적 공간과 어우러졌다. 외적으로는 파멸했으나 내적으로는 결코 패배하지 않은 정신의 위대성은 공간의 저항성과 조화를 이루었고 그녀는 한국 근대사의 선구적 페미니스트이자 강인한 주인공으로 살아남았다.

나혜석의 생을 꿰뚫는 행동은 '떠남'이다. 한 곳에 정주하기를 거부하고 끝없이 새로운 곳을 향해 떠나고자 한 것이 나혜석 삶의 핵심이다. 떠난다는 것은 외적으로는 장소의 이동으로 나타나고 내적으로는 새로운 세계와 가치를 향한 열정적인 시도로 나타난다. 구획되어지고 위치지워진 경계를 넘는 자로서의 나혜석은 진정한 생의 주인공이며 새로운 플롯을 만들고 역사를 창조하는 자이다. 나혜석의 생은 곧 창조하는 소수자의 실천적 행위이다.

2장

파리의 그 여자,
이국적 공간과 신여성의 사랑

사남매 아이들아 에미를 원망치 말고
사회제도와 도덕과 법률과 인습을 원망하라.
네 에미는 과도기에 선각자로
그 운명의 줄에 희생된 자이었더니라.
후일 외교관이 되어 파리에 오거든
네 에미의 묘를 찾아 꽃 한 송이 꽂아다오

나혜석의 희곡 〈파리의 그 여자〉는 이국정서와 탈시대적 공간과 사고와 행동을 통해서 신여성의 삶의 한 단면을 보여준 작품이다. 여성 특유의 세심한 기호들이 동시대적 여성들과의 삶의 괴리와 선구적 여성으로서의 남다른 고뇌를 보여주고 있다. 문학이 특정 시기의 일반적인 지적, 문화적, 정치적 삶에 깊이 뿌리내리고 있는 역동적 관심에 대한 매체로서 전제될 때 미학적, 질적 수준에 대한 가치 판단은 부차적인 문제라고 할 수 있다. 중요한 것은 이러한 작품이 지배문화의 정착된 이념의 허울을 벗기는 작업이라는 점, 그리고 그 작품 안에는 새로운 이념의 창조와 노력의 과정이 보인다는 점이다.

　　나혜석이 파리라는 공간을 작품의 배경으로 삼거나 서양 여성의 모습으로 자신의 자화상을 그린 것은 그녀가 경험하고 이상적으로 생각하는 서양의 모습과는 너무나도 괴리가 있었던 당시 현실에 대한 깊은 절망을 역으로 보여준다. 현실에서 도저히 완성할 수 없는 유토피아로서의 파리는 그녀를 복구할 수 없는 나락으로 끌어내린 공간이 되고 말았지만 자기를 여자로 만들어준 사랑의 공간이라고 솔직하게 인정하는 모습은 단지 빈궁한 현실의 재현만을 작가의 사명으로 삼았던 당대 작가들과는 전혀 다른 세계에 속해있던 선구적 지식인이자 당당한 한 개인 나혜석을 상상하게 한다.

1. 여성의 글쓰기, 저항의 언어

한국 희곡사에서 1930년대는 가히 전성기라 할 만하다. 유치진을 비롯한 극작가들의 다양한 활동이 있었고 근대 희곡의 주류인 리얼리즘 희곡이 확립되었으며 대중극을 통해 관객의 열렬한 호응도 받았다. 이러한 이유로 해서 1930년대의 희곡 관련 연구들도 많이 이루어졌다. 그럼에도 불구하고 이 시기 여성작가들의 희곡에 대한 연구는 거의 이루어지지 않았다.

나혜석은 〈파리의 그 女子〉(1935)를 《삼천리》에 발표했고 박화성도 〈찾은 봄 잃은 봄〉(1934)을 《신가정》에 발표했다. 심재순의 조선일보 신춘문예 당선작인 〈줄행랑에 사는 사람들〉(1935)은 《조선일보》에 연재되었고 《개벽》지 기자로 있던 장덕조는 《조선문학》에 〈형제〉(1933)를 발표했다. 여성작가들의 희곡은 양적으로도 미미하고 비평가들의 연구대상이 되지 못한 탓에 작품의 온전한 분석과 평가도 이루어지지 못했다. 그러나 그 양과 질을 평가하기에 앞서 여성작가의 작품이 주목을 받거나 연구대상이 되지 못한 데는 더 큰 이유가 있다.

남성과 여성은 서로 다른 물질적 조건하에서 문학작품을 생산한다. 이 문제를 가장 체계적으로 탐구한 것은 버지니아 울프의 『자기만의 방』이다. 버지니아 울프는 이 책에서 유물론의 명제에 기초하여 자신의 견해를 밝혔다. 글쓰기란 실체 없는 인간에 의해 허공 속에서 짜내려지는 것이 아니라 물질적인 요소에 기초하고 있고 이런 물질적인 조건들이 작가의 시각, 즉 남성작가나 여성작가의 사회에 대한 인식을 지배하게 된다는 것이다. 물질적 조건들은 예술양식의 선택과 그 속에서 선택된 장르, 문체, 분위기와 인물묘사에도 영향을 준다. 따라서 상대적인 가난과 예술적인 훈련부족으로 여성들은 창작활동을 하는데 명백한 구속을 받았다는 것이다.

오랫동안 여성작가들의 작품은 여류작가라는 수식어로 분류되어 문학사의 중심이 아닌 한 귀퉁이에 자리해왔다. 여성의 문단활동이라는 것이 그다지 활발하지 못했던 시절이었기에 그 희소성으로 인하여 각 작가의 개성과 상관없이 한데 묶이어 유사한 계열로 논의되곤 했다. 또한 논의의 대상이 된다고 할지라도 작품에 대한 분석이나 평가보다는 작가의 사생활에 대한 흥밋거리적인 차원에서의 논의가 이루어지는 정도에 불과했다. 메어리 엘만은 '여성들의 저술은 그것이 마치 여성 자체인 것처럼 대접을 받는다. 그래서 비평은 기껏해야 젖가슴과 둔부의 지적 측정이 될 뿐'이라고 하면서 남성비평가들의 이러한 편견을 남근비평이라고 불렀다. 여성의 특성이라는 것이 오히려 남성들의 편견을 조장할 수도 있다는 것을 지적한 것이다. 또한 여성의 문학을 여성 특유의 섬세함에 기초한 것으로 간주하는가 하면 또 한편으로는 그것을 역사성과 사상성이 부재한 것으로 몰아붙이기도 했다.

여성작가에 대한 무관심은 여성작가의 작품은 미숙할 것이라는 선입견과 무조건적인 여성에 대한 폄하에 그 원인이 있다. 그래서 지금까지도 온당한 평가를 받지 못한 채 묻혀있는 작가와 작품은 매우 많다. 그러나 현대 여성 작가들의 역동적인 활동으로 인해 여류라는 다분히 폄하적인 수식어에서 벗어나게 되었다. 여성주의비평의 중요한 목표 중의 하나는 아직도 문학사에 자리를 잡지 못하고 묻혀있는 여성작가들의 작품을 온당하게 평가해서 그들을 복권시키는 일이다. 물론 어떠한 권리도 가져본 적이 없기에 복권이라는 어휘 자체가 부당하다면 새로운 권리를 부여하는 일이라고 할 것이다. 여성 작가의 글쓰기에는 오랫동안 벙어리그룹(muted group)으로서의 운명을 감수해온 여성의 억눌린 말과 삶, 그리고 그 운명적 억압을 뚫고 입을 떼어놓고자 했던 흔적들이 담겨있다. 그것은 가부장제 담론에 억눌린 억압의 말인 동시에 그에 대응하는 저항의 말이다.

2. 이국적 공간과 신여성의 사랑

나혜석은 김일엽, 김명순과 함께 여성문학의 1세대 작가로 불린다. 그러나 그들은 '작품 없는 문학생활에 골몰했다'는 김동인의 지적 이후 오랫동안 사생활에 대한 세인들의 관심의 대상이 되었을 뿐 작품에 대한 평가를 받지 못했다. 그러한 정황은 오랫동안 이어져 '문학사에는 작품보다 작가의 인생이 더욱 빛나 이름을 떨친 시대가 없는 것이 아니다'라는 냉소적인 언급을 받기도 했다. 그러다가 여성주의비평의 영향으로 1980년대 후반부터 본격적인 작품 해석과 평가가 이루어지기 시작했고 그러한 작업은 큰 성과로 집적되었다.

나혜석은 최초의 여성 화가이자 작가이자 페미니스트였다. 나혜석은 〈이상적 부인〉(1918)에서 '여자를 노예로 만들기 위해서 부덕의 장려가 필요했다'고 지적하고 '조선여성은 자신을 찾는 활동과 성공에 대한 허영심을 가져야 하며 사람다운 생활을 해야 한다'고 주장했다. 여성의 허영에 대해서는 〈파리의 그 여자〉에서도 언급되는데 여기서 허영이란 원대한 이상이라는 의미로 사용된다. 가정이라는 눈앞의 현실적 울타리 안에만 갇혀 생활하는 여성들에게 자신의 미래에 대한 이상을 갖고 그 실현을 위해 노력하자는 의미다. 또한 〈이혼고백장〉에서는 이혼의 과정과 심경을 고백하고 그에 대한 자신의 입장을 밝혔고 〈신생활에 들면서〉에서는 과감한 성해방을 주장했다.

나혜석은《매일신보》에 한국여성의 종속상태를 인형이라 파악한 〈인형의 집〉(1921)을 발표했다. 남성에 대한 여성의 종속적 지위를 간파하고 있는 나혜석의 가치관이 잘 피력되어 있는 작품이며 여성의 현실에 대한 날카로운 인식이 참된 자아를 인식하는 존재로서의 각성으로 발전하고 있다.

> 내가 인형을 가지고 놀 때 / 기뻐하듯 / 아버지의 딸인 인형으로 / 남편의 아내 인형으로 / 그들을 기쁘게 하는 위안물이 되었다 / (중략) / 남편과 지식들에 대한 / 의무같이 / 내게는 신성한 의무 있네 / 나를 사람으로 만드는 / 사명의 길로 밟아서 / 사람이 되고저 /

〈파리의 그 여자〉는 나혜석의 자서전이라 할 정도로 자신의 삶과 사고가 잘 드러나 있는 희곡이다. 흔히 여성의 글이 자전적이라고 할 때 그것은 여성의 글은 개인적이고 즉흥적이어서 소설적이고 기교적이고 미학적인 남성의 글에 비교해서 덜 문학적이라는 평가가 숨어 있다. 개인적이라는 말은 내성적인 혹은 감정적인 것을 뜻하며 자질구레한 일상의 서술임을 뜻한다. 그러나 여성의 글쓰기가 특히 자전적인 성격을 갖는 이유는 여성적 자아의 재발견이라는 내적 욕망이 숨어있기 때문이다.

바렛에 의하면 재현이란 단순히 모방의 공간이 아니라 이념이 의미로서 확립되는 공간이다. 문학 작품이 줄 수 있는 것은 주어진 사회적 형식 내에서 특별한 의미들이 만들어지고 타협되는 규범과 영역에 대한 숨겨진 의미와 내용들이다. 나혜석의 작품을 통해서 이러한 재현의 의미를 찾을 수 있다.

우선 배경이 파리로 되어있다는 것이 매우 이색적이다. 30년대의 여성들 중에서 90% 이상이 문맹일 정도로 억압된 생활을 했는데, 그러한 시대에 작품의 배경이 파리로 되어있고 등장인물의 삶은 매우 자유롭다. 이는 신여성이었던 작가와 일반 여성들 사이에 엄청난 간극이 있음을 보여준다. 신여성이란 새로운 교육을 받은 인텔리 여성을 지칭하는 말인데 그들은 의식과 삶에 있어서 너무나 진보적이었기에 당대의 남성들로부터는 물론 여성들로부터도 동조 받지 못하는 특별한 삶을 살았다. 그들은 자유연애사상 등 개방적인 사고와 행동으로 인하여 플레이걸이나 탕녀라는 비난을 받기도 했다.

이 작품은 3막으로 구성되어 있다. 작품의 길이로 보아서는 막이 아니라 장이라고 해야겠지만 시간과 장소의 변화가 커서 막으로 나눈 것 같다. 혹은 희곡을 많이 쓰지 않은 나혜석으로서는 막과 장에 대한 개념이 정립되지 않았을 수 있다. 파리에서 뉴욕으로 다시 한국으로 이동하는 등 공간 이동의 폭이 매우 크다. 하부 공간은 호텔, 아파트, 해수욕장 등으로 당대 한국인들이 생각할 수 있는 일상적인 공간이 아니다. 그것은 작가의 이국정서와 탈한국적 공간의식을 보여주는 동시에 평범한 한국여성의 공간으로부터의 탈피를 의도하는 것으로 보인다. 거시적 공간과 미시적 공간 모두가 그러한 작가의식을 표출한다.

이러한 공간설정은 당대작가들의 작품과 비교할 때 매우 독특한 것이다. 30년대 문학 작품에 나타나는 대부분의 장소는 향토적 공간으로서 생존과 관련된 농촌이나 어촌으로 설정되어 있고 간혹 한국 이외의 장소일 경우에도 일제의 착취에 못 견디고 고향을 떠나 만주 등지로 떠나는 실향민의 이주지로서의 공간이 보일 뿐이다. 이는 우리 민족의 정서가 향토적인 것에 매우 긴밀하게 바탕을 두고 있고 경험 공간 역시 협소한 한반도에 근거하고 있기 때문이다. 그러나 나혜석의 이 작품은 한국의 근본적인 공간으로서의 농촌, 즉 생존을 위한 터전으로서의 땅을 거부하고 있다. 한국의 경우도 농촌이 아닌 해수욕장으로 설정되어 있어서 휴양지로서의 공간이 그려지고 있다.

이것이 나혜석을 다른 작가나 독자와 차별화시키는 부분이다. 당시 평범한 사람들이 가장 심각하게 고민하는 문제는 생존문제 즉 먹고사는 문제였다. 대다수의 사람들이 일제의 수탈정책에 의한 궁핍의 문제로 고통 받는 상황이었으므로 작가들은 당연히 그러한 문제를 다루었고 심지어 빈궁문학이라는 용어가 당대의 문학의 특성을 지칭할 정도였다. 그러나 나혜석의 작품에는 이러한 빈궁의 그림자가 전혀 나타나 있지 않다.

B라는 여성은 화가로서 남편과 함께 파리에 왔고 그림공부를 했으며 3막에서는 남편이 아닌 다른 남자와 사랑을 나누고 있다. 그녀는 가난이나 식민지라는 민족 모두가 겪고 있는 현실적 문제로부터 제외된 공간에 속해있는 이방인처럼 보인다. 실제로 나혜석은 출세한 식민지 관료의 아내이며 일본을 통한 근대화를 믿는 식민지 지식인이기도 했다. 물론 그녀가 아무런 갈등이 없는 것은 아니다. 개인적 고민이 시대적 고민보다 상대적으로 무가치하다고 할 수는 없는 것이지만 그렇다고 해서 개인적 갈등을 중점적으로 보여주는 이 작품이 그것만으로 의미를 획득하기에는 난점이 있다. 당대의 역사적 특수성이 지식인의 무감각한 시대인식을 변명하기에는 너무도 어려운 시대였기 때문이다. 이러한 탈시간과 이국적 공간을 배경으로 한 작품은 그 희소성으로 당대를 독자적 방식으로 반영한다는 점에서 의미를 갖는다.

또한 인물의 익명성에 주목할 수 있다. 등장인물은 모두 알파벳 대문자로 기호화되어 있다. 이름이 없다는 것은 개성적 존재이기를 거부하는 것이며 또한 알려지기를 거부하는 것이다. 알파벳으로 명명된 부호들은 인물간의 대등한 관계를 암시하고 특정한 인물이 주인공이 아님을 나타내기도 한다. 여기서 한글 대신 굳이 알파벳을 택했다는 것은 그녀의 이국취미와 연결되며 한국적인 것에 대한 거부를 뜻한다.

그러나 아이러니컬한 것은 제목으로 보아서는 B라는 여성이 주인공인데 A라는 남성을 맨 앞에다 두고 '그녀의 남편'이라는 표현을 하고 있는 점이다. '그녀'가 있어야 '그녀의 남편'이 존재할 것인데 굳이 '그녀의 남편'을 앞에, '그녀'를 뒤에 둠으로써 논리적인 표현에서 벗어나고 있다. 이것은 여전히 한국적 남성우위의 관습으로부터 자유롭지 못한 작가의 잠재적 의식을 드러낸다.

그렇지만 다른 두 여성이 '-의 안해'로 설명되고 있는데 비해서 A를 'B의 남편'으로, J를 'B의 애인'으로 지칭하고 있음은 일반적인 남녀 관계에 비추어 볼 때는 상당히 다른 관계임을 알려준다. 다른 여성들이 남편이 우선되는 관계를 이루는데 비해서 B는 남성들과 대등한 관계를 형성하고 있다. 물론 페미니즘이 의도하는 것이 남성이 가지고 있던 헤게모니를 여성이 갖자는 것은 아니다. 만일 그것이 목표라면 우열의 지위만 전도되었을 뿐 남녀의 또 다른 부정적인 관계를 형성하게 될 것이기 때문이다. 그럼에도 불구하고 남성이 아닌 '그녀'가 중심이 될 수 있다는 사고의 전환은 억압된 당대 사회의 가치체계 내에서 볼 때 매우 획기적이다.

B에 대한 남성들의 표현을 보면 '불상한 女子지. / 재조가 넘어잇서서 걱정이야. / 예술적이지. 하여간 경솔이 볼 女子는 아니야. / 사랑스러운 녀자야.' 등이다. 인간적으로는 매력이 있고 사랑스러운 여성이며 예술적 재능이 뛰어난 여성이다. 그러나 그러한 장점들을 두루 갖춘 여성이 바로 그 장점인 재능 때문에 불행하다고

한다. 재능이 있으므로 그것을 발휘할 수 있고 계속 연마할 수 있
는 기회를 주어야 할 텐데 실제 현실은 그것을 용납하지 않으므로
결과적으로 불행할 수밖에 없다는 것이다. 실제로 그녀는 3막에서
남편 아닌 남성과 사랑에 빠지는 것으로 그려진다. 자신의 예술을
성취하지 못하고 단지 자유로운 사랑을 선택하면서 작품 전반부
에서 암시되었던 안타까운 예상을 그대로 보여준다. 신여성은 새
로운 교육을 받은 여성 인텔리로 서구의 유행을 지각없이 따르는
부박한 여성들의 대명사가 되었던 시기를 반영하듯 사랑과 자유
연애를 추구하는데 머물고 만 것이다.

작품에서 주인공의 사랑관과 구체적인 사랑의 양상을 보면 다
음과 같다.

> C : 그럼 사랑도 다 시대를 따라서 다른 거시야. 20세기에 안자서
> 19세기나 18세기 사랑을 하면 되겟나.
> C : 사랑에 왜 사상과 이상이 업겟나.
> C : 타산적 아니고 계속할 수 잇나.
> B : 청년기 사랑은 맹목적이오 중년기 사랑은 의식적이야. 열과 정
> 에는 차이가 없겟지만 제 행동을 아는 것처럼 자미잇고 힘이
> 나고 멋진 거시 업는 것 갓해요.
> C : B가 영국 왓슬 때 녀자문제에 대하야 흥미를 가젓스니까 말이
> 지. 얼마간 론돈에 들녀 녀성 문제를 연구해 갓더라면 무어슬
> 써낸다하더라도 조선사회에 유익이 된 것 아닌가.

과거와 달라진 20세기의 사랑이란 나름대로의 사상과 이상이
있어야 하며 때로는 타산적이기까지 하다. 과거 여성에게 강요되
었던 순종적이고 수동적인 사랑에서 벗어나 자신의 의지에 따라

주체적으로 사랑을 선택해야 한다는 것이다. 결혼한 여성으로서 사회적으로 금기시되어 있는 사랑에 빠져 모든 것을 잃은 나혜석이었으나 주체적인 선택에 의한 사랑이 자신에게 중요한 의미가 있었음을 인정하고 있다. 여성의 선택적 사랑의 방식에 대한 당당한 언급은 남성 중심적 사회의 억압에 대한 거부를 의미한다. 이로써 기존의 남성중심의 성도덕에 대한 전복적 태도와 탈출의 욕망을 엿볼 수 있다. 그러한 억압적 도덕관으로부터의 탈출을 통해서 자신을 길들여왔던 사회제도를 포함한 당대의 환경에 도전하고 있다.

C는 재능 있는 B에게 더 공부할 수 있도록 기회를 주고 결과적으로 조선사회에 도움이 되도록 해야한다고 주장한다. 이러한 견해는 긍정적인 발언으로 여성의 자아실현과 사회에의 기여가 실제로 얼마나 연관되고 있는지를 알려준다. 진정한 여성해방을 위해서는 사회의 헤게모니를 쥐고 있는 남성엘리트 계층의 도움이 절대적으로 요구된다는 점을 고려할 때 C는 강력한 조력자가 될 수 있다.

남편 A는 아내와 함께 외국에 다니는 것으로 보아 진보적인 사고를 하는 사람이며 개방적인 가치관을 가졌고 아내를 지극히 사랑하는 인물임을 알 수 있다. 아내를 외국에까지 데리고 다닌다는 일부 남성들의 빈정거림이나 여성은 외국문물을 배워야 허영심만 늘 뿐이라는 식으로 부정적인 견해를 보이는 남성들의 언사가 당대의 보편적인 견해라고 볼 수 있고 그러한 상황이기에 남편의 행동은 의의가 있다. 그러나 어떤 사건 때문에 그 부부의 동반자적인 삶이 파괴되는지가 드러나지 않고 그러한 과정에서의 부부의 갈등과 고민이 완전히 생략됨으로서 3막의 사랑은 갑작스럽고 당위성이 결여된다.

그러나 이 과정에 대해서는 〈이혼고백장〉에서 자세히 밝히고 있다. 이혼이 특별한 '사건'이었던 시절에 여성이 불륜으로 이혼을 당한 것도 수치스러운 일인데 나혜석은 그 과정과 연유를 상세하게 써서 잡지에 발표까지 함으로써 더욱 세상을 떠들썩하게 했다. 이 글은 남성지배적인 사회에서의 여성의 억압과 저항을 명확하게 보여주는 글이었다. 입센의 〈인형의 집〉에서 노라의 가출처럼 나혜석의 〈이혼고백장〉와 연애의 상대자였던 최린에 대한 '위자료 청구 소송'은 여권의식을 널리 알린 저항적 사건이었다.

　이 작품은 극심한 갈등이 겉으로 드러나 있지도 않고 기존의 극적 구조를 따르고 있지도 않다. 절정을 향해 가는 아리스토텔레스적인 구조도 없이 세 개의 막은 병렬적으로 나열되어 있다. 이러한 자유로운 글쓰기 방식은 여성적 글쓰기의 한 특징을 보여준다. 여성의 개인적 자기 진술은 감추어진 자아의 부분적 기록이면서 또한 진실과 은폐 사이의 분열된 자아의 자화상이다. 조화로운 자아 형성을 진화적인 연대기로 서술하는 남성의 자전적 글쓰기가 남성 중심 사회의 질서와 총체성 지향의 삶에서 비롯된다면 일회적이고 비연속적인 형태의 여성적 글쓰기는 여성의 파편화된 삶의 조건에서 비롯된다. 남성 중심적인 사회에서 여성 자아는 억압된 여성 경험 안에서 발생하며 여성의 이야기 행위는 여성적 자아의 재현이다. 서구의 페미니스트 연극에서는 전통적인 플롯에 대한 강조보다는 분위기의 강조와 세부묘사가 중요하게 여겨지는 추세이다. 전통적 비극의 형태를 남성의 성적 행위의 과정과 동일시하면서 페미니스트 연극은 한번의 절정을 향해 치달을 필요가 없는 여성의 성적 행위와 유사한 형태를 추구해야 한다고 주장하기도 한다.

　주제적 측면에서의 변화도 주목할 만하다. 과거의 문학이 여성의 사랑의 성취와 그 최종적 결과로서의 결혼을 목표로 하는 과정을 그리는데 역점을 두어 결혼으로 결말짓는 특성을 보여주었다면 근대 이후에는 결혼을 문제적 상황을 인식하는 출발점으로 삼는 경우가 많다. 따라서 결혼의 거부 내지는 이혼 등의 방향성을 띠게 되는 것이며 이 작품은 바로 그러한 양상을 보여준다. 실제로 나혜석은 이혼 후 고통 속에 살면서도 자신의 실패를 패배로 인정하지 않고 선각자의 고뇌로 받아들였다.

> 사남매 아이들아 에미를 원망치 말고 사회제도와 도덕과 법률과 인습을 원망하라. 네 에미는 과도기에 선각자로 그 운명의 줄에 희생된 자이었더니라. 후일 외교관이 되어 파리에 오거든 네 에미의 묘를 찾아 꽃 한 송이 꽂아다오.

부유한 가정에서 태어나 한국여성으로는 최초로 동경유학을 해서 미술을 전공했다는 나혜석의 이력은 일반 민중의 궁핍한 생활로부터 그녀를 단절시켰을 뿐만 아니라 현실적 고통보다는 예술이나 인생의 의미 등의 측면에 의의를 두고 추구하게 했다. 생존의 차원에서 허덕이는 사람들의 삶을 자기와는 무관한 삶의 양태로 보고 그보다 차원이 높은 의식의 세계에 의미를 두고자 했을지 모른다. 대다수 여성에 대한 관심보다는 자신을 포함한 극소수의 여성들과의 교제와 친교를 통해서 그런 측면으로만 관심사를 확장시켰을 가능성이 있다.

등장인물들이 거의 모두 결혼한 사람들이면서도 단 한 명의 자녀도 등장하지 않을 뿐 아니라 자녀문제에 대한 언급이 전혀 없는 것도 특이하다. 이는 결혼은 하지만 자녀는 거부하는 좀 더 개인주의적인 관점의 표방으로 보인다. 모성적 원리는 쟁취나 도전보다 통합과 조화의 원리이며 해방과 열림에 그 토대를 둔다. 여기서는 자녀에 대한 의도적 외면을 통해 모성성의 긍정적인 특성들을 거부하고 있다. 그러나 이는 당대의 신여성들이 현실의 벽을 넘지 못하고 끝내는 다시 어머니로서의 의무에 충실하면서 전통적 여성상으로 돌아가 버리고 마는 좌절과 타협의 양상을 보여주는 작품들과 비교된다. 모성성을 거부하는 것은 모성성 자체의 의미를 떠나서 끝까지 자아를 포기하지 않고 버티어내려고 했던 신여성의 한 의지적 표현이라고 볼 수 있다.

3. 자전적 글쓰기와 자아의 발견

여성해방의 주제를 다루고 있으면서도 사회 내지 국가적 차원에서 이를 이룰 것이 아니라 여성자신, 즉 개인의 해방에만 관심을 가지고 있는 것은 나혜석, 김일엽, 김명순 등 제1세대 여성문학인들의 공통적인 특성이었다. 이들의 작품에는 여권론, 여성론 등 소위 부르주아 여성해방론의 영향이 적지 않게 반영되어 근대화 초기단계에 있어서의 지식여성의 주관심사를 보여주었다. 자유연애, 성의 해방, 신도덕, 신정조관에 몰두했던 그들의 여성해방사상이 당대의 여성들이나 당대의 사회에서 공감을 얻는 것은 불가능했다. 그 결과 그들은 현실에서도 몰락하고 문학에서도 방황하는 여성상을 보여주기도 한다. 그러나 아무도 가지 않은 길을 용감하게 걸어간 신여성들 특히 나혜석의 삶은 그 자체가 저항이라 할 수 있다.

〈파리의 그 여자〉는 이국정서와 탈시대적 공간과 사고와 행동을 통해서 신여성의 삶의 한 단면을 보여준 작품이다. 여성 특유의 세심한 기호들이 동시대적 여성들과의 삶의 엄청난 괴리와 선구적 여성으로서의 남다른 고뇌를 보여주고 있다. 문학이 특정 시기의 일반적인 지적, 문화적, 정치적 삶에 깊이 뿌리내리고 있는 역동적 관심에 대한 매체로서 전제될 때 미학적, 질적 수준에 대한 가치 판단은 부차적인 문제라고 할 수 있다. 중요한 것은 이러한 작품이 지배문화의 정착된 이념의 허울을 벗기는 작업이라는 점, 그리고 그 작품 안에는 새로운 이념의 창조와 노력의 과정이 보인다는 점이다. 그것을 고려할 때 이 작품이 갖는 문학적 불완전성은 부차적인 것일 수 있다. 그러나 시간과 공간으로부터의 이러한 일탈 현상은 역사의식의 부재라는 비판을 받을 수도 있는데 1930년대의 작가들이 주로 식민지적 억압 상황에 대해서 고심하는 상황이었기 때문이다.

이 작품은 열악한 시대에 자아성취를 해보려는 여성의 노력이 드러나 있지만 시대의 한계를 극복하지는 못하고 자유연애를 실천하는 신여성의 표출에 머물고 있다. 그러나 나혜석이 파리라는 공간을 작품의 배경으로 삼거나 서양 여성의 모습으로 자신의 자화상을 그린 것은 그녀가 경험하고 이상적으로 생각하는 서양의 모습과는 너무나도 괴리가 있었던 당시 현실에 대한 깊은 절망을 역으로 보여준다. 현실에서 도저히 완성할 수 없는 유토피아로서의 파리는 그녀를 복구할 수 없는 나락으로 끌어내린 공간이 되고 말았지만 자기를 여자로 만들어준 사랑의 공간이라고 솔직하게 인정하는 모습은 단지 빈궁한 현실의 재현만을 작가의 사명으로 삼았던 당대 작가들과는 전혀 다른 세계에 속해있던 선구적 지식인이자 당당한 한 개인 나혜석을 상상하게 한다.

그동안 현실의 재현으로서의 연극은 여성들은 절대로 주체가 될 수 없고 단지 수동적인 희생자로만 표현함으로써 성차에 따른 역할의 재생산에 주력해왔다. 곧 여성 자신으로서의 여성이 되지 못했다는 의미이다. 여성들은 극적 재현 속에서 활동적인 지위를 차지하지 못했으며 이러한 극적 재현은 여성을 물질적인 기반으로부터 멀어지게 했다. 여성은 남성중심적 이념에 의해 다듬어진 가면으로만 재현되었던 것이다. 재현 속에 여성을 위치시키는 것은 그 재현 속에 내재된 이념적 의미를 내포하게 되고 여성의 주체성을 효과적으로 거부하는 남성 욕망에 의해 진행된 이야기를 제시하게 된다. 이러한 측면에서 볼 때 긍정적인 여성의 역할 모델의 결핍은 당연한 결과였다. 이러한 연극사의 흐름 안에서 1930년대에 나혜석이 재현한 파리의 그 여자라는 인물은 전혀 새로운 인물로서 의의를 갖는다. 비로소 여성은 남성 중심적 사회의 억압 안에서도 눈치 보지 않고 여성 자신으로 존재하는 여성을 재현하기 시작한 것이다.

3장

나혜석의 남편으로 산다는 것

이 사람에게 큰 결점은
너무 취미성이 박약한 것이외다.
그러나 남의 취미를 방해는 결코 하는 사람이 아니요,
할 수 있는 대로 남의 개성을 존중히 여겨주는 것을
무엇보다도 미점으로 압니다

　　　　그동안 나혜석에 대한 많은 연구가 있었으나 그
녀의 일생에 중요한 영향관계가 있는 남편에 대한 연구는 거의 없었
다. 남편 김우영의 두 권의 저서를 중심으로 하여 그가 어떤 사람이고
나혜석의 생에 어떤 영향을 미쳤는지 검토하고 그의 생을 이율배반의
생이라 요약하였다. 조국과 민족을 생각하며 살기 원했으나 현실적으
로는 일본의 고위관료를 지냈고 그 결과 친일파라는 낙인에서 벗어날
수 없었다. 어머니의 희생적인 생을 보면서 완전한 가족을 이루기를
꿈꾸었으나 네 번의 결혼을 하며 가족에게 고통을 주었다. 그리고 아
내 나혜석에 대한 사랑의 맹세 또한 지키지 못하고 뛰어난 여성을 비
극적인 생으로 몰아넣는 결과를 낳았다. 인생에서 지향하는 바와 결과
가 일치하지 않았던 김우영의 생은 진정한 근대정신을 내면화하지 못
하고 방황한 지식인의 한계를 보여준다. 그의 회고록에는 일제시대의
친일행각을 포함한 정치적인 면에 대한 반성은 약간 드러나지만 나혜
석과의 결혼생활을 포함한 사적인 삶에 대한 성찰이 없어서 자신의 생
을 변명하고 이상화하려는 의도가 보인다.

1. 나혜석의 남편 김우영

청구 김우영(1886~1958)은 우리나라 최초의 페미니스트이
자 작가이며 화가인 정월 나혜석의 남편으로 알려져 있
다. 가부장제가 극심한 조선 사회에서 남자가 그것도 한 시대의
정치적, 사회적 인사로서 어느 정도 중요한 인물이 자신의 이름보
다 한 여자의 남편으로 더 유명하다는 것은 특별한 일이었다. 김
우영은 국가가 식민지가 되어가는 격동기를 살아야 했고 개인적
으로는 결혼을 네 번이나 했으며 고위층 관료에서 반민특위에 회
부되어 감옥에 수감되기까지 생의 극한을 넘나들며 살았다. 죽은
후에도 여전히 자신의 이름보다는 나혜석의 남편으로 호명되고
있다는 의미에서 그는 자신의 삶의 주인공으로 서지 못한 비운의
인물이다. 2015년 4월 17일 아들 김건이 사망했다. "김건 한국은
행 전 총재 별세"라는 제목의 기사에는 '한국 최초의 여성 서양화
가인 나혜석의 막내아들'이라고 기술됨으로써 그 또한 아버지가
아닌 어머니의 아들로 역사에 남게 된 셈이다.

나혜석의 일생에는 많은 영향을 주고받았던 네 명의 남성들이
있다. 첫사랑 소월 최승구, 한때 연인이기도 했던 친구 춘원 이광
수, 남편인 청구 김우영, 나혜석이 몰락하게 된 원인을 제공한 고
우 최린이 그들이다. 당대 최고의 문인이자 예술가거나 정치적
인물이고 종교 지도자인 이 네 명의 인사들은 시대의 전면에서 살

아간 사람들이다. 그 화려한 명성의 인사들이 한 여자를 사랑했고 서로의 인생에 깊이 연루되어 있다면 그 한 명의 여자는 대단히 중요한 인물이었음에 틀림없다. 그 중에서도 가장 긴 시간 나혜석과 관계를 맺었던 남편 김우영에 관해 고찰하려 한다.

첫째, 나혜석과 만나기 이전의 김우영의 삶을 살펴보려 한다. 격동기를 살아가는 한 청년이 이상을 품고 자신의 세계를 만들어 가는 과정을 통해 식민지 시대 지식인의 삶과 의식을 볼 수 있을 것이다. 둘째, 나혜석과의 만남과 결혼과 이혼에 이르는 과정을 통해 두 사람의 극적인 관계를 분석하고자 한다. 그간의 나혜석에 관한 연구가 여성중심적 관점의 페미니스트들에 의해 주로 이루어진 반면 이것은 남성을 통해서 나혜석을 보려는 시도이다. 셋째, 나혜석과의 이혼 이후 김우영이 택하는 삶의 방식을 통해서 그들의 만남과 이별이 두 사람의 인생에 무엇을 주었는지 그 영향관계를 분석하며 화려한 만남이 비극적 결말로 종지부를 찍고난 뒤 두 사람의 생의 후반부를 비교 대조하고자 한다.

그간 거의 주목을 받은 바가 없는 김우영이 남긴 두 권의 저서 『회고』와 『민족공동생활과 도의』를 중심으로 논의를 진행하고자 한다. 『회고』(신생공론사, 1954)는 김우영의 자서전으로 자신이 부산에서 운영하던 종합잡지 《신생공론》의 출판사인 신생공론사에서 비매품으로 출간되었으며 총 124면이다. 『민족공동생활과 도의』(신생공론사, 1957)는 2부로 나뉘어 있는데 1부 논설편이 198면까지이고 2부 회고록이 313면까지이다. 1부의 논설들은 1951년부터 1957년까지 《신생공론》에 실었던 글을 모은 것이고 2부의 회고록은 순서를 좀 바꾸고 문장을 다소 고쳤으나 3년 전 출간한 자서전 『회고』의 내용과 거의 유사하다. 같은 상황을 바라보는 두 사람의 시각과 입장을 대조하여 봄으로써 그들의 결혼과 그 이후의 비

극의 단초를 찾아내고 두 사람의 생의 의미와 비극성을 고찰하게
될 것이다.

2. 이율배반의 생

김우영을 규정하는 것은 크게 친일파 관료라는 것과 나혜석의 남편이라는 두 가지 사실이다. 그는 2002년 민족정기를 세우는 국회의원 모임에서 발표한 친일파 708인 명단과 2009년 민족문제연구소에서 발간한 친일인명사전, 2009년 친일반민족행위 진상규명위원회가 발표한 친일반민족행위 704인 명단에 모두 포함되었다. 김우영이 친일파 사전에 수록된 이유로는 '중추원 참의, 이사관, 안동 주재 일본영사관 부영사'로 일한 사실에 근거한다. 이는 그가 일본의 관료로서 받은 주요 직함의 역순으로 그가 인생의 후반부로 갈수록 고위층의 관료가 되었으며 친일적 인사로서 일본의 인정을 받았음을 보여준다.

그러나 이러한 역사적 평가와는 달리 그는 친일을 인정하지 않았다. 두 권의 저서에는 언제나 난세를 살아가는 지식인으로서 나라와 민족을 생각하고 고민하는 마음이 담겨 있으며 관료 행위를 어려운 동포를 돕는 일로 생각하고 있었다. 그러나 구미만유를 할 정도의 호화로운 생활은 이미 특혜를 누린 삶이고 그렇게 살 수 있었던 것은 일본 유학기와 그 이후 지속된 일본/일본인들과의 친밀한 관계에 바탕을 두고 있다. 더욱이 그가 맡았던 직위들과 그에 따른 활동과 숱한 훈장 및 일본 측의 융숭한 대우에 관한 기록들은 그의 친일행적을 여실히 증명하고 있다.

1) 식민지시대의 지식인 김우영

(1) 주요 이력

김우영은 1886년 10월 23일 경남 동래에서 김보환의 아들로 태어났다. 한학자인 염춘곡의 둘째딸인 어머니는 4남 2녀를 낳았으나 아들 셋을 모두 잃었기에 김우영을 소중히 여겼고 바느질과 행상을 하며 가계를 돌보는 어려운 상황에서도 그의 교육에는 열의를 보였다. 그래서 한문 공부 외에도 목포 일본인 소학교에 입학시켜 일본어와 신학문을 공부하도록 했다. 이후 동래 개양학교(동래중학교의 전신)에 다녔고 19세가 되던 1904년에 상인이었던 김원로의 큰딸과 결혼해서 딸 하나를 두었다. 동경에 가서 세이소쿠(正則) 영어학교에서 수학했다. 이 학교는 이광수, 최남선, 신익희, 장덕수, 나경석, 최승구 등 한국 학생뿐 아니라 히라츠카 라이초 등의 일본 유명인사들도 거쳐 간 유서 깊은 학교이다. 동경에서 한학자 전병학을 만나 중국 상해로 가서 독립운동단체인 대동보국회에서 일하다가 조선으로 돌아와 다시 동경유학을 꿈꾸었다. 1909년 9월 오카야마(岡山) 제6고등학교에 입학해서 1915년 6월에 졸업했다. 1915년 1월 교토 조선유학생친목회를 조직했고 1918년 7월 교토제국대학 법학부 법률학과 및 정치경제학과를 졸업했다.

1919년 일본 변호사 시험에 합격하여 그해 10월 경성에서 변호사 업무를 시작했다. 1920년 4월에는 3.1운동에 참여했다가 체포된 배동석 등의 재판에, 같은 해 11월에는 전협 등의 대동단사건 재판에 변호사로 참여했다. 1921년 5월에는 강택진 등의 군자금 모집사건을, 7월에는 이원직 등의 군자금 모집사건을, 8월에는 최익한 등의 군자금 모집사건을 변호했다.

1921년 9월부터 1927년 5월까지 일본 외무성 관리로 만주 안동현 주재 일본영사관 부영사를 지냈고 그 후 2년 동안 구미여행을 하고 돌아와 1929년 12월 28일 부영사 퇴직원을 냈다. 부영사 임용은 1920년 칙령 제5호 '조선인이 다수 재류하는 지방을 관할하는 영사관 직원의 특별임용에 관한 건'에 기초하여 이루어졌다. 조선인 부영사 제도는 3.1운동 후 조선인 유화정책의 일환이자 재만주 조선인에 대한 영사 업무를 원활히 할 목적으로 입안되었으며 당시 부영사를 원하는 이가 많았으나 두 사람이 뽑혀 양재하는 봉천으로, 김우영은 안동으로 가게 된 것이다. 1930년 3월 경성에서 변호사 활동을 재개했다.

 1932년 2월부터 1934년 7월까지 전라남도 산업부 산업과 이사관으로 재직하면서 1932년 11월 전라남도 농촌진흥위원회 위원을 겸했다. 1934년 7월부터 1937년까지 전라남도 산업부 이사관을 맡았고 1936년 7월 훈6등 서보장을 받았다. 1937년 7월부터 1938년 8월까지 전라남도 산업부 상공과장, 1940년 4월까지 농촌진흥과장을 했고 그 기간 동안 중일전쟁 이후 전사상자 위문, 유가족 위문, 시국 여론환기 등의 공로로 훈6등 단광욱일장을 받았다. 1938년부터 1940년 전라남도 산업부 이사관으로 일했고 훈5등 서보장을 받았다. 1940년 9월부터 1943년 9월까지 충청남도 산업부 사무관으로 산업부장을 하면서 각종 관련된 직책을 맡았다. 1940년 11월 도쿄에서 열린 기원 2600년 축전 기념식전 및 봉축회에 초대받아 참석했다.

 1943년 9월부터 1944년 5월까지 조선총독부의 자문기구인 중추원의 참의로 재직했다. 1944년 4월 조선농지개발영단 이사를 맡았고 11월 경기도 광주에서 미곡 공출을 위한 강연을 했다. 농촌개량과 전시총동원운동을 적극 선전한 시국잡지 《반도의 빛》(半

島の光) 1944년 9월호에 〈현지의 감상(하)-한거름 압슨 내선일체의 생활〉이라는 글을 기고했다.

해방 후 1945년 12월 서울에서 변호사를 개업했다가 1946년 1월 부산으로 옮겼다. 1949년 1월 반민특위에 체포되었다가 2월 병보석으로 풀려났다. 1951년 1월 부산에서 신생공론사라는 출판사를 경영하면서 종합잡지 《신생공론》을 출간했고 자신의 저서 『회고』와 『민족공동생활과 도의』도 출간했다. 1958년 4월 16일 사망했다.

(2) 어머니의 교육열과 동경 유학

김우영은 『회고』의 첫 장에 "이 작은 책자를 삼가 조국 광복을 위해 싸우시다가 돌아가신 여러 지사들과 어머님 영전에 올리나이다"라고 썼다. 조국과 어머니, 그것은 그의 일생의 두 가지 지향점과 가치를 집약한 것이다. 그의 책은 처음부터 끝까지 조국의 독립과 발전에 대한 열의로 일관되어 있고 가정적으로는 어머니에 대한 존경과 감사를 기반으로 하고 있다.

어린 시절에 글방을 빠지고 놀러갔다가 집에 갔더니 어머니가 죽기를 결심하며 교훈을 준 일과 아들이 넘어질까 염려하여 집과 글방 사이에 박힌 돌을 일일이 빼어 길을 말끔하게 만들어 준 일은 어머니의 정성과 교육열을 보여준 사례로 그의 생에 큰 영향을 주었다. 어머니는 "사내 한 평생은 나라와 겨레를 위하여 떳떳이 보내야만 된다"는 가르침을 주었고 김우영은 예의범절이 뛰어나고 바느질과 도붓장사까지 해가면서 남편 없는 집안에서 30여 명의 대식구 살림을 해나간 어머니에 대한 깊은 존경심을 가지고 있다.

유복자로 태어나 홀어머니가 생계를 책임지던 상황이라 김우영의 학구열은 제대로 뜻을 펼치기 어려웠다. 상해에 머무는 동안 서양인들의 중국인에 대한 태도를 보고 같은 동양인으로서 울분을 느낀 김우영은 동양인이 연합하여 서양인에 대해 항거할 시기가 올 것이고 동양인은 부득이 일본을 중심으로 연합해야 할 것이라 생각하고 일본 유학을 결정하게 된다. 당시는 일본이 패권을 장악하던 시기니만큼 김우영은 일본에 대해서는 미움과 동경의 양가적 감정을 갖고 있었다. 당장 경제적 문제로 유학이 어려웠기에 동래의 향교에서 설립한 학교에서 교원으로 일하게 되었다. 신학문을 가르치는 기관에서 그는 십 개월 정도 학생들을 가르치면서 배일사상을 불어넣고 민족의식 고취에 열성을 보였다.

그러다 마침내 지역 유지인 김홍조 등의 도움을 받아 동경유학길에 오르게 되었다. 전라, 경상 두 도의 유학생들이 모여 유학생회를 결성하였고 김성수, 송진우 등과 함께 《학지광》을 펴내게 되었다. 《학지광》이 그동안 동경유학생회의 기관지로 알려져 있었는데 처음에는 전라, 경상 두 도의 학생들로만 모임을 결성하고 책을 내기 시작했다는 것이다. 이광수, 장덕수, 나혜석, 나경석, 최승만, 최승구, 최린, 최남선 등의 유학생들이 쓴 글들은 신변잡화에서 시국담에 이르기까지 각양각색인데 당시 학생들의 사상과 동향을 잘 나타내고 있다.

동경에서 학교생활은 매우 성실하여 하루도 결석하지 않고 교회에 나가고 기도하기에 힘쓰는 독실한 청년이며 술이나 담배도 하지 않는 승려와 같은 생활을 했다고 술회하고 있다. 그는 조선의 독립을 지지하는 일본인 교수와 학생들과의 관계가 매우 돈독하였고 이러한 관계를 통해 일본인이라고 해서 무조건 배척하지는 못하겠다는 생각을 갖고 있었다.

동경 제국대학 법학부에 낙방해서 일단 문학부 사학과에 입학해놓고 법학 공부를 했다. 동경대 기독교 청년회 및 변론부에서 활동했는데 조선 독립에 대한 이론을 주장함으로써 유명해져서 동경대 학생들 사이에서 '김이라는 학생은 조선 독립운동자'라고 알려졌다고 한다. 그러나 한편으로는 "김우영과 장덕수는 일본인에게 대하여 일본말로 연설을 하니 친일파이며 또 그들은 일본놈 잡지에 글을 썼으니 자치파이다"라는 비난을 받기도 했다. 일본인에게 자신의 사상을 전하기 위해서는 일본말로 하는 것이 당연하다고 여겼던 김우영은 일본어에 능했고 일본인과의 교제가 활발했다. 사회운동과 정치활동으로 분주한 탓에 다시 동경대 법학과에 낙방하고 경도대 법학부로 옮겼다. 일본인들과의 친밀한 교우관계는 이후 조선에서의 관료생활에 영향을 미치고 친일의 길로 연결된다. 식민지시대 젊은이의 근대교육에의 열망이 결국은 친일로 연결되는 비극적인 운명의 단초를 제공한 셈이다.

2) 나혜석과 김우영

(1) 생의 열기, 연애시절

김우영은 평생 네 번이나 결혼을 했지만 자신의 책에서는 첫 번째 아내와 네 번째 아내인 양한나에 대해서만 언급하고 있다. 그는 동경 유학 중인 1916년 봄 19세에 조혼한 아내의 죽음을 당한다. 당시 조혼한 사람들 중에는 부부간의 정이 없고 유학 중 신여성과의 새로운 연애에 몰두하여 이혼하는 경우가 많았으나 김우영은 첫 아내와의 결혼생활을 행복했던 것으로 회고한다. 결혼 후 일본에 유학을 갔지만 방학마다 돌아와서 아내와 단란한 시간을 보냈다. "위로는 내남없이 칭찬하시는 어지신 어머니를 모시고 또한 나에게는 그지없이 좋은 아내를 가져 이 세상에 나같이 행복스러운 집안을 가진 사람은 아마 한 사람도 없다고 생각하였다." 그런 아내의 죽음을 당하고 망연자실하여 있을 때 어머니가 "너의 처가 이 세상을 이별하니 너의 자식을 내가 길러야 할 일이 생겼다. 내가 이 세상에서 아직 할 일이 있는데 너는 할 일이 없느냐"고 물었다. 이 말을 듣고 그는 다음날 바로 경도로 떠났다. 일본에서 공부를 계속하고 여러 가지 활동으로 다시 바쁘게 지내기 시작할 무렵 나혜석을 만나게 된다. 나혜석과의 만남이 시작될 무렵 김우영은 너그럽고 아량이 있는 남자였다. 『회고』에서 그는 "경도에서 공부할 시절에는 나의 생활의 중심이 연애문제였다."는 단 한 줄로 나혜석과의 연애시대를 요약하고 있다.

반면 나혜석은 이 시기 그와의 연애를 매우 장황하게 기록하고 있다. 아버지가 이미 돌아가신 후라 실질적인 보호자 노릇을 하던 오빠 나경석의 소개로 김우영을 만나게 되는데 나이도 많고 상처한데다 딸까지 있는 김우영을 오빠가 여동생에게 소개할 만큼 그는 당대의 엘리트로서 촉망받는 인재였다. 김우영은 당시 10살 연하이자 유명한 신여성인 나혜석과의 연애와 결혼을 위해 매우 오랜 시간 공을 들였다. 최승구의 죽음으로 상심한 상태의 나혜석이 김우영과 결혼을 결심한 것은 현실적 타협이라 할 수 있다.

최승구의 사촌동생인 최승만은 『나의 회고록』에서 "최승구는 곱게 생긴 얼굴에 재주도 많았다. 한문 실력, 글씨 잘 쓰는 것, 여성들의 흠모의 대상이 아니 될 수 없었다."고 회고한다. 최승구의 죽음에 대해서도 "학비가 넉넉지 못하여 늘 불안 중에 지냈던 것과 결혼 문제로 늘 걱정이 많았던 것으로 생각한다."에서 보듯 최승구에게도 이미 조혼한 아내가 있는 상황에서 나혜석을 만나는 일이 큰 갈등이었을 것이다. 실제로 나혜석은 결혼 이후 화가로서 이름을 떨치고 구미만유까지 하는 등 최상의 화려한 삶을 누렸다.

멋진 배우자를 거느릴 만한 남자가 되는 일은 김우영의 허영심도 만족시켰을 것이다.

이 무렵은 국가적으로도 어려운 시기라 젊은이들은 개인의 연애나 미래에 관해서만이 아니라 조국을 위한 진지한 고민을 하고 있었고 이들도 예외가 아니었다. 김우영은 "기미년 독립운동 앞해 겨울방학 때를 이용하여 고향으로 돌아가 서울중앙학원 안에 있던 김성수, 송진우 두 형 숙소에서 이 독립운동에 대하여 며칠 동안 서로 의논을 하고 그 결과 나는 정로식 군을 데리고 최린 군을 찾아서 이 계획을 말하였"다며 3.1운동에도 깊이 관여하고 있었다고 회고했다. 나혜석도 3.1운동 관련으로 체포되어 5개월간 옥고를 치른 뒤 8월 4일에 풀려나기도 했다.

"나는 기미독립운동이 막 끝났을 무렵 해서 공부를 끝마치고 우리나라로 돌아와 변호사질을 했는데 많은 독립운동자들을 변호해 주었던 것이다. 물론 돈 한 푼 받지 않았다. 처음에는 우리나라 사람으로 이 독립운동 사건을 변호한 사건은 통 없었다." '만세 변호사'라는 별명을 얻을 정도로 독립운동 사건에 연루된 이들을 위해 무료로 일하는 변호사 노릇을 하면서 그는 개인적 살림을 돌보지 않고 국가를 위한 독립운동에 온 힘을 기울였다고 한다. "우리 동지 김성수, 장두현, 이상협, 장덕준, 이운 여러분들과 힘을 합하여 나는 동아일보를 세웠던 것이다."에서 보듯이 김우영은 1920년 4월에 창간한 동아일보의 창간발기인 77인 중 한 사람이다. 김우영은 자신이 삼일만세 운동의 중심인물로서 사전 준비에 힘썼고 독립운동 연루자들을 변호하는 데 온 힘을 기울였으며 동아일보도 주축이 되어 발간했다고 회고함으로써 친일파라는 세간의 비판과는 정반대되는 진술을 하고 있다. 이는 김우영을 포함한 식민지 시대의 엘리트 지식인들의 신념과 행동의 괴리를 보여주는 일로서 그의 생이 보여주는 이 이율배반적인 결과는 시대의 비극을 반영한다.

(2) 생의 절정, 결혼과 안동현 생활

김우영은 훤칠한 키에 얼굴이 잘생긴 호남형이었다. 성격이 서글서글하고 호인이라는 정평이 있었다. 그러나 그에게는 최승구와 같은 번득이는 재기도, 예술을 이해하는 멋도, 여성의 심리를 이해하는 섬세함도 없었다. 다만 지칠 줄 모르고 청혼을 계속하는 열성이 있을 뿐이었다. '나는 R양을 이렇게 사랑하는 동시 단 것뿐만 아니라고 생각해요. 쓰고 떫고 매운 것까지도 당하고 견디려 하는 것이외다. R양이 나를 버리신다 하면 나는 그대로 울 뿐일 터이외다. 결코 다른 이성에게 사랑을 얻으려고 하지 않아요.'라고 맹세하는 김우영에게 나혜석은 세 가지의 결혼조건을 내걸었다.

첫째, 영원히 변치 말고 사랑할 것을 결혼의 조건으로 내세운 것은 당시의 대표적인 연애론인 엘렌 케이의 영향을 받은 낭만적 사랑을 표방한 것이다. 이것은 근대 교육과 문명의 세례를 받은 동경유학생들에게 잘 알려진 연애론이었고 유학생들이 조혼한 아내와 이혼하고 신여성과 재혼하는 것이 유행이었으므로 김우영도 그것을 받아들이는 데 큰 어려움은 없었을 것이다.

둘째, 그림 그리는 것을 방해하지 말라는 것은 여성도 개성과 인격을 가진 존재 곧 사람이라는 것을 주장한 것으로 결혼 이후에도 한 개인으로 존재하겠다는 강한 주체적 의지를 표방한 것이고 이것은 두 사람의 결혼에서 기본 전제였다.

셋째, 전실 자식과 시어머니와 함께 살지 않겠다는 조건이다. 전실 딸과 별거하겠다는 것은 김우영의 과거와의 단절 및 전근대적 가족제도와의 결별을 선언한 것이다. 이 조건도 처녀로 결혼하는 나혜석의 입장에서 요구할 수 있는 것이긴 하나 시어머니와의 별거 요구는 효성스러운 김우영으로서는 답변하기가 가장 힘들었을 것이다.

결국 이 세 가지는 근대적인 결혼의 조건이었다. 김우영은 세 가지 조건은 물론 전남 고흥에 있는 최승구의 무덤으로 신혼여행을 가자는 요청마저 받아들였다. 그들은 1920년 4월 10일 서울 정동예배당에서 김필수 목사 주례로 신식결혼을 올린다. 동아일보에는 '금일 오후 세 시에 정동예배당에서 결혼식을 거행하는 경도제국대 출신 변호사 김우영 씨와 동경여자미술학교 출신 나혜석 양'이라는 사진과 함께 이들의 결혼을 알리는 기사와 청첩장이 실렸다.

나혜석은 김우영을 '착하고 좋은 사람'으로 요약한다. '내게나 어린애들에게 자애 있는 미소를 띠우는 씨였습니다. 연초는 소량으로 피우나 주량은 조금도 없었습니다. 이 의미로 보면 씨는 세상에 드문 선량한 남편이라고 아니할 수 없나이다.' 그러나 '이 사람에게 큰 결점은 너무 취미성이 박약한 것이외다. 그러나 남의 취미를 방해는 결코 하는 사람이 아니요, 할 수 있는 대로 남의 개성을 존중히 여겨주는 것을 무엇보다도 미점으로 압니다.'야말로 나혜석이 남편 아닌 다른 남자를 만나게 된 원인일 것이다.

이들의 결혼생활 10년은 서로에게 최상의 전성기였다. 나혜석은 아이를 낳고 육체적으로 힘들기는 했지만 화가로서 왕성한 활동을 했고 김우영은 일제의 관료로서 정치적, 경제적으로 안정된 생활을 하고 있었다. 김우영이 일본 관리를 한 것에 대해서 나혜석이 별다른 이의를 제기하지 않은 것은 비록 그가 일본 관리를 하지만 그것은 하나의 직업일 뿐 언제나 조국과 동포를 잊지 않고 도우려 노력한다는 그의 생각과 일치했기 때문일 것이다. 이들은 서로를 이해하고 개인으로나 부부로나 최선을 다하는 이상적 가정을 꾸렸다.

안동현 부영사로 간 일에 대해서 김우영은 "나는 만주에 있는 동포의 살림살이 문제를 생각하여 경제적 힘을 굳건히 세움으로써 우리 독립의 터전을 만주에 두려고 하였다. (중략) 나는 안동으로 간 뒤로 우리 동포 문제에 대하여 두 커다란 일거리를 스스로 세웠다. 그 첫째는 교육문제 둘째는 실업문제였다."고 썼다. 안동현에 있었던 5년 6개월 동안 "나를 통하여 조선인에 대한 감정도 양호하였다. 말하자면 재안동 조선인의 지위를 향상시켰다. 나는 적은 일 같지마는 평상시에는 한복을 착용하였다."며 창씨개명도 하지 않고 조선인으로서의 긍지를 지키려고 나름대로 노력을 했다고 자부하고 있다. "속이 쓰리더라도 겉으로는 왜놈들과 맞잡고 그들의 관가에서 일을 보기로 하였다. 때에 따라서는 부르기 싫은 놈들 천황의 만세를 불러야 했고 황국신민의 서사도 입으로 외어야 했다."와 같이 시대적 고민이 있었으나 어느 정도의 선에서 타협을 선택한 것이다. 나혜석은 안동현에서 화가로서 활발하게 활동하는 한편 부인야학회와 안동현 부인친목회를 조직하여 친목활동에 참여했는데 일본은 김우영을 부영사로 임명하면서 나혜석의 활동에도 크게 기대했다고 한다. 실제로 친목회는 같은 해 8월 부인문제 강연회, 편물강습, 생산조합 등의 활동을 통해 가정경제에 도움을 주기도 했다.

나혜석과 김우영은 안동현 시절 소위 황옥사건으로 어려움에 처하기도 했다. 1920년대 조선총독부 폭파사건 등을 주도한 의열단은 1923년 중국에서 경성으로 대규모의 폭탄을 밀반입하는 계획을 세운다. 당시 경기도 경찰부 고등경찰계 경부의 지위에 있던 황옥은 이에 깊이 관여하고 있었다.

"그때 국경을 오고 감에 있어 우리 독립운동자들에게는 여간만 불편한 것이 아니었다. 나는 직접 간접으로 이런 동포들에게 커다란 편리를 마련해주었다. 그리고 우리집에는 이런 과객이 늘 있었다. 나는 그들의 이름을 낱낱이 다 외울 수는 없지만 황옥이라든지 김시현이라든지 이름 있는 분들은 잘 기억하였다. (중략) 그 후에 들으니 검찰 당국이 나를 붙잡아 다 같은 범인으로 조사하자는 것을 마루야마 씨가 변명을 하여 아무 탈 없이 되었다고 한다."

그는 구미만유 시기에 "영, 미, 일 세 나라의 군축회의에 참가하기 위해 스위스에 온 마루야마와 제네바에서 수일간 함께 유유자적"할 정도로 가까운 사이였기에 황옥사건에 연루되었으나 무사할 수 있었다. 친일인사였기에 오히려 독립운동을 도울 수 있었던 시대의 아이러니였다.

(3) 몰락의 여정, 구미시찰과 이혼

만주 같은 벽지 근무자에게 일본 외무성은 위로로 구미시찰의 기회를 주었고 1927년 5월 김우영은 구미제국출장을 떠난다. 나혜석의 글에서는 이것이 '구미만유(歐美漫遊)'라 정의되는데 만유란 한가로이 이곳저곳을 돌아다니며 구경하고 노닌다는 뜻이다. 우리나라 최초의 부부동반 구미여행으로 기록된 이 일에 대해서 김우영은 '출장'이라 하여 공무로 정의하고 나혜석은 '만유'라 하여 여행으로 정의하고 있다. 이것은 한 가지 사건을 보는 두 사람의 입장차를 보여준다. 나혜석은 자신의 여행 과정에서 경험한 일들에 대해서 예술적 관점과 여성의 시각을 중심으로 기술한 장문의 여행기를 남겼다. 이 여행은 당시 조선이라는 암울한 식민지 시대를 살고 있는 억압된 여성 예술가가 체험한 새롭고 경이로운 세상이었다. '출장'이었던 이 여행에서 김우영은 변화하는 세계상을 읽어내고 정치, 사회적인 면에서 조선이 배울 점을 찾으려는 의욕을 보였다. 이 기간에 김우영은 충격적인 일 두 가지를 당하는데 하나는 나혜석과 최린의 연애 사건이고 다른 하나는 친일파라고 동포에게 공격을 당한 일이었다.

김우영은 우선 일본대사관 안내로 모스크바를 '구경'했다고 썼다. 레닌의 묘와 '절간'을 둘러보고 쏘련이란 나라가 전쟁준비에만 열심이고 백성들의 살림살이는 엉망이라고 했다. 그는 파리에서는 '매일같이 박물관이나 미술관이나 절간이나 옛날 문화들을 구경하기에 별 딴 생각들이 있을 리 없었'다고 하여 나혜석이 그토록 중요하게 생각하며 둘러보았던 미술관과 박물관에서 아무런 감흥이 없다고 했다. 두 사람이 같은 곳을 여행하면서도 관심사가 전혀 달랐고 각기 다른 생각을 하고 있다는 것은 이 부부의 화합하기 어려운 거리를 보여준다.

영, 미, 일 삼국의 해군 군축회의를 보기 위해 제네바에 갔다가 외유 중이었던 영친왕을 만났고 독일을 거쳐 스칸디나비아 반도로 갔다. 스웨덴이 살림살이가 넉넉하고 사람이 평등하며 도의 도덕이 서 있다는 점에서 높이 평가하였다. 국립극장에서 '노래굿'을 구경하는데 왕이 백성들과 격의 없이 섞여 지내는 것을 보고 공경할 마음이 났다고 했다. 동유럽을 거쳐 서유럽을 둘러보는 등 대소국가를 막론하고 거의 모든 나라를 돌아보았다. 그는 세계를 둘러보면서 아직 독립하지 못한 나라에 대한 안타까움을 갖는 한편 독립은 하였으나 경제적으로 자주능력이 없어서 국민생활 전반에 어려움이 있고 국제문제에서 충돌의 문제를 갖고 있는 약소국가들의 어려움도 유심히 보고 있다. 전세계를 일주하면서 세계의 정치적 경제적 문화적 흐름도 알게 되고 대전이 발생할 수도 있다는 통찰력도 보여준다.

특히 영국에 대해서 깊은 인상을 받았는데 영국이 제국주의의 선봉에 선 국가로서 많은 나라에 고통을 주었으나 현재는 공동생활에 대한 훈련이 가장 잘된 나라라고 칭송하고 국민들의 질서의식을 높이 평가하고 있다. 국민의 여론을 반영하는 국회의원 선거를 통해 민의가 전달되는 국회 정치를 이상적이라 했다. 특히 아일랜드의 대영 독립투쟁의 결과를 목격하고 장래 우리 민족의 향로에 대하여 지침을 얻은 바 있다고 기술하고 있다. 반면 "나는 영국을 보고 나라가 망하는 것은 적에 있는 것이 아니고 국가가 스스로 제 목숨을 끊는 것이며 그가 스스로 목숨을 끊는 원인은 국민 도덕이 허물어진 때문이라고 하는 옛말의 참됨을 스스로 생각하였다. 그러므로 영국 같은 침략국을 나쁘다고 원망하지 않고 작고 약한 나라일수록 제가끔 나라를 잘 다스리고 막아나가는 것만이 세계의 평화를 이어나가는 제일 으뜸가는 문제라고 생각하였다."에서 우리의 현실에 대해서도 일본의 침략을 원망하기보다 우리가 스스로를 지키지 못한 것에 더 큰 책임이 있다는 제국주의적 사고를 보여준다.

최린과 나혜석의 불미스러운 일에 대해서 알게 되었을 때 그는 나이와 지위나 인격으로 보아 최린에 대해 몹시 실망했고 유부녀에게 접근한 그의 잘못이 더 크다고 여겼다. 최린은 예술가 기질이 있는 재사였다. 몸매는 깡마르고 얼굴도 갸름하며 말 잘 하고 글 잘 쓰고 서도와 묵화에도 상당한 소양이 있었다. 나혜석은 대화가 통하는 최린과 급속도로 가까워졌으나 그것이 유럽이라는 특별한 장소에서 일시적으로 일어난 일임을 잘 알고 있었다. 나혜석은 "나는 확실히 유혹을 받았었고 나는 확실히 호기심을 가졌었다. 우리는 황무한 형극의 길가에서 생각지 않은 장미화를 발견한 것이었다. 방향과 밀봉 중에 황홀하였던 것이다. 그 결과는 여하하든지 나의 진보 과정상 감수하지 않으면 아니되었다.”며 결혼생활 중에 닥친 사랑의 경험을 고백하고 있다. 이 일은 김우영에게 큰 충격을 주었지만 나혜석에게 다시는 최린을 만나지 말라는 다짐을 받는 것으로 일단락 지었다.

그리고 마지막 여행지인 미국으로 향하였고 “그 건물의 웅대한 것, 인구의 복잡한 것, 생활력의 위대한 것, 교통기관의 발달, 식물이 풍부한 것”에 감탄하고 “미국을 좌우하는 정신력은 종교이며 이 종교는 기독교”라고 했다. 김우영이 언급하지 않고 지나간 미국에서의 충격적인 사건에 대해서 아들 김진은 『그땐 그 길이 왜 그리 좁았던고』에서 다음과 같이 기술했다.

로스엔젤레스에서 샌프란시스코로 떠나기 전에 환송연이 있었는데 그 자리에서 김우영에게 일본인 앞잡이라 외치며 칼을 휘두르는 사건이 일어났다. 김우영은 비록 일본의 관직에 몸담았어도 그 일을 부끄러워하지 않았다. 관직은 직업 자체로 그 이상, 그 이하도 아니었다. 그의 마음은 조국의 독립을 소원하고 있었고 기회가 있을 때마다 동포들을 돕고 독립운동도 지원했었다.

자신이 비록 일본의 관리 노릇을 하지만 그것은 우리 동포를 돕기 위한 것이요, 자기가 아니라 일본사람이 그 자리를 맡게 되면 조선백성은 더 어려움을 당할 것이라는 김우영의 모호한 신념이 철퇴를 맞는 순간이었다.

1927년 6월 19일 부산진을 출발해서 1929년 3월 12일 부산에 도착하기까지 약 2년 간의 긴 여행을 마치고 귀국하면서 김우영은 다음과 같이 썼다. “나는 3월 초순 일본의 횡빈에 다달았다. (중략) 집들이 모두 작아 땅바닥에 다닥다닥 올라붙은 것 같고 거게 기어다니는 사람들 또한 작달막해서 눈에 몹시 거슬리었다." 세상을 둘러보고 귀국을 앞둔 상황에서 동양인의 왜소한 외모와 미개한 문명에 대한 열등감을 보여주는 글이다. 거대한 물질문명에 놀라고 예의와 공중도덕으로 정리되어 있는 서구 사회의 문화에 경도된 그의 눈에 들어온 일본의 초라한 외양이 그를 실망시켰던 것이다.

김우영과 나혜석은 1920년 결혼 후 네 아이를 낳고 11년째 되던 1930년 11월 20일 이혼했다. 김우영이 당대 최고의 신여성 나혜석과의 만남과 이별에서 상처가 깊었던 만큼 그는 자기의 생에서 십 년의 결혼생활을 지워버렸다. 김우영은 두 번째 아내 나혜석과의 결혼생활에 대해서는 전혀 언급하지 않고 있다. 그에 대해서는 "나는 늙으신 어머님을 모시며 어린 자식들을 거느리고 살아가는데 집안에는 집안대로 그닥 '탐탁치도 않은 일들'이 생겨 나를 괴롭히는 것이었다."와 "나는 노모님을 모시고 유아들을 다리고 또 가정에는 불미한 사건이 발생하였다."는 단 한 문장이 있을 뿐이다. 유럽여행 후를 기술하는 부분 중의 '탐탁치도 않은 일들'과 '불미한 사건'이라는 이 한 구절은 나혜석과 최린의 사건 및 그로 인한 불화와 이혼까지를 집약하고 있다. 노년기에 씌어진 이 책들에서 김우영은 남자/남편으로서 모욕과 수치를 당하게 한 나혜석을 자신의 인생 밖으로 밀어내고 있다.

3) 해방 이후의 혼란과 노년기의 김우영

(1) 무모한 반전, 세 번째 결혼

이혼한 지 4개월 만인 1931년 3월에 김우영은 신정숙과 혼인

신고를 했다. 나혜석은 이혼 도장을 찍으면서 만 이 년 동안은 피차 재혼을 하지 않고 유예기간을 두자는 계약서를 썼으나 김우영은 이를 무시하고 곧 재혼을 해버렸다. 〈모된 감상기〉에서 모성애를 부정하고 무조건적인 모성애에 대해 이의를 제기했던 나혜석은 네 아이를 낳고 기르는 동안 모성애가 절대적이고 희생적이며 무보수적이라는 것을 몸으로 깨달았다. 모성애는 여성에게 최고 행복인 동시에 최고 불행이라고 하며 아이들을 지키기 위해 이혼만은 막으려고 애를 썼다. 그러나 이미 멀어진 김우영의 마음을 돌이킬 수는 없었다.

김우영은 귀국 후 사업이나 정치생활에도 뜻을 두었으나 자금 문제로 뜻을 접고 1932년부터 관직으로 돌아가 전라남도 이사관으로 광주에 부임한다. 도내의 유지들을 규합하여 계유구락부를 조직하여 강연회를 하며 민족의식고취에 힘썼으나 경찰에 의해 강제해산 되었다. 8년 8개월 동안 도내의 각 부장을 역임하여 일했으나 '민족주의자'란 혐의로 승진을 하지 못하고 후배 조선인들이 상관이 되었다고 회고함으로써 자신이 비록 일본 관리 노릇을 했지만 결코 친일적 인사가 아니었음을 강변하고 있다.

1934년 나혜석은 〈이혼고백장〉을 《삼천리》에 발표하고 최린을 상대로 일만 이천 원의 위자료를 요구하는 정조유린에 대한 손해배상 청구소송을 냈다. 이 두 가지의 사건은 나혜석과 김우영 두 사람을 궁지로 몰아넣었고 세간의 구설과 손가락질로 큰 상처를 입게 하였다. 극히 사적인 일을 잡지에 기고한 나혜석의 글쓰기는 노출증적 행위라고 사회적으로 지탄을 받았으며 희대의 소송 사건은 마지막 후원자 경석마저도 등을 돌리게 하는 등 나혜석에게도 위기가 되었다.

1937년에는 김우영의 어머니가 79세로 위암으로 별세했다. 나혜석은 동래에 문상을 갔으나 김우영의 매몰찬 문전박대를 당하고 쫓겨났다. 어머니는 아이들을 위해 이혼을 극구 말렸고 다시 합쳐 살라고 유언을 남겼다. 김우영은 늘 존경하던 어머니였으나 그 말만은 듣지 않았다. 그리고 어머니가 맡아 기르던 나열과 건, 동생 집에서 기르던 진을 모두 광주로 데려가 같이 살기 시작했다.

신정숙은 거창 출신의 기생이었다. 경제적 문제, 지적 수준과 가치관의 차이 등으로 두 사람의 불화가 계속되었고 두 사람은 자식 없이 7년만인 1938년 7월에 헤어졌다. '1935년 김우영과 신정숙 사이에서 아들 무가 태어났다'는 일설과 달리 김진은 이를 부인하고 있다. 김우영은 세 번째 아내인 그녀에 대해서도 역시 아무런 언급이 없다. 그 결혼은 이혼 후 성급하게 이루어진 탓에 원만할 수 없었던 듯하다.

(2) 네 번째 결혼과 반민특위 사건

김우영이 가인(家人)이라 지칭하여 지속적으로 언급하는 사람은 네 번째 아내인 양한나이다. 양한나(1893~1976)는 본명이 양귀념으로 부산의 교육열이 높고 개화된 기독교 집안에서 성장했으며 일제시대부터 해방 이후에 이르기까지 대표적인 여성운동가이자 사회운동가로 부산여자청년회를 이끌었다. 여자청년회는 20년대 초반 민족주의 계열의 여성단체로 계몽운동과 문맹타파에 힘썼고 야학을 설립해서 운영했다. 양한나는 이후에도 여성문제, 사회문제에 관심을 갖고 활동했다. 김구, 안창호를 도와 상해에서 독립운동에 참여했으며 특히 안창호가 '백두에서 한라까지 내 나라를 길이 보존하도록 노력하라'는 의미로 양한나라는 이름을 지어주었다고 한다. 진명여학교에 진학하였으나 가세가 기울어 부산으로 내려와 일신여학교에서 공부하여 1911년 1회로 졸업했다. 1925

년 이화여전 유치사범과를 졸업하고 1926년에는 호주로 유학을 가는데 이는 조선 최초의 호주 여자 유학생이었기에 동아일보에 대서특필 되었다. 해방 후에는 자매여숙을 세웠고 이후 그 일에 매진[1]했다. 해방 후 최초의 여자경찰서장에 취임했고 남동생 양성봉은 부산시장과 농림부 장관을 역임했다.

양한나는 1939년에 김우영과 결혼한다. 아버지가 딸이 결혼하는 것을 보고 죽는 것이 소원이라 하여 결혼했다고는 하나 결혼에 별반 뜻이 없던 그녀가 갑자기 자기의 삶과 어울리지 않는 남자와 결혼한 것에 대해 의아해하는 사람들이 많았다. 이에 대해 양한나는 "사람들은 그가 일본 관리로 일하기 때문에 쉽게 친일이라고 말하지만 그는 민족을 생각할 줄 아는 사람입니다. 그 사람이 세 번 결혼했던 거 알고 선 봤어요. 유쾌한 일은 아니지만 난 크게 상관없다고 생각해요."라고 했다.

김우영의 회고에 의하면 양한나는 김우영이 반민법에 의해 수감 중일 때 날마다 면회를 왔고 김우영의 간호를 위해 오랫동안 집에 머물렀다고 한다. 그는 "나는 효자가 악한 처보담도 못하다는 뜻을 비로소 깨쳤다"고 할 정도로 양한나의 정성에 감동했다. 독립운동가 양한나는 남편 김우영을 어려운 시기에 나름대로 겨레를 위해 살았던 사람으로 인정한 것 같다. "내 아내의 태도는 노상 명랑하였다. 나의 반민사건에 대하여는 조금도 걱정 안하고 골똘히 내 병구완에 힘썼다. 지난 수 십 년 동안 겨레를 위하여 여러 군데로 그 공이 적지 않은 내가 무슨 죄가 있어 어찌 벌주리오. 오히려 나는 상을 받을 수까지 있을게라고 사람들에게 주장을 하였던 것이다." 김진 또한 새어머니가 아버지를 위해 백방으로 애를 썼다고 회고하였다.

김우영은 첫 번째 아내에게서 딸을 낳았고, 나혜석과의 사이에서 딸 나열과 아들 선, 진, 건을 두었는데 선은 부모의 이혼 후에 12세의 어린 나이로 죽었다. 신정숙, 양한나와의 사이에서는 자식이 없다. 그의 책에서 언급되는 것은 진, 건 두 아들뿐이다. 진은 고려대학교에서 법학을 전공했고 건은 서울대에서 정치학을 공부하고 있으며 효성스럽다고 썼다. 후에 김진은 예일대학교에서 박사학위를 받고 서울대학교 법대교수를 하다가 일리노이 주립대와 캘리포니아 법대 교수를 지낸 후 정년 퇴직했다. 김진은 2012년 현재 미국 샌디애고에 김나열은 플로리다에 살고 있으며 나혜석기념사업회와 연락을 취하고 나혜석학회에 가입하는 등 어머니에 대한 관심을 갖고 있다. 또한 김진은『그땐 그 길이 왜 그리 좁았던고』를 출간하기도 했다. 김진은 나혜석과의 이혼 이후 말이 없고 침울한 사람이 된 아버지에 대한 연민과 자신들을 정성스레 길러준 새어머니 양한나에 대한 감사를 말하고 있다.

김건(1929~2015.4.17)은 1988~1992년에 한국은행 총재를 역임했다. 김진이 뒤늦게나마 부모에 관한 회고록을 쓴 반면 김건은 "나에게는 그런 어머니가 없다"고 잘라 말했다고 한다. 널리 알려진 이 발언이 기자들에 의해 과장되고 왜곡된 것이며 실제로 이 같은 과격한 발언을 한 것은 아니라는 김성민 교수(김건의 아들)의 견해도 있다. 김건의 집을 방문한 나혜석기념사업회 유동준 회장에 의하면 그의 거실에 나혜석의 자화상과 김우영의 초상이 나란히 걸려 있었다고 한다.

김우영은 1940년부터 충청남도 참여관 겸 산업부장으로 취임했다. 일본의 대동아전쟁 발발로 산업부장의 직무는 전시 하 일본 국민의 생활을 유지할 수 있도록 조선의 식량을 일본에 보내는 일이었다. 그러한 상황에서 그는 직접 식량정책을 담당하여 충남의 식량을 확보하고 추가공출을 절대적으로 피하는 정책을 고수한 것이 일 년만에 자리에서 밀려난 원인이라 자평하고 있다. 이는 일본의 미움을 받는 일이었으나 조선인을 위한 노력의 일환이라고 자부하고 있다. 일본에 몸을 두고 조선에 마음을 쓰는 양쪽에 걸친 생이었으나 엄밀히 보면 일본의 관료노릇을 계속하는 한 그는 조선의 백성이기를 이미 포기한 것이다.

1943년 9월 충남참여관과 사무관을 내놓고 중추원 참의를 받게 되었다. 중추원은 일제의 총독정치와 식민지배의 합리화 도구로 설치된 기구이고, 그 간부에 해당하는 중추원 고문 및 참의는 일제의 조선통치에 도움이 된 자를 의미한다. 중추원 참의로서 김우영은 전쟁에 이바지할 의무가 있었는데 그 일환으로 일본에서 노동을 하고 있는 조선인을 위문하기 위하여 북해도에 갔다. 그곳에서 젊은이는 없고 조선인 노인과 어린애들만 일하는 것을 보면서 일본의 패망을 예상하기도 했다. 이렇게 이혼 후 김우영의 행적은 친일파의 고급관료 생활로 점철되어 있으며 그럼에도 불구하고 끝없는 자기변호와 변명으로 일관된 회고를 계속하고 있다.

이 무렵 나혜석은 아이들이 다니는 학교 근처로 아이들을 찾아가곤 했는데 대전중학교에 다니던 14세의 김진은 단 한 번 어머니 나혜석을 만나게 된다. '화장기 없이 푸석하고 주름진 얼굴에 뒤로 핀을 꽂았지만 여러 가닥 불규칙하게 흘러내린 머리카락, 구겨지고 구질스러워진 회색빛 블라우스, 무릎 밑으로 내려온 짙은 갈색 치마, 낡은 붉은색 신발. (중략) 내가 가까이 가자 희미한 웃음과 울음을 같이 짓던 모습, 내 손을 쥐던 거친 손, 뒤돌아 빠른 걸음으로 멀어지던 모습' 등으로 회고하고 있다.

일본 유학을 마치고 개성에서 여학교 선생을 하던 나열은 '나혜석 같은 사람은 결혼을 하지 말았어야 해. 어머니 나혜석은 가해자이고 아버지 김우영은 피해자'라고 단정했다. 개성에 자신을 만나러 왔다가 집주인의 만류로 만나지 못하고 돌아갔다는 이야기를 전해들은 나열은 '어머니도 참 불쌍해. 자신이 가장 가치 있다고 생각한 자유의 대가를 치르는 거지. 우리가 그런 여자를 어머니로 둔 게 불쌍하지. 아버지도 마찬가지고.'라고 말하며 냉정하고 비판적인 시각을 보여준다. 그러나 나열은 나혜석과 동시대를 살았던 신여성들의 도움을 받게 된다. 숙명여자전문학교 임숙재 교장의 도움으로 강사 자리를 얻었고 박인덕의 주선으로 미국대학에 전액장학금을 받고 유학가게 되어 어머니의 덕을 보게 된 것이다.

1949년 1월 23일 김우영은 반민특위 조사관의 방문을 받고 부산 철도 경찰서 유치장에 수감된다. 김우영은 "민족의 독립한 법정에서 그 옛날 우리 겨레에게 해를 끼친 자를 샅샅이 잡아다 죄를 다스리는 것이 얼마나 즐거운 일이랴. 나 또한 옛날 소위 높은 벼슬아치로서의 이력을 가졌으니 으레 벌을 받아서 마땅한 놈이라 적당한 때에 미리 관가에 자현해야겠다고 생각"하고 있었다. "나는 63세의 비록 모질고 악한 민족반역자이기는 하나 지난 일생을 말끔히 씻기 위하여 이 남은 명을 오로지 나라와 겨레를 위하여 산 제사를 올려 지난 수십 년 동안 겨레의 올바른 일에 거슬리는 행동을 하게 된 우리 동포의 죄를 씻고자 하였다"며 자신을 '민족반역자'라고 지칭한다.

1월 29일 서대문형무소로 옮겨갔을 때는 기미년 독립운동 당시 애국지사들의 변호를 위해 드나들던 그곳에 자신이 갇힌 것에 대해 회한에 잠긴다. "우리 배달겨레로서 독립운동자로서 이 감옥에 갇히지 못하고 그와 반대로 반민자로서 갇히게 된 나의 신세가 스스로 불쌍하기 짝이 없었다. 그러나 우리 겨레라는 점에서 보면 이런 자랑이 없다고 생각했다." 그러나 '국회에서 반민법을 다시 고치든지 대통령께서 특별용서를 하시기 전에는 먹을 수 없다'고

하며 단식투쟁을 한 것을 보면 친일을 반성하지 않고 도리어 억울하다는 생각을 한 듯하다. 다리의 파상풍으로 2월 22일 감옥에서 나와 세브란스에 입원했으니 실제로 수감생활을 한 기간은 3주 정도였다.

나혜석이 사망한 것은 1948년 12월 10일로 되어 있으나 이 사실이 알려진 것은 1949년 3월 14일자 관보였다. 결국 1949년 1월부터 3월은 이 부부의 비극적 종말을 보여주는 시기이다.

(3) 생의 정리기

부산에서 김우영은 양한나가 설립한 고아와 여성 정신질환자의 생활터전인 '자매여숙' 일을 돕고 변호사일도 하는 한편 1951년 7월부터 《신생공론》이라는 시사 종합 잡지를 펴냈다. 어수선한 사회에 '공동생활체의 발전과 번영을 위해서는 도의가 근본이 됨을 자각하'고 민중을 계몽하려는 의도로 만든 잡지였다. 공동생활의 발전에 합치되는 행동을 도의라 정의하고 국민도의의 파괴야말로 국가가 망하는 원인이라 하였다. 해방 이후 다시 전쟁을 겪고 강대국들이 중심이 된 정전회담 등을 거치면서 국가와 사회를 바르게 세우기 위해 위정자들은 어떻게 정치를 해야 하고 민중들은 어떠한 마음가짐으로 노력해야 하는지를 주로 논의하고 있다. 신일본의 등장에 대해서는 과거를 반성하는 일본을 믿고 맞이하여 영원한 동양평화와 세계평화를 유지하는데 기여하자며 우호적인 태도를 보여준다. 『민족공동생활과 도의』에 수록된 그의 논설이 잡지에 실렸던 날짜를 보면 1951년부터 월간으로 꾸준히 발행한 것을 알 수 있다. 사회를 위한 공익성이 강한 의욕적인 잡지였는데 1958년 김우영의 사망으로 폐간된 듯하다.

친구 김만일이 쓴 『회고』의 발문에 보면 "칠순에 가까운 그의 삶은 너무나 고달팠고 눈물의 세월이었다. 누구나 호화로이 넘길 수 있는 그 젊은 시절 적부터 그의 가슴에는 언제나 별같이 조국이 살고 있었다. 민족과 조국을 위해서는 칼날도 달게 받고 그 건강치도 못한 몸을 송두리째 바쳤던 것이다.”라 하여 김우영을 애국자로 규정하고 있다. 『민족공동생활과 도의』는 그의 정치적, 사회적 견해를 집약하고 있다. 전시하에서의 준법생활의 중요성, 한국과 일본의 관계, 동시대를 살았던 인사들에 대한 회고, 민주주의와 법치주의, 국산품 애용, 독서와 사색의 중요성, 충무공 정신, 영국과 같은 선진국에서 배울 점, 기독교의 사명, 정치현실, 선거문제, 이승만 대통령에 대한 바람과 실망 등 당시 사회문제 전반에 대한 의견을 피력하였으나 핵심은 민족이 도의를 회복해야만 나라도 바로 세울 수 있고 민족이 발전할 수 있다는 것이다. 일제시대에 청장년기를 보내고 노년기에 접어들어도 여전히 완전한 자유민주주의 국가를 바로 세우지 못하고 있는 국가에 대한 안타까움이 새겨진 글들이다. 마지막 순간까지 나라와 민족의 현재와 미래를 염려했다는 회고록을 남긴 김우영, 그러나 사후 수십 년이 지난 지금 그는 친일파 명단에 빠지지 않고 수록되는 인물로 역사에 남아있다.

3. 김우영의 선택과 한계

국가는 주권을 잃고 대부분의 사람들이 문맹인 시대에 동
경 유학을 한 진보적인 젊은이들은 미래에 대한 아무런
희망도 없는 그 시기에 개인보다는 조국을 위하고 민족을 생각하
며 살았다. 그러나 아이러니컬하게도 나보다 국가와 민족을 생각
하는 것이 당연했던 시절, 신문명의 홍수를 온몸으로 맞으며 근대
화의 열망을 실천하고자 했던 그들은 한편으로는 친일이라는 굴
레에 얽혀 오욕의 이름으로 역사에 기록된다. 김우영 또한 격동의
시대에 그러한 영과 욕을 한 몸에 누린 비운의 인물이었다.

최초라는 찬란한 수식어에도 불구하고 나혜석은 긴 세월 역사
의 수렁 속에 묻혀있었고 김우영의 일본 관료로서의 이력은 아무
리 자신이 민족주의자라고 항변을 하며 조국을 위해 일했다고 외
쳐도 공허한 변명으로만 남아 있다. 선구자의 길을 걸어간 나혜석
의 성공과 실패는 부부라는 연으로 한 세월을 더불어 살아간 남편
김우영의 성공과 실패와 연결되어 있다. 남루한 시대에 나름대로
는 최선의 선택이라 믿고 신념을 가진 실천을 했지만 두 사람 모
두에게 영광의 빛만큼 깊은 어둠이 있었다.

나혜석의 페미니스트로서의 삶과 언행의 일부가 당대에 보기
드문 '선량한' 남편에게 고통을 준 것은 부인할 수 없다. 한 사람
은 선구적인 자유의지와 실천의 대가를 혹독하게 치러야 했고 한

사람은 사랑하는 여자를 포용하려 했지만 시대적 한계 앞에 무릎을 꿇어야 했다. 두 사람의 만남은 화려했고 동반자로서 살아가는 동안 정상의 삶을 누렸지만 헤어진 이후 어려운 길을 걸었다. 김우영은 재혼도 하고 변호사일도 했고 무엇보다 관료를 지속하며 이혼 이전보다도 깊이 친일의 길을 걸었다. 노년기에는 잡지사 운영을 하면서 자신의 생각을 공론화하는 장을 사적으로 소유했고 자신의 친일을 변명하는 글을 남겨 생을 미화하려 했다. 두 권의 책으로 70여 년의 생을 정리하면서 나혜석에 대해서는 전혀 언급하지 않았다는 것은 그의 고통과 상처를 보여주는 한편 자기의 사적인 과거를 지우고 싶은 자기중심적 욕망의 결과라 할 수 있다. 반면 나혜석은 재혼이나 친일을 택하여 일신의 안위를 추구할 수도 있었으나 결코 그러한 길을 가지 않았다. 거리에서 죽어갈 정도로 끝까지 자신의 이상을 잃지 않고 결기를 지키며 타협 없는 생을 마감했다.

김우영의 생은 이율배반의 생이라 요약할 수 있다. 조국과 민족을 생각하며 살기 원했으나 현실적으로는 일본의 관료를 지냈고 그 결과 친일파라는 낙인에서 벗어날 수 없었다. 어머니의 희생적인 생을 보면서 완전한 가족을 이루기를 꿈꾸었으나 네 번의 결혼을 하면서 가족 모두에게 고통을 주었다. 그리고 무엇보다 나혜석에 대한 사랑의 맹세 또한 지키지 못하고 당대 최고의 예술가를 비극적인 생으로 몰아넣는 결과를 낳았다. 인생에서 지향하는 바와 결과가 전혀 일치하지 않았던 김우영의 생의 비극은 이혼 후 나혜석이 쓴 글에 잘 요약되어 있다.

나이 사십, 오십에 가까웠고 전문교육을 받았고 남들이 용이히 할 수 없는 구미만유를 하였고 또 후배를 지도할 만한 처지에 있어서 그 인격을 통일치 못하고 그 생활을 통일치 못한 것은 두 사람 자신은 물론 부끄러워 할 뿐 아니라 일반 사회에 대하여서도 면목이 없으며 부끄럽고 사죄하는 바외다.

반면 김우영은 친일행각을 포함한 정치적인 면에 대한 반성은 약간 보이지만 나혜석과의 결혼생활에 대해서는 전혀 언급이 없다. 즉 공적인 삶에 대한 반성은 보여주지만 사적인 삶에 대한 성찰은 없는 것이다.

김우영의 삶을 식민지라는 시대적 틀 안에서 볼 것인지 개인의 선택인지를 단정하기는 쉽지 않다. 식민지 시기 처음에는 조국과 민족을 생각하던 대다수의 지식인들이 서서히 변절의 길을 간 것을 보면 김우영도 시대의 한계에 지고 말았다고 볼 수 있다. 그리고 일본을 통해 근대를 접하는 과정에서 일본인들과 친밀한 관계를 유지했기 때문에 큰 거부감 없이 자연스럽게 변절로 진행되었다. 그렇다고 시대의 한계를 들어 그에게 면죄부를 줄 수는 없다. 일제시대에 그가 담당했던 직책과 활동은 명백한 친일의 증거가 되고 이는 변명이나 정황 등으로 덮을 수 없는 것이다. 삼일운동 후 귀국했을 때 그는 독립운동가들을 변호했고 구미만유 후에도 변호사로 일하려 했다. 그러나 그는 상황이 어려워질 때마다 일본이 내민 손을 잡았고 그때마다 변명거리가 있었다. 결국 어떠한 인생을 살 것인가의 문제는 시대를 탓하기 이전 개인의 의지와 결의에 달려있을 것이다.

남편 김우영의 생을 고찰함으로써 나혜석의 생을 객관적으로 보려고 시도했으나 첫째, 그의 저서가 자신의 생을 상당 부분 미화하려고 한 나머지 사적인 생에 대한 부분을 제외함으로써 객관적인 시각을 담보하기 어려웠고 둘째, 나혜석과의 관계는 전혀 언급하지 않음으로써 소기의 목적을 당성하지 못했다는 한계가 있다. 그러나 그의 두 권의 저서를 검토함으로써 근대문명의 세례를 받았으나 자신이 바라던 이상적인 엘리트로 살지 못하고 친일의 굴레에서 벗어나지 못한 한 지식인의 혼란스러운 의식과 삶을 볼 수 있었고, 두 번째 결혼생활에 대한 침묵을 통해 나혜석에 대한 깊은 애증을 볼 수 있었다.

4장

이혼 전후,
여성의 세 가지 권리를 주장하다

정조의 해방이 일어난 후에야
다시 정조를 고수하는 자가 있게 된다,
즉 정조가 극도로 문란해진 후에야
정조관념이 재정립될 수 있다

　　　　나혜석은 이혼하는 과정에서 자녀양육권을 지키려고 했고 재산분할권을 요구했으며 이혼의 원인 제공자인 최린에게 정조유린에 관한 손해배상청구소송을 했다. 이혼과 관련하여 여성의 법적 권리에 대한 나혜석의 세 가지 주장을 당시의 사례들과 비교검토하고 오늘날의 법률에서 볼 때는 어떤 의미가 있는지 살피고자 한다.

　　　　어머니로서 아버지와 동등한 자녀양육권을 주장하는 데까지 나아가지는 못했으나 자녀양육권에 대한 인식의 단초가 있었다. 나혜석은 전업화가로서 재산형성에 기여한 것을 인정해달라며 재산분할권도 요구했다. 재산분할권이 인정되는 것은 1990년대에나 가능했다는 것을 고려하면 60여 년이나 앞선 주장이었다. 정조유린에 대한 손해배상청구소송은 남성과 여성에게 정조의 문제가 달리 적용되던 당시 사회에 대해서 남녀의 동등한 정조관념의 이슈를 제기하고 공론화했다는 점을 긍정적으로 볼 수 있다. 나혜석이 1930년대에 이혼하면서 여성의 권리에 대한 세 가지의 주장을 통해 개인적인 문제를 사회문제로 공론화한 것은 세월을 앞서간 선진적인 여성 의식과 실천을 보여준 것이다.

1. 나혜석의 선진성

근대의 선구적인 인물들에 관한 연구가 많이 있었지만 그 중에서도 최초의 페미니스트이자 화가이며 작가인 나혜석에 관한 연구는 유독 많이 축적되었다. 당대의 대표적인 신여성이자 1세대 여성작가로 함께 거론되는 김일엽(1896~1971)이나 김명순(1896~?)에 관한 연구와 비교하면 매우 방대하다. 김일엽은 신여성으로서의 활동보다는 승려로서의 기간이 더 길었던 탓에 여성주의 연구자들의 관심이 덜하기도 했고 김명순은 사망연대조차 확인되지 않을 정도로 연구자들로부터 소외되어 있는 상황이다.

그러나 나혜석에 관한 연구는 저마다 주요 작품이나 이슈를 중심으로 연구하다보니 유사한 연구가 반복된다는 문제점이 있다. 이러한 문제를 해결하기 위해서는 첫째, 그간의 연구사 전반에 관한 검토가 필요하다. 둘째, 기존 연구와 겹치지 않는 새로운 성과를 내기 위해서는 그동안 많이 논의되지 않았던 분야나 작품들에 대한 연구로 방향을 전환해야 한다. 셋째, 페미니스트라는 고정관념과 의의에만 집중하지 말고 다른 시각이나 방향에서의 비판적 검토가 있어야 한다. 다양한 시각에서의 비교 및 관련 연구가 이루어짐으로써 새로운 연구 성과를 낼 수 있고 나혜석이라는 인물에 내재된 특성이나 의의도 더 밝혀낼 수 있을 것이다.

이러한 문제를 인식하고 본고에서는 여성과 법이라는 분야에서의 접근을 통해 나혜석의 선진성을 구체적으로 확인하고자 한다. 나혜석은 최린과의 연애사건으로 1930년 남편 김우영(1886~1958)과 이혼하게 되는데 자녀양육에 관한 강한 의지를 통해 자녀양육권의 단초를 보여주었으며 재산분할권을 주장한 바 있다. 1930년대라는 시대적 상황에서 그 뜻이 관철되지는 않았지만 시대를 앞서간 선진성을 보여주었다. 또한 1934년에는 최린에게 정조유린에 관한 손해배상 청구소송을 해서 세상을 놀라게 했다. 이혼과 관련하여 나혜석이 여성의 권리로서 표방한 이 세 가지 주장을 당대와 오늘날의 법의 관점에서 실증적이고 객관적으로 조명하여 나혜석의 삶과 의식의 특성을 밝히고자 한다.

2. 나혜석의 결혼과 이혼 과정

1) 이혼에 당면한 여성의 권리

(1) 자녀양육권에 관한 인식

구미만유(1927.6~1929.3)를 마치고 돌아온 후 김우영은 파리에서 있었던 최린과의 연애사건 및 귀국 후의 편지사건을 이유로 나혜석에게 이혼을 요구했다. 김우영은 〈목하 우리 조선인의 결혼 급 이혼문제에 대하여〉(《서광》 8호, 1921.1)라는 글에서 '결혼이 의식 있고 자각 있는 남녀가 자유의사로 성립될 경우에는 남녀가 자유로 이혼하는 것이 정당할까 하노라'고 쓴 적이 있다. 당시에는 이혼하는 경우 자녀에 대한 친권과 양육권은 전적으로 남편에게 있었고 여성은 자녀에 대한 권리가 전혀 없었기에 나혜석은 이혼만은 피하려고 했다.

과거에 나혜석은 모성애나 자녀 양육에 대해서 부정적인 견해를 가지고 있었고 첫딸 나열이 돌이 될 무렵 임신과 출산과 육아의 고통을 토로한 〈모된 감상기〉를 발표하기도 했다. 여자라면 누구나 모성성을 타고난다고 생각해왔는데 막상 체험해보니 모성성이 생래적인 것이 아니고 어머니 노릇은 상상 이상으로 힘들다는 내용의 글로서 크게 사회적인 공분을 샀다. 그랬던 나혜석이 사남매의 어머니로서 아이들을 키우는 동안 점점 모성애가 생겼고

자식의 소중함을 알게 된 것이다.

나혜석은 '모성애에 얽매어 하고 싶은 일을 하지 못하고 비참한 운명에 빠지는 여성들도 있기에 모성애는 여성에게 최고 행복인 동시에 최고 불행한 것'이라는 인식을 하고 있었다. 그러나 "구미만유 하고 온 후로는 자식에게 대한 이상이 서게 되었았나이다. 아이들의 개성이 눈에 뜨이고 그들의 앞길을 지도할 자신이 생겼었나이다. 그리하여 나는 그들을 길러보려고 얼마나 애쓰고 굴복하고 사죄하고 화해를 요구하였는지 모릅니다."라고 하면서 달라진 태도를 보였다. "엘렌 케이 말에도 불화한 부부 사이에 기르는 자식보다 이혼하고 새 가정에서 기르는 자식이 더 양호하다고 하지 않았던가"하는 이광수에게 나혜석은 "그것은 이론에 지나지 못해요. 모성애는 존귀하고 위대한 것이니까요. 모성애를 잃는 에미도 불행하거니와 모성애에 길리지 못하는 자식도 불행하외다. 이것을 아는 이상 나는 이혼은 못하겠어요."라며 중재를 부탁했다. 당시는 김우영이 이혼청구를 하고 15일 내로 도장을 찍지 않으면 간통죄로 고소를 하겠다고 위협을 하는 때였다. 나혜석은 자녀를 끝까지 양육하겠다는 강한 의지는 있었으나 자녀양육권에 대한 명확한 주장을 드러내지는 못했다. 그럼에도 어머니로서의 책임과 의무를 다하고자 최선을 다하는 자세에는 자녀양육권에 대한 인식이 들어있었다.

나혜석이 이혼과 함께 친권을 박탈당하고 자녀들과 완전히 격리되어 평생을 자식들을 그리워하며 살아간 것은 당시 대다수의 이혼한 여성들이 감내해야 하는 고통이었다. 이혼한 여성들의 앞길에는 경제적 문제, 가족으로부터의 소외, 사회로부터의 질시와 배척 등의 험로가 예정되어 있었다. 여성의 자아실현이나 행복이란 남성의 이해와 보호 안에 있을 때만 가능했고 거기서 벗어나는 여성은 그가 가진 탁월함마저 이혼이라는 사회적 축출의 기호 아래 묻혀버리고 최소한의 생존의 길을 찾기조차 어려운 시대였다. 나혜석 또한 화려한 시절은 이혼과 함께 점점 멀어졌고 재기의 발판도 무너져갔다.

이혼하는 경우 여성이 남성과 동등하게 자녀에 대한 친권과 자녀양육권을 가질 수 있게 되는 데는 그로부터 무려 60여 년의 시간이 필요했다. 우리 사회에서 가족 관련 법제는 오랫동안 관습법의 영향으로 남녀차별적인 요소가 잔존해왔다. 가부장적 가족제도의 전형인 호주제도와 가족생활을 통하여 형성된 재산관계를 분배하는 원칙을 정한 법정 상속분, 그리고 부모와 자녀의 관계를 규율하는 친권의 영역 등 모든 면에서 남편이 아내보다 우선적인 지위를 누려왔다.

우리나라 가족법은 1977년, 1990년, 2005년 세 차례에 걸쳐 개정되었다. 여기서 가족법이란 민법 내의 제4편 친족과 제5편 상속을 칭하는 것[1]이다. 1977년의 1차 가족법 개정과 1990년의 2차 가족법 개정으로 가족법은 남녀평등을 실현시키는 방향으로 개정되어 왔다. 특히 1990년 민법 개정에서는 남녀차별적인 규정들이 많이 시정되었는데 대표적인 것은 그동안에는 부모가 이혼할 경우에 아버지가 친권과 양육권을 가졌으나 어머니도 친권과 양육권을 가질 수 있게 되었다는 점이다. 2005년 3차 가족법 개정으로 호주제까지 폐지되어 양성 평등한 가족제도의 기틀이 마련[2]되었다. 친권과 양육권은 부부가 협의해서 정하지만 협의가 안될 경우에는 소송을 통해 법원에서 결정한다. 가부장적 의식의 완화, 여성의 경제력 증가, 자녀의 의사 존중 등의 이유로 법 개정 이후에 어머니가 자녀를 양육하는 경우가 더 많아졌다.

나혜석은 당시 자녀 양육을 이유로 이혼을 안 하려고 했지만 오늘날이라면 재판을 통해서 나혜석의 사회적 능력과 경제력으로 자녀양육권을 가질 수도 있었을 것이다. 그러나 어린 아이들을 시어머니에게 맡기고 2년 가까운 시간을 해외여행을 다녀오는 동안 아이들과 서먹해진 상태였기에 아이들이 자발적인 의사로 어머니를 선택했을지 여부는 알 수 없다. 평생을 어릴 때 헤어진 어머니를 부정하다가 그 인생을 이해하고 받아들이게 된 것은 자녀들이 노년기에 접어든 최근에 이르러서이다. 장녀 김나열은 한국의 나혜석 기념사업회의 활동에 관심을 갖고 연락을 취하고 있으며 아들 김진은『그땐 그 길이 왜 그리 좁았던고』라는 책을 통해서 가족사를 회고하기도 했다. 최근 작고한 김건은 거실에 나혜석이 그린 자화상과 김우영의 초상화를 나란히 걸어두었다고 한다.

(2) 재산분할권 주장

식민지 시기에 근대적 이혼제도가 법적으로 성립하기 시작했고 1923년 7월부터 시행된 개정 민사령은 결혼과 이혼에 대해 신고를 해야만 그 효력이 발하는 법률혼주의를 채택하였다. 이혼을 당한 여성들은 경제활동을 하기도 어렵고 친정의 지원을 받기도 어려워서 경제적으로 큰 어려움에 처하게 되었다. 남편이나 시부모가 경제적 능력이 있는 경우에 이혼 당한 여성들은 부양료나 위자료 청구를 하거나 손해배상으로 위자료를 청구하기도 했다. 예컨대 1927년 경기도 양주군에 사는 한금순이란 여성은 남편에게 이혼급 위자료부양료청구소송을 제기했다. 10년 간 부부간의 협력으로 재산을 모았지만 남편은 재산이 늘자 첩을 얻고 다른 여성과 동거하며 이혼을 강요하고 한금순을 축출하였다. 이에 한금순은 "남편으로서 처에 대한 부양의 의무를 다하지 못하였을 뿐만 아니라 극도로 처권을 유린"하였다는 이유로 이혼과 함께 "정신상과 육체상에 다대한 손해"에 대해 배상을 청구하였다. 반면 혼인 신고가 되어 있지 않는 사실혼 상태에서 버림받은 여성들은 '정조유린'을 이유로 한 위자료를 청구하였다.[3] 그러나 이렇게 여성이 법적으로 경제적 요구를 한 것은 신문에 날 정도로 극히 희귀한 사례였고 대부분의 여성들은 이혼 이후 생계의 방도가 전혀 없었다.

나혜석은 이혼하면서 재산분할권을 당당하게 주장했다. "이 집은 내가 짓고 그림 판 돈도 들었고 돈 버는 데 혼자 벌었다고도 할 수 없으니 전 재산을 반분합시다."고 하자 김우영은 5백원 가량 되는 논문서 한 장을 주었다. 그러나 당시 나혜석은 서양화가로서 명성이 높았고 몇 차례의 전시를 해서 많은 관람객이 왔다는 기사가 날 정도였으니 그림을 팔아서 모은 돈이 상당했을 것이다. 나혜석의 그림값을 추측할 수 있는 글은 다음과 같다.

첫째, 나혜석은 25세인 1921년 3월 19~20일 임신 9개월의 몸으로 서울 경성일보사 내청각에서 유화 개인전을 가졌다. 이는 우리나라 서양화 전시회로는 평양에서 열린 김관호의 전람회 다음 두 번째로 열린 전시회이고 서울에서는 최초의 유화 개인전이었다. 이 전시는 당시 장안의 화제가 되어 4,5천 명의 관객이 운집했고 조선일보, 동아일보, 매일신보에서 보도했다. 풍경을 중심으로 그린 70여 점의 출품작 중 20여 점이 고가에 팔렸는데 〈신춘〉이라는 작품은 350원이라는 가장 높은 값에 팔렸다고 한다.

둘째, 다음은 이혼 후 여자미술학사를 열 무렵 초상화를 그리며 생활하던 시절의 인터뷰 글이다. 어떤 대학교수의 초상화를 그리던 중에 기자와 대담하는 내용이다.

"초상화 하나를 그리면 얼마나 받습니까?"
"지금 저것은 80원을 받았습니다."

"상당한데요? 조선에서 그림 그리는 것으로 생활이 될까요?"

"글쎄올시다. 일본서 제전에 입선했을 때는 퍽 경기가 좋았습니다. 어쨌든 한 1400원 가량 손에 들어왔으니까요. 작품은 파리에서 그려온 〈정원〉인데 그것이 300원에 팔렸고 그 외에 소품도 많이 팔렸습니다."

셋째, 현대산업개발은 2017년 6월 19일 수원아이파크미술관에 나혜석 전시홀을 기증하고 1928년 작품인 〈자화상〉, 〈김우영 초상〉, 〈나부〉와 1938년 작품인 〈학서암 염노장〉 등의 4점을 전시했다. 그 중 〈학서암 염노장〉은 나혜석이 예산 수덕사에 기거할 때 '염노장'으로 불리던 한 비구니를 그린 20호 크기의 유화이다. 1995년 공개되었을 당시 수덕사 방장인 원담 스님과 김태신 화백이 이 그림이 정념스님을 그린 것이라고 증언함으로써 진품이라 판명되었다. 나혜석의 작품은 6·25전쟁 때 대부분 소실됐고 유통이 별로 되지 않아 시장가격이 형성되어 있지 않다. 조선미전 출품작 같은 출처가 확실한 작품은 단 한 점도 남아 있지 않고 현재 나혜석 작품이라고 추정되는 작품들의 진위 여부를 가려내는 것도 앞으로 해결해야 중요한 현안이다.

나혜석의 그림이 당대에 집 한 채 값이 넘을 정도의 수준이었다는 점을 고려하면 이혼시 재산분할권을 주장할 만한 근거가 충분히 있다. 그러나 무엇보다 나혜석은 작품을 판매하여 직업으로서의 화가생활을 하는 물적 토대를 이루는 선구자적 모범을 보였다는 점에서 의의가 있다. 화가로서 나혜석의 위대성은 미술작품의 본격 제작, 전시, 판매 등을 통하여 전업화가의 기초를 닦았다는 점[4]에서 찾을 수 있다. 최초라는 수식어보다 더 중요한 것은 취미가 아닌 생계의 수단으로 삼을 정도로 많은 그림을 그렸고 그 그림들이 경제적인 환산가치를 가진 예술품으로서 유통되었다는 사실이다.

나혜석은 당시 이혼이 불가한 네 가지 이유를 들어 김우영을 설득하려 했다. '팔십 노모에게 불효라는 것, 어린 4남매를 보호해야 한다는 것, 일 가정은 부부의 공동생활인 만치 생산도 공동으로 되었을 뿐 아니라 분리케 되는 동시는 마땅히 생계를 마련해주는 것이 사람으로서의 의무라는 것, 이미 모든 일에 대해 사과했고 동기가 전혀 악으로 된 것이 아니니 앞으로 씨의 요구대로 현모양처가 되리라는 것' 등이었다.

나혜석은 자신이 '그림을 통해 재산형성에 기여한 부분을 인정해 달라, 이혼하게 되면 생계를 꾸릴 수 있도록 해주어야 한다, 재산을 반으로 나누어 달라'고 주장했다. "나는 가서 생활비 청구를 하겠소. 내가 번 것을 찾겠소."라는 말에서도 볼 수 있듯이 나혜석은 자식들 때문에 이혼을 못 하지만 정 해야 한다면 재산이라도 반을 받아야겠다는 생각이었다.

김우영으로서는 나혜석이 주장한 재산분할권은 전혀 새로운 주장이었기에 수용할 의사도 없었겠지만 2년 여의 해외여행에 2만 원 정도를 썼고 변호사 개업으로 2천 원 정도를 쓴 상황이어서 줄 돈도 없었던 듯하다. 나혜석도 전재산을 들여서 공부를 위해서 다녀온 것이지 놀러 간 것이 아니라고 하면서 구미만유 후의 경제적 어려움에 관해 토로한 바가 있다. 심지어 나혜석이 경제적 문제에 대한 의견을 묻기 위해 김우영과의 약속을 어기고 최린에게 연락을 했다는 말을 사실대로 받아들인다면 그들의 경제적 상황이 매우 어려웠음을 알 수 있다. 이후 평생 동안 김우영이 얼마나 나혜석에 대해서 애증이 깊었는지는 그의 자서전 『회고』를 보면 잘 드러나 있다. 사별한 첫 아내에 대해서는 사랑의 마음을, 네 번째 아내 양한나에 대해서는 감사하는 마음을 기술하고 있지만 나혜석과의 관계에 대해서는 '집안에는 그닥 탐탁치도 않은 일들이 생겨 나를 괴롭히는 것이었다'는 단 한 줄로 이혼 무렵을 요약하고 이름조차 언급하지 않았다.

1990년의 개정가족법 839조에서는 이혼시 부부의 재산은 공동의 노력에 의해 이루어진 것이므로 재산의 명의가 누구의 것으로 되어 있든 간에 부부가 각자의 지분을 나누어야 한다는 청산설이 주를 이룬다. 재산 형성의 기여도를 따질 때 아내가 직업이 없다 할지라도 아내의 가사노동의 지원에 의해 남편의 경제활동이 가능하게 되므로 재산은 양자가 함께 이룩한 것이며 공유재산이라고 본다. 따라서 이혼시에는 가사노동의 가치를 적극 인정하고 공평하게 재산을 분할하는 남녀평등의 원칙에 기반한다. 독일법의 경우는 가사노동의 가치를 가장 많이 반영해서 2분의 1로 계산[5]하는데 나혜석의 경우는 가사노동만 한 것이 아니라 적극적으로 작품을 판 전업작가로서의 경제활동을 한 경우이므로 상당한 재산분할권을 주장할 수 있다.

그렇다면 유책배우자는 재산분할을 주장함에 있어서 어떤 한계를 갖는가 하는 의문이 생긴다. 혼인 파탄에 책임이 있는 유책배우자라 할지라도 재산분할을 요구할 수 있다는 판례가 있으며 유책사유는 재산분할의 액수와 방법에 참작사항이 된다고 한 판례[6]도 있다. 곧 유책사유는 이혼소송에만 주로 반영되고 재산분할과는 다소 거리가 있다는 의미이다. 결국 나혜석의 경우를 현대의 법률로 해석한다면 이혼소송에서는 불리하지만 재산분할소송에서는 재산형성기여분을 참작한 정상적인 분할이 가능하다는 의미이다.

나혜석이 주장한 재산분할권은 60여 년을 앞서간 선진적인 여성의식이었고 당대의 상황에서는 여성이 상상할 수도 없는 것이었다. 이혼 후 여성이 경제적으로 살 길이 막연하므로 얼마간의 위자료를 청구하여 호구지책을 마련하는 정도가 재산분할권의 전신이었다. 오늘날이라면 그림전시회를 열고 판매한 그림의 대금으로 재산형성에 기여한 부분을 인정받으면서 재산분할권을 실제로 행사할 수 있었을 것이다.

2) 정조유린에 관한 손해배상청구소송

(1) 소송의 전모

나혜석은 1930년 이혼한 이후 김우영과의 만남과 이별에 이르는 전과정을 회상한 〈이혼고백장〉을 《삼천리》(1934.8~9)에 연재하였다. 이혼의 전후사정을 소상하게 밝힌 그 글은 사회적으로 큰 반향을 일으켰고 '노출증적 광태'라는 등의 대체로 부정적인 반응을 보였다. 심지어는 완고한 아버지를 설득해서 나혜석의 유학을 주선하고 도와주었으며 이혼의 위기에서도 "그까짓 것 단념해버리고 그림하고나 살아라. 걸작이 나올지 아니." 하며 지지해주었던 오빠 나경석조차 이 글에 대해서 몹시 화가 나서 물적 심적 지원을 완전히 끊어버렸다. 그래서 나혜석이 말년에 일정한 거주지도 없이 절과 양로원을 전전하던 시기에 그의 집에 잠시 머물 때도 몰래 숨어 지내야할 정도였다.

〈이혼고백장〉을 발표한 1934년 나혜석은 '정조유린에 관한 손해배상 청구소송'을 하게 된다. '정조유린'이나 '손해배상'이라는 단어가 나혜석이 주장하던 성적 자결권이나 주체적 성의식을 고려할 때 어울리지 않기 때문에 이 소송은 나혜석의 일생에서 의혹이 있는 부분이다.

첫째, 이 흔치 않은 소송은 불평등한 당시 조선사회에 경종을 울린 페미니스트의 실천적 행위라고 긍정적으로 볼 수 있다. "조선 남성 심사는 이상하외다. 자기는 정조관념이 없으면서 처에게나 일반 여성에게 정조를 요구하고 또 남의 정조를 빼앗으려고 합니다. 서양에나 동경 사람쯤 하더라도 내가 정조관념이 없으면 남의 정조 관념이 없는 것을 이해하고 존경합니다. 남의 정조를 유인하는 이상 그 정조를 고수하도록 애호해주는 것도 보통 인정이 아닌가."에서 보듯 자기들은 정조를 지키지 않으면서 여자들의 정조만 문제 삼는 남성들과, 남녀에게 달리 적용되는 당시 사회의 정조 문제를 자신의 경우를 들어 널리 공론화했다는 의의가 있다. 나혜석은 "나는 확실히 유혹을 받았었고 나는 확실히 호기심을 가졌었다. 그 결과는 여하하든지 나의 진보과정상 감수하지 않으면 아니 되었다."고 하면서 파리에서의 연애를 부인하거나 변명하지 않고 오히려 그만한 대가를 치를 만한 진보적인 일로 수용했다. 다만 이 사건으로 인하여 여성인 자신은 이혼을 당하고 세상에서 매장되어 재기할 수 없는 상황에 처하게 되었는데 남성인 최린은 사회적으로 아무런 제제를 받지 않고 출세가도를 달리며 승승장구하는 것을 보면서 당사자와 사회에 대해 문제를 제기한 것이다.

둘째, 이 소송의 목적이 최린에게 있다고 보는 견해가 있다. 일제가 최린과 당시 국내 최대 종교 조직인 천도교 신파를 친일대열에 합류시키고자 한 정치적 사건으로 보는 것[7]이다. 천주교의 주요 인사인 최린을 압박하기 위한 수단으로 나혜석의 지인인 소완규 변호사를 추동하여 일으킨 소송이라는 것이다. 그렇다면 이 소송은 나혜석을 위한 소송이 아니라 오히려 최린을 무너뜨리는 데 나혜석을 희생양으로 삼은 남성중심적인 소송이었던 셈이다.

또는 일본이 최린의 권력을 비호하는 차원에서 곤란한 지경에 처한 최린을 도와 신문의 보도를 막아주고 더 이상 사회문제가 되지 않도록 비호해주었다[8]고 볼 수도 있다. 최린은 1934년 4월 칙임관 대우의 조선총독부 중추원 참의에 임명되었고, 이 시점에 최린 개인뿐만 아니라 신파로 대표되는 천도교단은 친일노선을 노골화하기 시작했다. 즉 조선총독부는 종교·정치·사회적으로 명망 있던 최린의 '불륜 스캔들'을 빌미로 삼아 거취를 압박하고, 다른 한편으로는 이 사건을 빌미로 최린을 친일 노선에 적극적으로 이용하려는 목적으로 언론을 통제했을 가능성이 높다는 것이다.

셋째, 이 소송은 나혜석의 충동적인 분풀이의 차원에서 이루어진 일회성의 해프닝으로 볼 수 있다. 나혜석은 "최린 선생도 거기에서 만났습니다. 그는 배경이 좋으시고 평소부터 내국에 신망이 많으시기 때문에 도처에 대환영을 받으셨습니다. 아마 근래 우리 조선 사람으로서 외국에 유람 중에 내외국인에 큰 대우를 받으신 이는 그만한 이가 없을 것 같습니다. 나도 퍽 흠선하였습니다."라고 하여 최린에 대한 호의적인 마음을 공개적으로 토로한 적이 있다. 또한 이 사건을 소재로 한 희곡 〈파리의 그 여자〉에서도 최린이라고 짐작되는 인물 C와의 관계를 '중년의 사랑'이라고 칭하면서 그 만남에 대해 가치와 의미를 부여하고 있다.

변호사 소완규와 다음과 같은 대화를 하는 장면도 있다.

> "내 사건 하나 맡아주려오?"
> "무슨 사건?"
> "C에게 분풀이 좀 하게."
> "인제서 겨우 깨달았군. 늦었지. 늦었어."
> "너무 야속하게 하니까 반항심이 생기는구먼."

이 장면을 보면 나혜석이 이혼 후의 어려운 상황에 대한 일시적인 분풀이로 충동적인 일을 벌인 것 같기도 하다. 금강산의 화재로 그림을 모두 잃었고 여자미술학사의 실패와 미술전에서의 낙선 등을 통해서 조선에서의 재기가 불가능한 것을 인식하고 체념한 나혜석이 돈 일만 이천 원과 파리로 갈 수 있는 보증인 요청이라는 두 가지의 제안을 한 것은 새로운 생을 향한 최후의 출구전략이었다고 볼 수 있다.

여성의 주체적인 정조관념을 주장해온 나혜석이 '정조 유린'이라는 소송을 통해서라도 파리로 갈 수 있는 돈과 보증이라는 현실적인 타개책을 찾으려 했다는 것은 생존의 차원에서 마지막으로 내걸었던 카드였던 셈이다.

"나는 수중에 xx원을 가지게 되었다. 비록 이것이 분풀이의 결실이라 하더라도 내게도 그다지 상쾌한 일이 되지 못하거나와 C의 마음은 오죽했으랴."에서 보면 나혜석은 얼마간의 돈을 받게 된 것을 탐탁지 않게 생각했으며 최린에 대한 연민의 마음과 함께 "요전 사건으로 세상에서 욕도 많았다지요? 다시 생각해보면 나의 잘못이었어요. 우스운 일입니다."라고 인터뷰하면서 소송에 대한 회의를 드러내고 있다. 돈이 생겼지만 막상 파리로 가지는 못하고 고향인 수원에 터를 잡고 그림에 전념하여 재기의 발판으로 삼으려 했다. 그 후 예산공회당에서 그림전시회를 열었고 서울 진고개에서 소품전도 열었으나 관심을 받지 못했다. 이후 급격하게 몰락의 길을 걷기 시작한 나혜석은 양로원과 요양원을 전전하는 신세가 되어버렸다.

(2) 당시의 상황에서 본 소송의 의의

우리나라에서 정조유린에 대한 손해배상청구의 성격을 가진 최초의 소송은 1916년에 있었다. 정식으로 결혼한 아내가 자신을 유기하고 다른 여성과 결혼한 남편을 상대로 '정조료 일천 원'을 청구한 소송[9]이었다. 동아일보와 조선일보에 실린 기사 가운데 1920~1940년 사이에 부처와 부첩 간 발생한 소송 중에서 여성측이 원고로 된 위자료 및 손해배상청구소송은 186건이고 그중 정조유린으로 인한 위자료청구소송은 77건으로 약 41%를 차지하고 있다. 이 중 혼인미신고 기처 관련 소송이 47건, 사기결혼 관련 소송이 30건[10]이다.

정조유린 위자료청구소송은 남편에게 버림받아 궁지에 몰린 여성이 제기했던 소송이다. 남편의 중혼에 대해 형사처벌이 불가능한 상황에서 여성들은 민사소송을 통해 자신이 당한 피해를 정조유린으로 규정하고 그에 따른 손해배상을 청구했다. 당시 조선총독부는 1915년부터 결혼연령 미달자의 결혼을 행정적으로 제한하여 남 17세 미만, 여 15세 미만인 자의 혼인신고를 수리하지 않았다. 그러므로 조혼한 사실혼의 아내와 법률혼의 아내가 있게 되는 중혼이 오히려 법률적으로 보호를 받는 현상이 일어나게 되었다.

이 소송을 청구한 여성들은 소학교 이상의 신교육을 받은 여성의 비중이 컸다. 진보적인 신여성들에 의해 재래의 여성 억압적 도덕에 대한 비판이 제기되고 성적 주체로서 여성이 새롭게 발견되기 시작한 이 시기에 다른 한편에서는 보수적인 정조담론에 기대어 자신의 경험을 언어화하고 이익을 보장받으려 했던 것이다.

20여 년간 사기결혼 관련 소송이 30건이라면 1년에 약 1.5건 정도이니 수치상으로는 결코 많은 것은 아니다. 그리고 그 내용은 대체로 이미 결혼한 남성이 그것을 속이고 다시 결혼한 경우 그 사실을 나중에 알게 된 여성이 소송을 하거나, 기혼자가 아내를 버리고 새로운 여성과 결혼하는 경우 본처가 소송을 하는 경우에 한정되었다. 소송의 이유로는 주로 현실적으로 이혼한 여성이 경제적으로 어려운 상황에 처하게 되기 때문에 어느 정도의 돈을 받아내고자 하는 경우가 많았지만 몇몇의 부유한 여성들은 돈이 아니라 명예회복을 문제 삼는 경우도 있었다. 명문가의 딸로서 진명여학교를 졸업한 신여성 조대복은 결혼한 뒤 다른 여학생과 연애를 하고 아내를 소박한 남편에 대해 삼만 원을 청구한 바가 있었다.

이러한 여성들은 명예회복의 문제와 함께 다른 여성들이 이러한 사례에 빠지지 않도록 널리 알려 경계를 삼고자 하는 사회적인 의도들도 가지고 있었다. 사기결혼을 당한 이송실은 '여자의 정조를 유린하고도 뻔뻔스러운 사내들의 낯껍질을 벗겨볼 테야요' 라며 소송을 청구했다. 아마도 나혜석은 당시에 간간이 있었던 이런 소송들을 알고 있었을 것이다. 게다가 나혜석은 변호사 남편과 결혼해서 11년을 살았고 이혼 후에는 소완규라는 변호사를 친구로 두었으니 법과는 비교적 가까운 울타리 안에 있었다. 이러한 주변 환경은 실제로 소송이라는 법률적 행위를 선택하는 데도 영향을 주었을 것이다.

당시의 정조유린에 관한 위자료청구소송들은 주로 아내들이 결혼과 관련된 약속을 이행하지 않은 남성을 상대로 청구했는데 나혜석은 최린과 부부관계가 아니라는 점에서 이들과는 다른 경우였다. 나혜석은 남편이 있는 몸이고 최린 또한 기혼자였다. "'나는 공을 사랑합니다. 그러나 내 남편과 이혼은 아니하렵니다." 그는 내 등을 뚝뚝 두드리며 "과연 당신의 가장 할 말이오, 나는 그 말에 만족하오."에서 보듯이 파리에서 그들의 만남이 지속되는 동안 그들이 피차간에 이혼하고 결혼하기로 약속을 한 것은 아니었다.

기혼자일지라도 서로 자연스럽게 어울리고 친밀하게 지내는 유럽의 남녀관계를 포함한 자유로운 생활상에 호기심을 가졌던 나혜석은 '본부나 본처를 어찌 않는 범위 내의 행동은 죄도 아니요 실수도 아니라 진보된 사람에게 마땅히 있어야 할 감정'이라고 했다. 식민지 조선을 떠나 문명개화한 국가에서 이국적 분위기에 경도되어 일시적으로 만남을 가진 것이지 서로 장래를 약속한 것은 아니었다.

그런 상황을 고려할 때 소장의 문구가 실제로 어느 정도로 나혜석의 진심을 담고 있는지는 확실치 않다. 소완규는 소장 제출에 관해 "소송 위임은 13일에 받았습니다. 최린 씨에게 14일부터 최후 담판의 내용증명서를 보내어 3일간의 유예를 주어 통고하였는데도 불구하고 3일 기일이 지났기에 19일인 오늘 소장을 제출한 것입니다."라고 밝히고 있다. 매우 급속도로 이루어진 소장의 작성과 제출 과정을 고려할 때 나혜석이 어느 정도 문구 작성을 함께 의논하고 검토하였는지 알 수 없다. 당시 정조유린에 관한 손해배상 소송이 주로 결혼과 관련하여 이루어진 소송임을 고려하면 이 소송은 매우 이례적인 경우다.

나혜석의 소송이 의의를 갖는 것은 남성과 여성이 결혼 여부에 상관없이 성을 매개로 관계를 맺었을 때 사후에 그 책임의 문제가 일어나는 경우 남성과 여성이 똑같이 책임을 져야 한다는 관점을 표방한 소송이라는 점에 가치를 두는 경우이다. 당시 남녀정조공수론이라 하여 여자만 정조를 지킬 것이 아니라 남성도 정조를 지켜야 한다는 의견이 대두하였지만 이는 신여성들이 주장하던 신정조론에 대해서 정조는 옹호해야만 하는 절대적인 것으로 재래의 정조관을 가치화했다는 점[11]에서 나혜석의 주장과는 다른 것이다.

나혜석은 '정조는 취미'라고 하며 정조의 해방을 주장했다. '정조의 해방이 일어난 후에야 다시 정조를 고수하는 자가 있게 된다, 즉 정조가 극도로 문란해진 후에야 정조관념이 재정립될 수 있다'고 했다. '처녀성 즉 정조는 도덕도 아니었고 양심도 아니었으며 종교도 아닌 일종의 미신적이었을 것이다. 그러나 이 처녀성이 여자의 자유의사에 발하는 요구로 여자의 자존심을 향상하는 데 결치 못한 정서'[12]라 하여 기존의 정조관을 비판하면서 자신이 생각하는 관점을 피력하였다. 나혜석은 체험을 통해서 정조란 여전히 깨어지는 것이고 되찾을 수 없는 것이라는 당시 조선사회를 지배하던 과거의 정조관념과의 일대 격돌을 벌인 것이다. 자신의 정조문제를 사회적으로 공론화함으로써 나혜석은 자신의 실추된 명예만큼 상대 남성의 명예도 응분의 대가를 치르기를 바랐다. 그러나 최린은 신문기사를 좌지우지할 수 있을 정도의 권력자 혹은 권력의 비호를 받는 자리에 있었고 그 사건은 스캔들로만 유통될 뿐 공론화되지 않았다. 나혜석은 조선의 정조는 남성에게는 지킬 의무가 없고 여성에게만 강요되는 악습이라는 것을 여실히 보여 주었다. 이것이 바로 노출증적 광태라며 비난을 받은 나혜석의 체험 고백과 소송이 갖는 사회적 의미라 할 것이다.

또한 당시 청구한 위자료의 액수는 신문기사에 보도된 것을 중심으로 보면 1500원에서 50만 원까지 다양하다. 승소하는 경우에는 대개 청구금액의 10~20퍼센트 수준을 지급하라는 판결을 내렸고 최고금액인 33만 원을 청구한 경우 5천 원을 받았다는 기사[13]가 있다. 나혜석의 경우는 1만 2천 원을 청구하였으나 최린 측의 합의로 6천 원을 받고 소송을 취하하였으며 액수는 외부에 알리지 않기로 했다. 청구금액의 50퍼센트라면 당시의 기준으로는 상당한 금액인 셈이다. 명예와 자존심을 내던진 이 소송의 대가로 받은 돈으로 나혜석은 파리에 가지 못했다. 자식들 때문이기도 하지만 한편으로는 조선에서 재기할 수 있으리라 생각한 듯하다. 타협적 선택은 또 다른 타협을 낳았다.

(3) 현대적 법률에서 본 소송의 의미

현대에 와서 이와 유사한 법적 행위로는 혼인빙자간음죄와 간통죄가 있다. 우선 혼인빙자 간음죄를 보면 형법 제304조는 "혼인을 빙자하거나 기타 위계로써 음행의 상습 없는 부녀를 기망하여 간음한 자는 2년 이하의 징역 또는 500만 원 이하의 벌금에 처한다."고 규정하고 있다. 그러나 2009년 헌법재판소가 혼인빙자 간음죄를 위헌으로 판결함에 따라 형법이 제정된 지 56년 만에 사라지게[14] 되었다.

헌법재판소에 의하면 '여성이 혼전 성관계를 요구하는 상대방 남자와 성관계를 가질 것인가의 여부를 스스로 결정한 후 자신의 결정이 착오에 의한 것이라고 주장하면서 국가에 대하여 상대방 남성의 처벌을 요구하는 것은 여성 스스로가 자신의 성적자기결정권[15]을 부인하는 행위이다. 여기서 성적 자기결정권이란 각인 스스로 선택한 인생관 등을 바탕으로 사회공동체 안에서 각자가 독자적으로 성적 관을 확립하고, 이에 따라 사생활의 영역에서 자기 스스로 내린 성적 결정에 따라 자기 책임하에 상대방을 선택하고 성관계를 가질 권리를 의미하는 것이다.

그러므로 남성이 결혼을 약속했다고 해서 성관계를 맺은 여성의 착오를 국가가 형벌로써 사후적으로 보호한다는 것은 여성이란 남성과 달리 성적자기결정권을 자기책임 아래 스스로 행사할 능력이 없는 존재, 자신의 인생과 운명에 대해서 스스로 결정하고 형성할 능력이 없는 열등한 존재라는 것의 규범적 표현이다. 그러므로 이 법률조항은 남녀평등의 사회를 지향하고 실현해야 할 국가의 헌법적 의무(헌법 제36조 제1항)에 반하는 것이자, 여성을 보호한다는 미명 아래 국가 스스로가 여성의 성적자기결정권을 부인하는 것이 되는 것'이라고 보고 위헌으로 판결한 것이다.

그러나 이에 대한 소수의 반대의견은 "남녀 간의 이성교제나 정교관계는 남녀 간의 내밀한 사생활 영역에 속하는 것이므로 헌법 제17조에 의하여 사생활의 비밀과 자유로서 보호된다. 어느 남자가 어느 여자를 사랑하고 정교관계를 맺는 것은 자기결정권의 보호영역이라고 할 수 있지만, 혼인을 빙자하여 부녀를 간음하는 행위는 자신만의 영역을 벗어나 다른 인격체의 법익을 침해하는 행위이기 때문에 자기결정권의 내재적 한계를 벗어나는 것이다."라고 판단하였다. 성적 자기결정권은 이와 같이 개인의 사적 영역에 속하면서도 개인이 속한 공동체의 사회문화와 관련성을 가지고 있어서 개인과 공동체의 가치가 충돌되는 경계지점을 형성하고 있다.

한편 간통죄의 경우 심판대상은 형법 제241조이며, '① 배우자 있는 자가 간통한 때에는 2년 이하의 징역에 처한다. 그와 상간한 자도 같다. ② 전항의 죄는 배우자의 고소가 있어야 논한다.'고 규정하고 있다. 2015년 2월 헌법재판소가 간통제가 위헌이라고 판결함으로써 폐지되었다. 그러나 간통행위와 혼인빙자간음행위는 형사적으로 처벌되지는 않는다 하더라도 간통배우자나 혼인빙자간음행위자는 이혼, 재산분할, 위자료 등의 손배해상 등 민사적 책임을 져야 한다.

나혜석의 정조유린에 관한 손해배상청구소송을 이상의 현대 법률에 의거하여 검토해보려 한다. 나혜석의 소장에서 최린에게 배상을 요구하는 핵심적인 내용은 다음과 같다.

① xx를 요구하면서 장래를 일체 인수하기로 약속한 일

② 유혹에 끌리어 수십 회 정조를 xx 당한 일

③ 장래를 인수하기로 약속하고 합의이혼에 응할 것을 전한 후 한 푼의 원조도 없는 일

④ 파리행 여비 1천 원의 요구를 들어주지 않은 일

⑤ 김우영에 대한 처권을 침해하여 일생에 막대한 손해를 받게 한 일

만일 이 소장이 나혜석이 소완규와 의논하여 작성되었거나 소완규가 작성한 후 나혜석이 면밀히 검토한 후 동의하였다면 그것은 다음과 같은 의미를 갖는다.

첫째, 남성에 의해 강요된 정교에 대하여 장래의 어떤 이익이나 보상을 바라고 자발적인 의사가 전혀 없이 수동적으로 동의했다는 의미이므로 나혜석은 그동안 자기가 주장했던 정조에 대한 주장을 무너뜨리는 이율배반적인 행동을 한 것이다. 유력한 남성에게 어떤 대가를 바라고 정교를 허락했다면 자신의 육체를 수단화했다는 의미로 자신이 몸과 마음의 완전한 주체가 아님을 스스로 인정한 것이다.

둘째, '수십 회'의 정조를 '유린'당했다는 것은 남성의 강압과 위협에 의한 정교가 한 번이 아니라 여러 번에 걸쳐 이루어졌다는 의미다. 그런데 그것이 '유혹에 끌리어' 이루어졌다는 것은 자신이 원치 않는다는 의사표시를 분명히 하지 못하고 성적 자결권을 제대로 행사하지 못하는 미숙한 존재임을 드러낸 것이다.

셋째, 이혼요구에 대해 최린과 의논하여 결정했다는 것은 자기 인생의 중대사를 스스로 결정하고 해결하지 못하는 존재임을 드러낸 것이다.

넷째, 생활비 원조와 파리행 여비 지원 등의 경제적 원조의 문

제에 대한 불만은 당시의 이혼한 여성들이 보편적으로 겪는 현실적 문제에 대한 요구로 보인다. 경제적인 어려움을 별로 겪어보지 못하고 살아온 나혜석으로서는 처음 겪는 경제적 문제를 스스로 해결하기가 매우 어려운 상황임을 보여준다. 여성의 주체로서의 독립이 경제적 기반을 바탕으로 한다는 사실을 알지 못한 것이 나혜석의 현실인식의 한계였다.

나혜석의 소송이 성립하려면 소장에 기록된 내용들이 사실이어야 하는데 위에서 검토한 바대로 이전에 나혜석의 글에서 보던 것과는 전혀 다른 내용이라 신뢰하기가 어렵다. 그러므로 소장의 내용들은 나혜석이 실제로 확인하지 않고 소완규에게 전적으로 위임한 상태에서 소완규가 그간의 들은 이야기를 토대로 작성했을 가능성이 크다. 나혜석의 입장에서는 '분풀이'를 하겠다는 다분히 감정적인 입장이었고 변호사의 입장에서는 그들의 관계가 강압적인 것이었다고 하지 않으면 정조유린에 대한 손해배상이라는 내용의 소송 자체가 성립할 수가 없으므로 법적 성립요건에 맞도록 소장을 만들고 최린의 명예를 실추시키려는 목적으로 제소한 것이라고 보는 것이 타당할 것이다. 당시 조선의 유명인사인 두 사람이 다 실제로 소송이 진행되는 것을 바라지는 않았을 것이므로 소장의 내용의 진실 여부가 문제되는 것이 아니라 소송 자체가 문제였을 것이다. 소송은 취하되었고 두 사람은 합의에 이르렀다.

현대의 법률과 관련해서 보자면 혼인빙자간음죄가 없어지는 것은 2009년이고 간통죄가 없어지는 것은 2015년으로 여성의 성적 자결권에 대한 논의가 완성되는 것이 극히 최근의 일이다. 고로 나혜석의 성적 자결권에 관한 논의와 주장은 매우 선진적인 것이다. 그러나 정조유린에 관한 위자료청구소송은 여성의 정조에 관한 공적인 논의라는 점에서 상당 부분 의의가 있지만 순간적인 분풀이의 성격이 강하다고 볼 수 있다. 선진적으로 여성의 성적 자결권을 주장한 나혜석의 인생에서 이 소송은 좀 더 신중하게 했더라면 하는 아쉬움을 남기는 부분이 있다.

3. 세 가지 주장에 담긴 선구적 여성의식

나혜석이 이혼하는 과정에서 자녀양육권을 지키려고 했고 재산분할권을 요구했으며 이혼의 원인 제공자인 최린에게 정조유린에 관한 손해배상청구소송을 한 것을 중심으로 여성의 법적 권리에 대한 나혜석의 세 가지 주장을 당시의 사례들과 비교 검토하고 오늘날의 법률에서 볼 때는 어떤 의미가 있는지 분석하였다.

첫째, 자녀 양육권의 문제. 나혜석은 〈모된 감상기〉에서 모성애가 여성에게 무조건 생기는 생래적인 천성이 아님을 주장하던 것과는 달리 사 남매를 기르면서 모성애도 생겼고 특히 구미만유 이후 더욱 자녀들을 잘 길러보려는 열망이 생겼음을 고백했다. 자녀를 양육하기 위해 남편에게 자신의 잘못을 사과하고 현모양처가 되겠다며 굴복했으나 어머니로서 아버지와 동등한 자녀양육권을 주장하는 데까지 나아가지는 못했다. 그도 그럴 것이 여성에게 남성과 동등하게 자녀에 대한 친권과 양육권이 인정된 것은 그로부터 60년이라는 긴 세월이 흐른 1990년대에 들어서였던 것이다. 그럼에도 어머니로서의 책임과 의무를 다하고자 최선을 다하는 자세에는 자녀양육권에 대한 인식의 단초가 들어있었다고 본다.

둘째, 재산분할권의 문제. 이혼하는 경우 가정의 재산형성에 대한 여성의 가사노동 기여분을 전혀 인정받지 못하는 것은 물론 소송을 통해 생계를 위한 약간의 위자료를 받는 것도 매우 희귀한 경우였던 시절에 나혜석은 그림을 그리고 팔아서 돈을 번 화가로서 재산형성에 기여한 것을 인정해달라며 재산의 반을 나누어 줄 것을 요구했다. 재산분할권이 인정되는 것은 1990년대라는 것을 고려하면 60여 년이나 앞서간 주장이었다는 점에서 나혜석의 선진성을 명백하게 보여주는 사례이다.

셋째, 정조유린에 대한 손해배상청구소송의 문제. 이 소송은 정조의 해체와 여성의 성적 자결권을 주장한 나혜석의 평소의 사상과의 일관성이 없다는 점에서 의아한 점이 있다. 소장의 문구들은 나혜석을 성적 자결권을 스스로 행사하지 못하는 존재로 부각시키고 있다는 점에서 '여자도 인간'으로 집약되는 주체적 존재로서의 인간 나혜석을 훼손하고 있다. 나혜석이 '분풀이'라고 표현하고 있듯이 나중에 후회할 정도로 감정적으로 불안정한 상태에서 소장을 진지하게 검토하지 못하고 진행한 소송으로 보는 것이 타당할 것으로 본다. 그럼에도 불구하고 남성과 여성에게 정조의 문제가 달리 적용되던 당시 사회에 대해서 남녀의 동등한 정조관념의 이슈를 제기하고 공론화했다는 것을 긍정적인 면으로 볼 수 있다.

오늘날의 가족법은 1990년이 되어서야 남녀평등의 방향성을 갖게 되었으며 2005년 호주제의 폐지로 인하여 거의 대등한 남녀평등을 이룰 수 있게 되었다. 또한 혼인빙자간음죄가 2009년에 간통죄가 2015년에야 위헌이라며 폐지된 것을 보면 여성의 성적 자결권에 대한 인식이 사회적으로 확산되고 법적으로 수용된 것이 아주 최근의 일이라 볼 수 있다.

현대의 법률의 양상을 고려할 때 나혜석이 1930년대에 이혼하면서 자녀양육권에 대한 단초를 보여준 점, 재산분할권을 주장한 점, 정조유린에 대한 손해배상 청구소송을 한 점 등 여성의 권리

에 대한 세 가지의 주장을 통해 개인적인 문제를 사회문제로 공론
화한 것은 60~80년 정도의 세월을 앞서간 선진적인 여성 의식과
실천을 보여준 것이다.

5장
나혜석이라는 캐릭터와 스토리텔링

남편과 자식들에 대한 의무같이
내게는 신성한 의무 있네
나를 사람으로 만드는 사명의 길로 밟아서
사람이 되고저

　　　　　나혜석은 한국 희곡사에서 여러 차례 주인공으로 창조되었다. 어떠한 장르보다도 개성이 강한 주인공과 극적인 서사성이 중시되는 희곡이라는 장르, 그리고 문자적 텍스트에 머물지 않고 종합예술로 창조되어 관객들과 교감하는 연극의 특성에 나혜석이 부합하는 요소는 무엇일까. 여성으로서 그리고 한 인간으로서의 파란만장한 삶은 우선 그녀를 극적인 서사물의 주인공으로 주목하게 한다. 그리고 그녀가 가지고 있는 독특한 개성과 시대를 앞서간 선각자적인 투쟁은 갈등이라는 극의 기본적 요소를 강화하는 토대로 작용한다. 나아가 당대의 최상류층의 화려한 삶에서 거리에서 죽어가기까지의 '몰락'이라는 특성은 비극의 요소로 부각된다. 더욱이 몰락의 과정에서 그녀가 보여주는 불굴의 의지는 한 여성을 위대한 비극적 주인공으로 위치시킨다. 사회적으로 금기시 되는 기혼여성의 로맨스와 파국, 시댁 식구들과의 불화, 아이들과의 생이별 등의 멜로드라마적 요소 또한 나혜석을 극적인 캐릭터로 만드는 데 기여한다. 나혜석은 다양성을 지닌 다성적 존재로서의 캐릭터이고 스토리텔링의 다양한 변주를 통해 앞으로도 새로운 작품의 주인공으로 부활할 것이다.

1. 새로운 캐릭터 나혜석

한국의 희곡사에는 유달리 빈번하게 등장하는 역사의 주인공들이 있다. 조선시대의 왕 중에서는 세조와 단종, 연산군, 영조와 사도세자 등이 희곡의 주인공으로 많이 등장했으며 근대사로 넘어오면 격동기의 정치사적 혹은 사회적 상황과 관련하여 많은 인물들이 극화되었다. 어떤 인물은 독특한 개성을 가진 연극적 캐릭터로 부활하여 연극으로서도 성공을 거두었고 시대를 뛰어넘어 새로운 인물로 각인되기도 하였다. 또 때로는 왜곡된 성격이 부각되어 역사상의 불운에 그치지 않고 작품에서도 불운한 인물로 남기도 하였다.

이와 관련하여 한 인물의 개성적 '성격'이라는 의미로서 캐릭터라는 개념어를 차용하여 나혜석을 분석하고자 한다. 성격이란 아리스토텔레스 이후 강조되어 온 연극의 중요 요소로 인물의 사회적 역할, 역사적 전통, 고상함, 인물 내부의 일치 등을 종합한 개념이다. 어떤 인물의 내면에 여러 성향들이 뒤섞여 있고 그래서 이 인물이 동일한 상황에서 다른 사람들은 도저히 할 수 없는 특별한 행동을 하는 경우, 그런 인물을 '성격'을 가지고 있다고 말한다.

이 땅의 최초의 여성화가로서 명성을 드높였던 신여성 나혜석이 연극에 수용된 양상과 특성에 대하여 분석하고자 한다. 역사상의 실제 인물이 예술 작품의 주인공으로 재창조되는 과정과 그 결과물을 통해서 어떤 요소가 한 인물을 반복적으로 연극의 주인공으로 삼게 하였으며 실제 인물의 어떤 요소가 강조되고 있는지 검토할 것이다.

나혜석이 주인공으로 등장한 극을 창작시대순으로 보면 〈파리의 그 여자〉(나혜석 작, 1935), 〈화조〉(차범석 작, 1977), 〈철쇄〉(강성희 작, 1986), 〈불꽃의 여자 나혜석〉(유진월 작, 2000) 등이 있다. 〈화조〉는 1977년 9월 9일부터 14일까지 이진순 연출로 극단 광장이 쎄실극장에서 공연하였으며 제1회 대한민국 연극제 참가작품이다. 한 기자가 나혜석에 관한 글을 쓰기 위해 자료를 수집하면서 나혜석 주변의 인물들을 통해서 과거의 사건들을 짜맞추어 가는 형식을 택하고 있다. 〈불꽃의 여자 나혜석〉은 2000년 10월 17일부터 12월 31일까지 채윤일 연출로 극단 산울림이 소극장 산울림에서 공연하였다. 그 이후에도 국민성의 〈인형의 가〉, 최명희의 〈화가 나혜석〉, 김민승의 〈원치 않은, 나혜석〉, 유진월의 〈파리의 그 여자, 나혜석〉 등 나혜석을 소재로 한 작품들이 다수 창작 공연되었다.

가장 먼저 창작된 〈파리의 그 여자〉는 나혜석의 자전적 작품이다. 그리고 이후의 작품들은 남성작가와 여성작가라는 작가의 성에 따른 시각의 차이, 창작 시기에 따른 시대 변화의 수용 양상, 특별히 의미가 부여되고 강조된 측면 등에서 차이가 있다. 동일한 인물이 저마다 개성과 시각이 다른 작가의 의도에 의해서 새로운 인물로 창조되고 있다. 본고에서는 네 편의 작품을 비교하는 것에 목적을 두는 것이 아니라 나혜석이라는 한 인물이 특별히 극성을 강조하는 희곡이라는 장르에서 반복적으로 작품화되는 요소가 무엇인가를 찾고자 하는 것에 있다. 역사적 인물로서의 나혜석(1896~1948)은 진명 여학교 수석졸업으로 신문에 처음 이름이 등장한 후 미술을 전공한 최초의 동경유학생, 최초의 여성화가, 경성

최초의 서양화 개인전 개최, 최초의 부부동반 유럽여행, 정조유린에 관한 위자료 청구소송 등으로 이어지는 유명세 속에서 화려한 생활의 극단을 살다가 행려병자로 생을 마감하는 최악의 상황에 이르기까지 일생을 세인들의 입에 오르내렸다.

나혜석은 조선미술전람회와 제국미술전람회에 수차례 입상한 당대의 대표적 화가였고 여성운동가였으며 독립운동에도 최선을 다한 진정한 지식인이었다. 당대의 뛰어난 문사로서 시, 소설을 비롯하여 시론, 평론, 여행기 등의 글을 90여 편 남겼다. 1918년에는 단편 소설 〈경희〉를 통해서 여성도 인간이라는 선언을 함으로써 여성에 대한 과거의 인식에 큰 변화를 가져왔다. 〈경희〉는 진취적인 근대의식를 담고 있는 최초의 페미니즘 소설로 평가되고 있다.

특히 〈이상적 부인〉에서는 여자를 노예 만들기 위해서 부덕의 장려가 필요했다고 지적하고 조선여성은 자신을 찾는 활동과 성공에 대한 욕심을 가져야 하며 사람다운 생활을 해야 한다고 했다. 〈모된 감상기〉에서는 모성애의 추상성을 비판하고 여성에게 있어서의 임신과 출산이라는 문제를 본격적으로 공론화 하여 사회에 큰 파장을 일으켰다.

또한 〈이혼고백장〉에서는 이혼의 과정과 심정을 공개하고 여성에게만 강요되는 정조관념을 비판하였다. 이혼이 특별한 '사건'이었던 시절에 여성이 이혼과정과 연유를 상세하게 써서 잡지에 발표까지 함으로써 더욱 세상을 떠들썩하게 했다. 그러나 이 글은 남성 지배적인 사회에서의 여성의 억압과 저항을 명확하게 보여주는 글이었다. 더욱이 연애의 상대자였던 최린에 대한 위자료 청구 소송은 나혜석을 더욱 몰락의 길로 몰고 갔지만 여권의식을 널리 알린 저항적 사건으로서 의미가 있다.

2. 극적인 캐릭터로서의 나혜석

1) 극적인 요소

연극은 기본적으로 인간에 대한 탐구를 중시한다. 한 편의 희곡이 무대 위에 형상화되는 전 과정에서 작가는 한 인물을 통해서 끈질기게 삶의 진실을 파헤치고자 하며 관객들은 무대 위에 재현되는 연극을 보면서 어떠한 예술보다도 생생하고 치열한 한 인간의 삶을 간접 경험하게 된다. 연극이 인간에 대한 탐구를 기본으로 하는 장르며 인간이 그 핵심을 이룬다는 사실은 〈오이디푸스〉 이래 동서양의 많은 작가들이 주인공의 이름을 내세운 희곡을 창작한 사실을 보아서도 잘 알 수 있다.

나혜석 또한 여러 번 희곡의 주인공이 된 것으로 보아 극의 주인공이 될 만한 특징적 요소들을 많이 가지고 있는 인물이라 할 수 있다. 나혜석을 극의 주인공으로 만드는 요소들로는 매우 저명한 여성으로서 극적인 요소를 많이 가지고 있다는 점, 자유연애와 불륜, 이혼 등 세인의 흥미를 끌 만한 멜로드라마적인 요소를 발견할 수 있다는 점, 삶을 주체적으로 이끌어가려는 투쟁적 요소가 남달라서 영웅적 면모가 있다는 점, 생의 후반부의 몰락에서 비극적 요소가 있다는 점 등을 들 수 있다.

연극은 극적인 세계를 창조하는 예술이다. 극적이란 '일상에서는 흔히 일어나지 않는 / 평범하지 않은 / 기대의 반전을 보여주는 / 아슬아슬한 / 자극적인 / 놀라운' 등의 의미를 내포한다. 나혜석은 한국 근대사에서 가장 극적인 인물 중의 한 사람이다. 아리스토텔레스가 말했듯이 높은 곳에서 낮은 곳으로 떨어지는 몰락이 비극의 근본이라 할 때 가장 높고 화려한 인생에서 가장 낮고 비참한 인생으로 떨어지는 큰 폭의 낙차는 나혜석을 극적인 인물로 주목하게 한다.

나혜석은 개성이 매우 강한 인물이며 당대의 사람들과는 전혀 다른 화려한 삶을 살았고 수많은 사건의 중심부에 있었다. 특별하면서도 굴곡이 많은 삶은 그녀를 극적인 삶의 주인공으로 각인시킨다. 그러나 그 극적인 생이 놀라움에 그치는 것이 아니라 위대한 인간으로서의 의미 있는 삶이라는 점에 더 주목해야 한다. 나혜석은 선각자로서의 진보적인 삶을 창조한 여성이었으며 역사상의 중요한 인물이었다. 이러한 제반 요소들이 어우러져 나혜석을 희곡의 주인공으로 주목하게 하는 것이다.

2) 멜로드라마적 요소

연극에는 다양한 종류가 있지만 기본적으로 비극과 희극으로 대별된다. 그리고 멜로드라마와 소극이라는 유사 하위 장르가 있다. 일반적으로 비극은 위대한 인간의 몰락을 그리고 멜로 드라마는 겉으로는 비극과 같은 슬픔을 표출하지만 좀 더 대중적인 요소들을 가지며 비극에 대하여 저급한 것으로 평가된다. 그러나 일반적인 관객을 대상으로 하고 공감대를 이끌어내는 데 있어서 멜로드라마적인 요소는 중요하다. 실제로 많은 경우에 비극과 멜로드라마는 혼동되기도 하는데 평자에 따라서 한 작품을 비극의 범주에 넣기도 하고 멜로드라마의 범주에 넣기도 한다. 멜로드라마는 18세기 신고전주의시대에 나타난 장르로서 음악(멜로)과 드라마(음악)가 결합된 것이다. 작중 인물의 캐릭터가 거의 고정되어 있으며 선악의 구분이 명확하며 권선징악이 기본 주제가 된다.

한국에서의 멜로드라마란 남녀 간의 사랑이나 가족 구성원들 간의 갈등을 다룬 여성 취향의 이른바 최루성 장르라는 의미로 이해되고 있다. 일본의 신파극에서 정치적 요소가 배제되고 여성의 비극적 운명을 강조하는 형태로 변형되어 수입되었다. 멜로드라마는 대중의 경험과 정서에 의존하는 슬픔을 중시하고 선악의 대립적 구조를 가지며 인물이 외적인 적대세력의 억압에 의해 고통 받는다는 특징을 갖는다.

나혜석의 삶은 멜로드라마적인 요소들을 많이 가지고 있다. 1920년대부터 30년대의 한국영화에서 공통적인 멜로드라마적 요소들은 다음과 같다. 연애담이 내러티브를 주도한다, 주인공의 사랑과 삶은 신분 차이, 인습 등으로 갈등에 처한다, 관객의 감정 이입을 강하게 유도한다, 주인공은 비극적 결말을 맺는다, 남성인물은 유학생이나 권문세도가에 속하고 여성인물은 기생, 신여성 등이다, 근대적 세계관과 봉건적 도덕관 사이에서 절충된 세계관을 보여준다, 권선징악 등을 통한 현실 순응주의적인 면을 강조한다 등이다.

나혜석의 삶과 유사성을 갖는 요소들도 발견할 수 있는데 이러한 요소들은 이념적인 인간으로 경직되기 쉬운 나혜석을 일반인과 호흡할 수 있는 공감대를 가진 일상적 인간으로 공감하게 한다. 연극의 주인공은 이념, 사상 등의 지적 영역의 요소와 희로애락에 휘둘리는 정서적 요소, 그리고 신체적 특성과 사회적 요소 등을 가진 매우 복잡한 존재이다. 그럼에도 불구하고 때로 연극의 주인공들은 흔들림 없는 이념만을 추구하는 인간으로 표현됨으로써 관객에게 군림하며 사상을 전달하는 시혜적 존재로서 부정적으로 재현되는 경우가 많다. 멜로적 요소는 나혜석을 상황에 따라서 갈등과 혼란에 빠지기도 하는 인간적인 인물로 부각시켜 관객에게 쉽게 다가가게 하는 장점이 있다. 그러나 반면 위대한 요소를 뒤로 한 채 일상적인 여성으로 격하시키기도 하는 부정적 요소를 함께 지닌다.

나혜석의 삶에서 멜로적인 요소들은 낭만적인 첫사랑의 실패, 인텔리 남성 김우영의 오랜 구애, 당대 최고 문인인 이광수와의 연애, 시어머니와 시누이를 포함한 시집식구들과의 갈등, 기혼 여성으로서 최린과의 연애 사건, 남편과의 갈등과 이혼, 아이들과의 생이별과 그리움, 비참한 죽음 등을 들 수 있다.

시인 최승구가 폐병으로 사망하면서 나혜석은 이상적인 결혼으로 이어질 것으로 기대했던 첫사랑을 완성하지 못했다. 감성적인 여성으로서 실연의 고통에 빠져 방황하다가 이광수, 김우영 등과 새로운 연애를 시작하고 그 소문이 조선까지 퍼졌다고 한다. 연극의 주인공은 기본적으로 매력적이어야 한다. 나혜석 또한 모든 사람들의 관심의 대상이 될 만한 매력을 가진 인물이었다. 이는 이광수, 김우영 외에도 당대 동경 유학생들의 열렬한 구애의 대상으로서 주목받았던 삶의 기록에서도 나타난다.

결국 긴 세월 사랑을 바친 김우영과의 타협적인 결혼으로 정착한 나혜석은 보통 여자들처럼 시집 식구들과의 마찰을 겪는다. 예술가로서 당대 최고의 인텔리 여성으로서 시대를 앞서가는 삶을 살고자 했지만 돈 문제나 방대한 대가족제도에서 비롯되는 인간관계 등 현실적 생활과 관련된 각종 문제들은 시집식구들과의 마찰과 대립을 낳았다. 당대 멜로드라마의 가장 대표작인 임선규의

〈사랑에 속고 돈에 울고〉에서 보듯이 여성 인물에게는 언제나 시집 식구 특히 시어머니와 시누이가 가장 큰 적대세력으로서 문제를 야기하며 그들의 모함에 의해서 집에서 쫓겨나거나 죽음에 이른다. 이러한 기본 구도는 당대 사회의 여성들이 처해 있었던 보편적인 삶이었고 중요한 생존의 문제였다.

위대한 인물인 나혜석 또한 거기서 예외일 수 없다는 것은 조선의 기혼 여성으로서의 삶이 지닌 기본적인 부분이자 관객에게 자연인으로서의 인물을 공감하게 하는 요소가 된다. 그러나 무엇보다도 나혜석의 삶을 가장 멜로적으로 이끄는 것은 최린과의 연애 사건이다. 파리를 배경으로 펼쳐지는 당대 최고의 화가인 여성과 거물 정치인과의 로맨틱한 사랑은 현재 시점에서 볼 때도 매우 주목할 만한 사건이다. 여성은 결혼하게 되면 자유를 구가하고 내면적 감성을 따르는 개인으로서가 아니라 아내와 어머니, 며느리라는 가부장제적인 지위로만 규정되는 현실에서 그녀의 특별한 로맨스는 한편으로는 질시를 받으면서 한편으로는 부러움을 살 만한 사건이었다.

식민지 조선 땅에서 여성의 인권이 무시되고 개인으로서 존중받지 못하던 시대에 예술의 도시를 배경으로 펼쳐진 로맨스는 충격적인 사건이었다. 그러나 그 사건은 동시대의 남성 예술가들에게는 너무도 당연시되고 용인되던 자유연애의 측면에서 수용되거나 감성이 뛰어난 한 예술가의 자유로운 개성의 발현이라는 시각에서 이해를 받기보다는 추문으로만 부각되었다. 타락한 유부녀의 방종한 스캔들의 주인공이 되어버린 나혜석은 가문에 먹칠을 하고 남편의 명예를 실추시키며 자신이 창조해낸 문화적 사회적 성과를 모두 박탈당하는 징계를 당해야 했다.

그러나 그 사건의 정당성 여부를 떠나서 주목할 것은 한 인간의 사적인 측면에서의 삶과 그의 사회적 인간으로서의 삶이 극심하게 뒤엉켜 평가되고 있다는 점이다. 그녀가 이루어낸 탁월한 업적들은 단 한 번의 로맨스로 인하여 모두 땅으로 끌어내려졌고 그 사건 이후 몰락하기 시작하는 조선 최고의 예술가는 사후 오십 년 동안이나 땅 속에 묻혀 있어야 했다. 남성과 여성에 대한 대조적인 사회의 시각과 규제의 방식이 한 인간의 문화적, 역사적 의미마저 몰살시켜 버린 것이다.

그러나 이 사건은 기혼 여성들의 금지된 욕망을 실현한 로맨틱한 사건으로서 멜로 드라마의 요소를 강하게 갖는다. 오늘날 텔레비전 드라마와 영화의 거의 대부분은 이루어질 수 없는 사랑의 이야기들을 다루고 있으며 그 이루어질 수 없는 사랑의 많은 부분은 바로 불륜 사건의 낭만적 이상화에 있다. 그렇게 본다면 나혜석의 이 로맨틱한 사건은 나혜석을 극화하는데 있어서 가장 대중적인 호기심을 자극하는 부분인 동시에 로맨틱한 사랑의 간접경험을 제공할 수 있는 흥미로운 사건이 되는 셈이다.

그 사건 이후 남편과의 이혼, 시집과의 갈등, 친정 오빠들의 냉대, 어린 네 자녀와의 생이별 등의 일련의 사건들 또한 멜로적이다. 나혜석의 경우가 아니더라도 그리고 유부녀의 불륜이라는 특정 사건이 아니더라도 이 부분부터는 30년대의 대중극을 넘어서 60년대의 최루성 영화를 거쳐 오늘까지 이어지고 있는 가정식 멜로 드라마의 단골 소재이다.

남편이 통치하는 가부장제적 가정에서 여성은 성적 배우자이자 종족 보존의 기능 수행자로서 그 존재의의를 얻는다. 여성의 삶은 개인적이고 주체적이고 독립적인 방법으로는 존재하기가 어려우며 경제적 능력을 가진 남성의 그늘 아래 머무는 것으로서 안전하게 보호된다. 그러한 상황에서 여성이 안식처에서 밀려난다는 것은 여성의 존재기반을 송두리째 빼앗는 최악의 징계이다. 경제력이 없는 여성은 타협하게 되고 인격적 존재로서의 삶을 포기하면서라도 가부장제의 울타리 안에서 최소한의 생계와 보호를 보장받고자 한다. 여성의 영역을 가정이라는 사적인 영역과 사회라는 공적인 영역으로 이분화하고 그 경계를 넘어선 여성에 대해서는 가차없는 징계를 가하는 것이 가부장적 사회의 율법인 것이다.

나혜석은 〈모된 감상기〉를 통하여 생득적이고 천부적인 것으로 인식되었던 모성애를 구체적인 임신과 출산과 육아의 과정을 통해서 부정한 바 있다. 그러나 초기의 모성애에 대한 부정은 네 아이의 육아 과정에서 변화된다. 이혼의 과정에서 자신의 주장을 굽히면서까지 이혼을 막아보려 한 태도는 순전히 모성애에 근거한다. 모성애는 이념적 인간이었던 나혜석을 인간적으로 변화시켰고 이혼 이후 평생을 자식에 대한 그리움의 고통에 빠지게 했다.

이러한 요소들은 잘나고 특별한 여성으로서의 나혜석에 대한 인간적 접근을 가능케 하는 요소들이다. 여성 관객들은 그녀가 겪는 고통스러운 삶의 체험들 중에서 상당 부분을 공유할 수 있다. 이러한 보편적 공감대로 이끌어가는 멜로적 요소들은 나혜석을 화석화된 인물로서 존재하게 하는 대신 뜨거운 피와 생명이 있는 존재로 활성화시킨다. 위인이라는 사진틀 속에 존재하는 근엄하고 경직된 인물이 아니라 살아있는 인간으로서의 나혜석을 만나게 한다.

결론적으로 멜로드라마적 요소를 많이 담고 있는 나혜석의 삶은 그녀를 극중 인물로서 더욱 풍성하게 하며 생동감 있는 인물로 만든다. 관객에게 동정심과 공감을 이끌어낼 수 있는 보편적인 인간으로 존재하게 한다. 물론 아리스토텔레스도 비극의 주인공에게는 허물이 있어야 한다고 했다. 그 때문에 비극적 파국의 개연성이 확보될 수 있다고 생각했고 계몽주의의 이론가들은 이 허물을 관객의 동정심을 불러일으키는 수단으로 받아들였다. 그러나 극작 과정에서 이러한 멜로드라마적인 요소에만 치중한다면 나혜석이라는 위대한 인물을 한낱 흥밋거리로 격하시키고 말 위험이 있다는 것을 유의해야 한다.

3) 비극의 주인공으로 승화

나혜석은 이상의 멜로드라마적 요소들에 머물지 않고 비극의 주인공으로 부상할 수 있는 인물이다. 멜로드라마는 가정과 사랑 등의 사적인 영역에서 벌어지는 사건을 다루며 정서의 과잉과 슬픈 결말로 관객에게 카타르시스를 주려는 목적을 갖는다. 결과적으로 여성 관객에게 위안과 공감을 주기도 하며 우월감과 안도감을 주기도 한다. 나혜석의 삶에는 부분적으로 멜로드라마적인 요소가 있지만 단지 그런 요소들에 머물러 있는 것은 아니다.

나혜석은 거듭되는 고통 속에서도 끝내 좌절하지 않고 그 모든 아픔을 선각자의 고뇌로 받아들이는 모습을 보여준다. 최초의 여성화가, 최초의 페미니스트, 최초의 여성작가 등 수많은 '최초'라는 수식어를 지고 힘겹게 한 걸음 한 걸음 걸어 나갔던 나혜석, 수많은 꿈을 가지고 노력했으나 실패의 연속처럼 보이는 그녀의 삶은 실은 그 자체가 저항이며 의미 있는 성공이었다. 진실로 비극적인 영웅은 파멸할지라도 패배하지 않는 것이기 때문이다.

비극의 주인공은 위대하고 고결하다. 그 또는 그녀는 특별한 존재로서 비극적 상황에 놓이게 되고 상황은 점점 악화된다. 그들은 자신에게 주어진 운명을 직시하고 용감하게 나아가 산산조각으로 부서진다. 그들에게 닥친 고난의 힘은 매우 막강하다. 그러나 그들은 위엄이 있는 고상한 인물이며 결단력을 가지고 자신의 고난을 마주한다. 신과 운명에게 대항하며 양보하거나 타협하지도 않고 끝내는 파멸한다. 그리고 그 파멸을 통해서 정신의 위대성을 한껏 보여주는 비극적 영웅으로 부상한다. 사소한 존재인 범인들은 비극적 영웅의 이러한 몰락 과정을 보면서 인간의 위대함에 대한 감동과 새로운 인식에 직면하게 된다. 인간은 그야말로 존엄한 존재인 것이다.

나혜석이 누렸던 인생 초기의 영광은 비극의 구조에서 보면 후기의 몰락을 더욱 극적으로 강조할 수 있는 효과적인 것이다. 오이디푸스 이래 전통비극의 기본 구조는 왕이나 장군과 같은 높은 지위에 있는 위대한 인물이 회복할 수 없는 몰락을 경험하게 되고 그 몰락의 폭이 크면 클수록 관객에게 주는 카타르시스 효과 또한 극대화된다. 물론 현대비극에 오면 아서 밀러의 〈세일즈맨의 죽음〉의 주인공처럼 보잘 것 없는 지위를 가진 인물도 고결한 위엄을 가지고 있으며 비극의 주인공이 될 수 있다. 그러나 비극의 기본 원리를 몰락에 있다고 할 때 그 몰락 전후의 낙차가 크면 클수록 비극적 효과는 커진다. 나혜석이 화려한 삶의 극단에서 최악의 낮은 곳까지 변화하는 과정은 몰락의 강도에 있어서 강렬한 효과를 갖는다.

나혜석이 진정한 비극의 주인공으로 자리매김 하는 것은 단순한 몰락의 강도에 있지 않다. 고난을 맞는 그녀의 자세와 태도야말로 진정한 비극적 주인공으로 존재할 수 있는 길을 열어준다. 유일한 여성 화가로서 선각자로서 페미니스트로서 작가로서 뛰어난 능력을 가졌던 나혜석이 당대와 어느 정도 타협했더라면 그토록 긴 세월 철저하게 매장되지 않았을 것이다. 그러나 나혜석은 타협하지 않았고 그래서 몰락해야 했다. 끝내 자신이 믿고 고수한 선각자로서의 삶에 대한 확신은 그녀가 추구했던 이상이 무엇이었는지 알게 한다.

또한 연극의 인물 구도상 프로타고니스트로서의 나혜석은 매우 강력한 안타고니스트를 요구한다. 남편 김우영, 연인 최린을 포함한 개인들은 그녀의 안타고니스트로서 부족하다. 그녀가 맞섰던 것은 남편과 애인을 포함한 남성뿐 아니라 모든 사람들, 나아가 거짓되고 시대에 뒤떨어진 조선사회의 이념들, 낡아빠진 관습, 고정관념, 개성을 수용할 줄 모르는 경직된 사회구조를 포함한 당대의 모든 것이었다. 나혜석은 거대한 안타고니스트를 앞에 두고도 끝내 용감했고 당차게 자신을 주장했고 최선을 다해 자신을 불살랐다.

이러한 요소들이 모여 나혜석을 진정한 비극적 영웅으로 부상하게 한다. 그녀는 단순한 일상에 머물러 고민하고 작은 것들에 연연하는 멜로드라마의 사소한 인물이 아니며 그녀를 담아낼 수 있는 장르는 멜로드라마가 아닌 비극이다.

3. 희곡의 구체적 캐릭터

1) 제목으로 읽기

작품에서 독자나 관객이 가장 먼저 접하는 것은 제목이다. 제목을 통해서 작품에 대한 함축되고 인상적인 이미지를 접하는 동시에 작품의 방향성에 대한 암시를 받는다. 작품에 대한 호기심을 제기하고 흥미를 유발할 수 있어야 하며 작품에 대한 정보의 암시 및 작가의 메시지를 제시하기도 하는 등 제목은 매우 중요하다.

〈파리의 그 여자〉, 〈화조〉, 〈철쇄〉, 〈불꽃의 여자 나혜석〉 등 네 개의 제목 중에서 우선 자전적인 작품 〈파리의 그 여자〉는 나혜석의 파리에 대한 동경과 회고를 깊게 담고 있다. 나혜석은 암울한 시기의 조선을 떠나 파리에서 접한 새로운 예술의 경향에서 강렬한 자극을 받고 구체적으로 미술 교육을 받기도 했다. 개성적인 화가로서 감성이 풍부한 자유로운 도시와 선진적 사회의 진보적 문화 경향에 의해서 깊이 자극 받고 고무되었으며 새로운 사랑의 경험을 한 잊을 수 없는 곳이었다. 결국은 그녀의 삶을 밑바닥으로 끌어내리게 된 계기가 되기도 했지만 한 인간으로서 자발적이고 자유로운 연애 감정에 빠진 것은 나름대로 중요한 경험이었다. 조선에 돌아와서 느낀 식민지의 암울한 생활과 고루한 조선 풍습, 정체된 예술 등은 그녀를 더욱 파리에 대한 향수에 빠지게 했다.

행복하고도 불행한 이중적인 결과를 낳은 파리에 대한 그리움은 그녀의 삶을 평생 지배했다.

〈파리의 그 여자〉는 1930년대의 제목으로는 매우 도전적이다. 파리를 포함한 서구 도시가 구체적으로 이 땅에 사는 여성들의 삶 속으로 들어온 것은 아주 최근의 일이다. 대단히 진보적인 여자의 삶을 담아낸 제목이며 장소와 인물을 동시에 내세우고 있는 이 제목을 통해서 파리에서의 자신의 생활을 스스로 정리하고 의미와 문제점을 정리하고 있다.

차범석의 〈화조〉는 나혜석의 삶을 불과 새라는 두 글자를 통해서 요약하고 있다. 불처럼 타오르는 열정적인 삶을 지향했고 새처럼 자유롭게 살기를 꿈꾸었던 나혜석의 삶의 경향을 요약하는 제목이다. 강성희의 〈철쇄〉는 쇠사슬이란 뜻으로 자유로운 예술가이자 진보적인 여성 나혜석을 옭아매고 있던 조선사회의 억압적 풍토를 요약하고 있다. 이것은 나혜석이라는 개인보다는 그 인간을 구속하는 당대를 더 강조하고 있는 제목으로 나혜석이라는 한 여성이 그러한 억압적 사회에서 부서질 수밖에 없었음을 암시하고 있다. 〈불꽃의 여자 나혜석〉은 불꽃이라는 나혜석의 삶을 집약하는 상징어와 주인공의 이름을 함께 사용하여 인물을 강조하고 있다. 다소 설명적으로 느껴질 수도 있는 이 제목은 오늘날 잊혀진 인물로서의 주인공을 강하게 내세움으로써 이 작품이 누구에 관한 것이며 어떠한 삶을 살았던 인물인가를 강조하려는 의도가 함께 들어있다.

이 네 개의 제목을 통해서 볼 때도 나혜석이 만든 제목이 가장 문학적이다. 〈파리의 그 여자〉는 낭만적인 감성을 불러일으키고 작품에 대한 호기심을 자극하면서도 아련한 상징성을 담고 있는데 이것만으로도 나혜석은 현대의 작가들이 뛰어넘을 수 없는 자유로운 감각을 지닌 작가였음을 알 수 있다.

2) 파리의 그 여자, 불꽃의 여자

〈파리의 그 여자〉는 나혜석이 이혼한 지 5년 후인 40세가 되었을 때 발표했으며 최린과의 일을 회상한 자전적 작품이다. 여성의 글이 자전적이라고 할 때 그것은 여성의 글은 개인적이고 즉흥적이어서 소설적이고 기교적이고 미학적인 남성의 글에 비교해서 덜 문학적이라는 평가가 숨어 있다. 개인적이라는 말은 내성적인 혹은 감정적인 것을 뜻하며 자질구레한 일상의 서술임을 뜻한다. 그러나 여성의 글쓰기가 자전적인 성격을 갖는 이유는 여성적 자아의 재발견이라는 내적 욕망이 숨어있기 때문이다. 나혜석은 자신의 삶을 파멸로 이끌어간 연애 사건을 매우 담담한 어조로 회고하고 있다.

작품을 통해 묘사되는 그녀는 자유롭고 매력적이며 사랑의 다양성과 가능성을 피력하는 서구적 자유주의자의 모습을 보여준다. 이 작품이 비록 아주 짧고 구성상의 문제를 가지고 있다 할지라도 사건에 대한 절제되고 낮은 어조, 일체의 변명이나 자기 방어의 자세를 보이지 않는 당당함, 인물에 대한 정보를 극도로 줄이고 객관적으로 보여주는 화법 등은 매우 세련된 글쓰기라고 할 수 있다. 수필류에서 보여주는 적극적이고 높은 톤의 당당한 어조와는 달리 마흔이 넘은 원숙한 여성의 절제미를 볼 수 있는 작품이다.

'유식계급여자 즉 신여성도 불쌍하외다. 아직도 봉건시대 가족제도 밑에서 자라나고 시집가고 살림하는 그들의 내용의 복잡함이란 말할 수 없이 난국이외다. 반쯤 아는 학문이 신구식의 조화를 잃게 할 뿐'이라는 나혜석의 체험적 고백은 신교육을 받은 여성에게 새로운 길이 열리는 것이 아니라 전통적인 여성들처럼 결혼과 함께 구제도에 복종하던가 아니면 관습에서 벗어나 불행한 삶을 사는 극단적인 선택만이 가능했다는 것을 의미한다.

나혜석은 극도의 우상화에서 극도의 멸시에 이르기까지 다양하게 해석될 수 있는 측면을 가지고 있고 그녀에 대한 입장이나 시각을 하나로 정리한다는 것은 쉽지 않다. 그녀는 인간으로서는 감당하기 어려운 인생의 등락을 거듭했다. 그녀의 사상은 선진적이었고 행동은 용감했으며 신념에 차 있었고 마침내 봉건의 벽에 부딪쳐 산산조각으로 파멸해 갔다. 그러나 그녀는 끝까지 자신의 생에 충실하려고 노력했다.

'이상적 부인'이란 현모양처가 아니라 자기의 개성을 살리며 살아가는 주체적 여성이라고 외쳤고 여성에게 있어 모성애가 얼마나 허구적으로 이상화되어 있는가를 지적하고 공론화 했다. 여성에게만 일방적으로 정조가 요구되어야 하느냐며 신정조론을 주장했으며, 이혼하면서 자녀양육권과 재산의 분배를 요구했다. 이는 오히려 당대보다는 오늘날의 여성에게 중요한 문제로 그녀가 7, 80년을 앞서간 여성이었음을 알 수 있다. 그러나 그녀는 바로 이 모든 요소들 때문에 파멸해야 했다. 만일 당대 사회와 봉건제도와 기존의 이념과 타협했더라면 그녀는 명예로운 이름으로 한국 미술사와 문학사에 남아 있을지도 모를 일이다.

〈불꽃의 여자 나혜석〉의 반 이상이 그녀의 몰락으로 그려졌다. 실제로 그녀는 초장에 매우 화려하게 상승했으나 그보다 몰락의 기간이 훨씬 더 길고 처절했으며 그러한 고통스러운 삶을 끝내 타협하지 않고 이겨내고 억척스럽게 살아보려고 애썼다. 1920~30

년대에 저항담론을 펼쳤다는 것만으로도 그녀는 충분히 위대하다. 진정한 페미니스트로서 자유를 추구한 여성이자 치열하게 운명과 맞선 인간, 자신을 둘러싸고 있는 한계상황으로서의 사회와 이념에 도전하고 그 결과 처절하게 몰락하는 한 용감한 인간, 그것이 바로 연극의 한 캐릭터로서의 나혜석의 가치라 할 수 있다.

3) 동시대적 관객과의 소통

연극은 다른 어떤 예술 장르보다도 사회적인 성격이 강하다. 한 편의 희곡이 연극으로 제작되어 무대에 오르면 관객들은 세 가지의 요소에 의해서 작품과 만난다. 작품이 쓰여지거나 제작된 사회적, 정치적, 철학적 세계에 대한 이해, 그리고 작품과 작가에 대한 구체적인 정보, 끝으로 관객 개인의 추억과 경험이 그것이다. 그 안에서 벌어지는 사건과 인물을 현재적인 시점에서 받아들일 준비를 하고 극장이라는 환상이 지배하는 공간에 들어서는 순간 관객은 한 시대의 특정 인물이 가진 개성적 인간과 모든 시대에 속한 한 보편적 개인을 동시에 만나고자 한다.

미국의 연극 비평가 존스는 연극은 과거에 일어난 모든 것이 지금 이 순간 속에 존재하고 미래에 일어날 모든 것이 지금 이 순간 속에 존재하며, 과거와 미래는 유일무이한 현재의 순간 속에 만나 생명을 지닌 하나의 불꽃이 된다고 말했다. 이는 극작가 손톤 와일더의 '연극은 영원한 현재 시제'라는 말과 함께 연극이 지닌 현재성을 잘 드러낸다.

연극은 눈앞에서 구체적으로 구현되는 현실이며 눈앞에 실재하는 배우와 함께 시간과 공간을 넘나들며 공동의 경험을 구축하는 새로운 경험의 장이다. 비록 극중 인물은 과거의 인물이라 할지라도 그 배역을 맡은 배우를 통해 재현되어 관객과 같은 시간과 공간에서 함께 숨을 쉬며 하나의 의사소통의 장을 형성한다. 그렇다면 극중의 인물은 현재의 관객과 의사소통을 할 수 있어야 한다. 백 년 전에 태어나 이미 오십 년 전에 죽은 과거의 인물 나혜석은 21세기를 살아가는 오늘의 관객에게 무엇을 줄 수 있는가.

나혜석은 당대로서는 아주 특별하게 살아가는 여성이었으나 자아실현과 사회의 억압, 사랑과 결혼 제도 사이의 선택, 일하는 여성의 임신과 육아의 힘겨움, 슈퍼우먼이 되기를 요구하는 가정과 사회와의 마찰 등 오히려 현대여성에게 더 절실한 문제라 할 수 있는 수많은 문제와 갈등을 보여주었다. 그것들은 지금까지도 여전히 혹은 더욱 심각한 문제로 남아 있어서 나혜석의 사고와 삶이 얼마나 선진적인 것이었는가를 알려준다.

처음으로 외국 유학을 가고 선진 문화를 공부하고 자아실현을 위해 노력한 나혜석과 신여성들은 짧은 생을 살 수 밖에 없을 정도로 치열하고도 힘겹게 살았다. 집안을 망하게 할 암탉에 비유되면서도 끝내 목청껏 소리를 질러대었던 그들, 100년 전의 암흑기에 태어나 인간으로서의 자유를 얻기 위해 분투한 그들을 더 이상 부당한 풍문의 틀 속에 머물게 해서는 안 될 것이다. 나혜석과 신여성들에 대한 온당한 이해와 재평가가 필요한 이유이다.

여성도 인간이라는 처절한 외침이 있었기에 오늘의 이 땅에 페미니즘의 세례가 가능했고 여성의 지위 향상이 그 토대 위에서 이루어졌다. 오늘의 관객들은 나혜석이 그렇게 오래 전에 살았던 인물이라는 것을 잊고 연극을 본다. 여성의 권리와 자유를 얻기 위해 매진한 그녀는 미래의 인간 혹은 적어도 동시대의 인간으로 수용된다.

나혜석은 오늘의 관객에게 여전히 선구자이자 진보적인 투사이다. 여자도 사람이라는 당연한 명제가 이 사회에서 받아들여지기까지 그리고 여성의 권익에 관한 이야기가 유별나게 들리지 않는 자연스러운 남녀평등의 날이 올 때까지 그녀는 늘 그렇게 존재할 것이다. 나혜석은 시대의 문제를 제기하는 인간이며 동시대를 뛰어넘는 문제를 공유하는 문제적 인간이기 때문에 오늘까지 주목받고 재창조된다.

4) 인물 창조의 난관들

이상에서 검토했듯이 나혜석은 희곡의 주인공으로서 매우 매력적인 인물이다. 그러나 그녀를 주인공으로 창조하는 것은 몇 가지 어려움을 가지고 있다. 우선 그 어려움은 그녀의 성품에서 온다. 나혜석은 매우 직설적인 성격의 소유자로서 자신이 처한 상황과 자신의 생각이나 느낌들을 아주 진지하고도 솔직하게 글로 남겨 놓았다. 〈파리의 그 여자〉도 희곡의 형식을 빌어 쓴 자전적 작품이며 이같은 허구적인 문학의 형태를 빌어서 쓴 작품 말고도 상당수의 수필류의 글을 남겼기 때문에 자신에 관한 모든 것을 고백체의 글로 남긴 셈이다. 그러한 그녀의 성품은 비난의 대상이 되기도 했지만 오늘의 관점에서는 선진적인 페미니즘의 의식을 엿볼 수 있으며 당대 여성의 삶과 의식을 살필 수 있는 좋은 자료가 된다.

그러나 창작의 측면에서는 작가에게 상상력의 여지를 남겨두지 않았기 때문에 인물을 자유롭게 창조할 수 없는 단점이 있다. 모든 작품들이 나혜석의 삶에서의 구체적인 사건들과 글에서 많은 영향을 받고 있으며 주인공의 성격이 서로 유사하게 보이는 것은 그런 이유 때문이다. 더욱이 자신의 사고와 느낌을 적은 글들이 솔직할 뿐만 아니라 문학적으로도 매우 뛰어나기 때문에 오늘날 새로 창조되는 과정에서 만들어지는 인물들의 언어가 나혜석이 남긴 글을 뛰어넘기 어렵다는 한계도 있다.

나혜석의 사후 50년이 지난 시점에서 공연된 〈불꽃의 여자 나혜석〉(2000)은 관객들에게 선진적이고 위대한 인물이라는 동경과 이해할 수 없는 여자라는 비난의 양가적 감정의 대상으로 수용되었다. 여자도 사람이라는 기본적인 명제를 외치다 죽은 나혜석이 반세기라는 긴 시간이 흐른 뒤에 부활했지만 여전히 수용되기 어렵다는 것은 세상의 변화가 나혜석의 선진성을 따라가지 못하고 있다는 반증이다. 다행히도 그 이후 다시 20년이 흐른 현재는 사회의 변화와 여성의식의 확산으로 나혜석에 대한 지적인 이해와 정서적 공감이 긍정적인 방향으로 변화하였다.

4. 다성적 존재로서의 나혜석

한국 희곡사에서 여러 차례 희곡의 주인공으로 창조된 나혜석의 극적 주인공으로서의 특성들을 살펴보았다. 어떠한 장르보다도 개성이 강한 주인공과 극적인 서사성이 중시되는 희곡이라는 장르, 그리고 문자적 텍스트에 머물지 않고 연극이라는 종합예술로 창조되어 관객이라는 구체적인 동시대인들과의 공감의 장을 만들고 교감하는 연극의 특성에 나혜석이 부합하는 요소가 무엇인가 하는 문제제기에서 출발하였다.

여성으로서 그리고 한 인간으로서의 파란만장한 삶은 우선 그녀를 극적인 서사물의 주인공으로 주목하게 한다. 그리고 그녀가 가지고 있는 독특한 개성과 시대를 앞서간 선각자적인 투쟁은 갈등이라는 극의 기본적 요소를 강화하는 토대로서 작용한다. 나아가 당대의 최상류층의 생활이라는 화려한 삶의 극단에서 거리에서 죽어가기까지의 과정에서 보여주는 '몰락'이라는 특성은 비극의 가장 기본적인 요소로 부각된다. 더욱이 인생의 몰락의 과정에서 그녀가 보여주는 불굴의 의지는 한 여성을 위대한 비극적 주인공으로 부각시키기에 부족함이 없다. 여기에 가미되고 있는 사회적으로 금기시 되는 기혼여성의 로맨스와 파국, 시댁 식구들과의 불화, 아이들과의 생이별 등의 멜로드라마적 요소 또한 나혜석을 극의 캐릭터로 삼는 데 기여한다.

다만 나혜석이 주인공으로 등장한 희곡들은 나혜석이 남긴 많은 고백적 글들을 기본 자료로 사용하고 있기 때문에 인물의 성격과 중심되는 사건이 유사하다는 한계를 갖는다. 물론 작가들의 관심과 시각에 따라서 선택되는 사건의 양과 특성이 다르고 주변 인물에 대한 관점도 다르기 때문에 결과적으로 작품들은 각기 개성적이고 전체적인 주제나 분위기는 다르다. 그러나 주인공의 극적인 사건 외에도 내적인 고백이 많이 남아있다는 것은 작가에게 상상력의 한계로 작용하며 그의 글을 능가하기 어렵다는 면에서도 제약이 되기도 한다.

　　또한 나혜석을 다루는 데 있어서 페미니즘의 측면에서나 여성운동의 문제 등을 과도하게 부각하려는 과도한 목적성, 불륜이나 이혼 등의 소재적인 측면에서의 강조를 통한 인물의 격하 등 주의해야 할 요소들이 있다. 나혜석은 과거의 인물이고 사건도 과거에 속해 있지만 연극은 언제나 오늘 이 시간에 창조되고 공연된다. 연극은 현재의 장르이며 미래를 지향하는 예술이다. 그리고 공연을 통해서 인물을 날마다 새롭게 창조하고 의사소통하는 구체적인 현실태로 존재한다. 나혜석은 이러한 연극의 특성과 맞물려 오늘의 관객에게 새로운 의미를 주고 진보적인 비전을 제시하기에 충분한 문제적 인간형이기 때문에 앞으로도 새로운 캐릭터로서 창조될 가능성이 있는 매력적 인물이다.

　　진정한 캐릭터는 존재의 정체된 상태가 아니라 끝없이 생성하는 역동적 존재이다. 또한 작가의 자기 표현을 위한 충족의 대리인도 아니고 작가의식의 대변자도 아니다. 자기 고유의 의식을 갖고 살아있는 존재로서 무한하고도 풍성한 잠재적 가능성과 비종결성을 가진 인물이야말로 진정한 캐릭터이다. 나혜석은 바로 이러한 다양성을 지닌 다성적 존재로서의 진정한 캐릭터이다.

2부

· · · · · · · · · ·

1장

1세대 여성작가 김일엽,
진보적 신여성에서 불교계의 선승으로

정신적으로 정적 청산이 되어서
사랑을 상대에게 온전히 바칠 수만 있다면
언제든지 처녀로 자처할 수 있어
새 생활을 창조할 수 있다는
신정조관을 가진 까닭이외다

1920년대. 이 땅에 새로운 문명이 들어오기 시작하던 시대에 김일엽(1896~1971)이라는 독보적인 여성이 있었다. 1세대 여성작가인 김일엽은 여성이 만든 최초의 여성잡지 《신여자》를 창간하고 신정조론을 주장하던 페미니스트로 한 시대를 이끌어갔다. 그 대단한 여성이 불현듯 그러한 생활을 접고 불교에 귀의했다. 그 선택은 진보적이고 전위적인 이상을 포기하고 시대와 타협한 것으로 여겨지기도 했다. 그러나 세상적 이념을 좇으며 자신의 실천적 의지를 펼치다가 그러한 삶의 끝에는 과연 무엇이 있는가 하는 근원적인 질문과 맞닥뜨린 그 고민과 갈등을 보아야 한다. 불교에 귀의하여 참 나를 찾기 위해 그 외롭고 힘든 수행의 길을 걸어간 비구니로서의 생의 의미도 알아야 한다. 나약한 인간의 한계를 깨닫는 순간 그 문제를 해결하기 위한 새로운 길을 택한 것은 인간으로서의 참된 자세였다. 김일엽은 너무나 멀게만 보이는 여성운동가와 승려 사이의 거리가 실은 한 자리임을 알려준다. 어디서 무엇을 하든 참 나를 찾아가는 도정에 있다면, 어느 자리에서 참 나를 찾는 일에 더욱 정진할 수 있는지를 깨달았다면 그 길로 나아가는 것이 진실한 인간의 모습이라 할 수 있고 바로 이 지점에서 여성운동에서 불교로 나아간 일엽의 생에 대한 의문도 풀릴 수 있다.

1. 기다림의 자세

어디서 왔는지도 모른 채 어디로 가야할지도 모른 채 그
저 작은 나무 한 그루가 있는 길 위에서 무작정 구원의
미래를 기다리고 있는 두 남자의 모습이 보인다. 그들의 직업이
무엇인지 나이는 몇이나 되었는지 고향은 어디인지 가족은 있는
지 꿈은 무엇인지, 그들에 관해 아는 것이라곤 아무 것도 없다. 그
들이 누군지도 확실히 모르는 고도를 마냥 기다리고 있다는 것이
그들에 관해 아는 전부다. 하루 종일 고도를 기다린 그들은 해가
지는 저녁 무렵 역시 누군지 알 수 없는 한 소년으로부터 오늘 고
도가 오지 않는다는 전언을 받는다. 그들은 온종일의 기나긴 기다
림이 좌절되자 허무와 절망에 빠져 목을 매달 생각도 해보지만 목
을 매달기에는 가지고 있는 끈도 너무 짧고 나무마저 그들의 체중
을 지탱할 만큼 튼튼하지 않다. 이래저래 죽음이라는 최후의 선택
마저 여의치 않다. 하는 수 없이 그들은 내일은 고도가 오겠지 하
는 실낱같은 희망을 품고 다시 기다림의 자세를 취할 뿐이다.

1969년 노벨문학상 수상작인 샤무엘 베케트의 명작 〈고도를 기
다리며〉의 엔딩 장면이다. 정체 모를 초라한 두 남자가 길 위에 서
서 알 수 없는 대사들을 허공에 던지는 그 장면을 떠올릴 때마다
그들이 보여주는 끝없는 기다림의 자세가 바로 우리의 인생을 그
대로 그려내고 있다는 생각이 든다. 이 작품은 부조리문학의 대표

작으로 오늘을 살아가는 우리들의 무의미한 삶과 의사소통의 불가능함을 표현하고 있지만 실은 그보다 더 깊은 인간의 존재에 대한 절망을 드러내고 있다. 도무지 어디로 가야할지 모르는 당장 눈앞에 놓인 절망, 어디서 왔는지 알 수 없는 존재의 불확실성, 어떤 일이 생길지 한 치 앞도 내다볼 수 없는 안타까움, 그래서 어쩔 수 없이 고도라는 정체불명의 존재에 대한 무작정의 기다림으로 길고 긴 시간을 채우려는 허망한 노력 등이 작품을 가득 채우고 있다. 이러한 깊은 절망과 허무는 방향을 잃고 정신없이 살아가는 오늘, 우리의 삶을 상징적으로 재현하고 있다.

대체 우리는 어디서 와서 어디로 가는 것일까. 이 근본적인 질문 앞에서 답을 할 수 있는 이는 누구인가. 그야말로 이 문제에 대한 답을 시원하게 들려줄 누군가를 기다리는 수밖에는 없을지도 모른다. 그것이 바로 고도를 향한 무한한 기다림의 자세일 것이다. 그러나 고도는 오지 않았다. 비단 오늘만 오지 않은 것이 아니라 어제도 그저께도 오지 않았다. 그럼 내일, 모레 혹은 그 어느 날엔가 고도가 올 가망은 있는 것일까. 어쩌면 그는 영원히 오지 않을지도 모른다.

어떤 절대적인 존재가 와서 오늘 내가 가진 온갖 의문에 대한 답을 제시해주기를 기다려본들 결국 그 누군가가 오지 않는다면 어찌할 것인가. 영원히 이 문제에 대한 해답은 풀 길이 없는 것일까. 다른 길을 찾아야만 하는 것일까. 이런 질문에 떠밀리다 보면 문제의 해결책을 내 밖의 누군가가 해결해주기를 기다리는 것이 옳지 않을 수도 있다는 데까지 생각이 미치게 된다.

그렇다면 어디서 답을 찾아야 하나? 밖에서 안 된다면 반대로 내 안에 해답이 있는 것이 아닐까. 내 안으로 한번 들어가 볼 일이다. 모든 것이 나의 마음에 달렸다는 생각의 변화야말로 이 모든 문제들에 대한 근본적인 해답이 될지 모른다. 내가 바로 온 우주이며, 본래의 진면목을 지닌 참 나를 찾으면 이 세상의 숱한 문제들에 대한 답을 찾을 수 있다는 해결법이 있다. 그것이 바로 불교에서 가르치는 깨달음이요 불(佛)의 진면목이다. 내 밖에서 나의 문제를 해결해줄 누군가에게 의존하며 영원히 기다림의 자세를 취하기보다는 내가 스스로 이 문제를 해결할 수 있다는 불교의 생각하는 법은 상당히 주체적이고 독립적이며 근본적인 방법으로 여겨지기도 한다.

그래서였을까. 그토록 한 시대를 풍미하던 신여성 일엽 김원주(1896~1971)가 돌연 속세의 연을 끊고 불현듯 일엽스님으로 생의 좌표를 전환한 것은. 이런 생각이 드는 것이다.

2. 새로운 시대, 첨단의 신여성으로 살다

한국 근대 여성의 역사는 유교사상에서 유래한 강력한 가부장제를 이념적 기반으로 하고 일제강점기와 분단과 전쟁이라는 비극적이고도 구체적인 실체가 그에 덧입혀져 이루어졌다. 내적으로나 외적으로나 심각하게 상처 입었으나 그 상흔을 은밀히 가리면서 살아온 역사다. 더욱이 일제강점기 여성의 삶은 가부장제의 억압에 식민사회라는 특수성에서 유래한 제국주의적 억압이 가중되어 더욱 여러 겹의 고통을 짊어져야 했다.

이러한 열악한 시대에 무지몽매한 조선 여성의 삶과 의식에 경종을 울리고자 일어섰던 지식인 여성들이 있었다. 소위 신여성이라 불리던 그들은 1920년대를 전후하여 새롭게 등장한 인텔리 여성을 일컫는 말이다. 여성의 90퍼센트 이상이 문맹이던 시절에 신학문을 공부했고, 여성의 지위에 대한 문제적 인식을 했으며 조선 사회의 현실에서 나름대로 방향성을 가진 삶을 살고자 노력했던 여성들이었다. 이화학당을 비롯한 국내 여학교 출신 혹은 동경 유학생 출신인 이 여성들은 여성 교육에 대한 당대의 편견을 극복하는 데서부터 어려운 출발을 해야 했다. 그들은 당시의 남성 지식인 계층과 유사하게 20대 전후부터 이미 진보적 대열의 선두에서 활동했다. 그러나 그들의 의식과 삶은 당대의 남성들로부터는 물론 여성들로부터도 동조를 받지 못했고, 자유연애사상 등 개방적인 사고와 행동으로 인하여 비난을 받기도 했다. 그리고 그들 자신조차도 가치관의 혼란을 겪으면서 내적 외적으로 고난의 시기를 살았다.

신여성에 대한 부정적인 평가는 무엇보다 성에 대한 그들의 자유로운 의식에 가장 큰 원인이 있었다. 남녀유별과 순결이 강조되는 조선시대의 정조관에서 탈피하고자 한 이들의 주체적인 성의식은 신정조관이라고 불린다. 이는 여성이 순결에 대한 강박관념에서 해방되어 정조의 주체가 되어야 하며 진실한 사랑에 육체적 순결 여부는 중요하지 않다는 것이었다. 그들은 결혼과 상관없이 사랑에 자유로웠고 유부남과의 연애도 많았다. 그 결과 '탕녀'라는 이름까지 얻은 그들의 삶은 비록 다양한 분야에서 재능과 열정이 있었음에도 불구하고 세상의 지탄 속에서 몰락했다.

김일엽은 그 신여성 중에서도 가장 대표적인 인물이다. 한국문학 1세대 여성작가이자 신정조론을 주창한 여성운동가이며《신여자》를 출간한 저널리스트로 문명을 떨치다가 세속의 삶을 접고 승려가 되었다. 30년 이상의 절필로 세간으로부터 잊힌 듯했으나 『청춘을 불사르고』라는 불교와 문학이 어우러진 한 권의 책을 통해 다시 세상에 말을 걸었을 때 사람들은 열화와 같은 반응을 보였으며 그 명성과 영향력은 오늘날까지도 계속되고 있다.

1) 여성운동가로 시대의 선두에 서다

한국의 근대화 과정은 일제의 식민화 과정과 맞물려 있다는 점에서 출발부터 생성과정 전반에 걸쳐 문제적일 수밖에 없었다. 봉건주의 사회의 구태를 벗고 개인의 발견과 합리성의 구현이라는

근대적 가치를 향해 나아가는 과정이 그러한 가치와는 상반되는
억압적 상황에 놓여 있었기 때문이다. 식민화 정책의 주체인 일본
을 통해 새로운 문명이 유입되었고 동경유학생들이 신문명의 세
례를 받으며 일본식으로 변형된 서구의 근대를 유통시켰다. 의사
소통의 장으로서 저널리즘이 새로운 담론 생성의 주체로 등장하
게 된 것도 이러한 근대화 과정에서의 하나의 양상이었다. 그러나
이러한 새로운 담론형성의 장은 남성들의 전유물이었다. 남성들
은 언어와 언어 표현의 장을 독점함으로써 남성의 우월성을 더욱
견고히 다졌으며 남성적 사고를 사회에 전파하는 언어독점사업의
주체가 되었다.

1920년에 신여성의 리더이자 여성문학 1세대인 김일엽은 여성
의 힘으로 만드는 본격 여성지를 표방하고 《신여자》를 창간했다.
《신여자》는 비록 4호로 단명했지만 남성이 주도하는 공적 담론 형
성과정에 여성이 스스로 길을 열고 능동적 주체로 참여하여 당시
의 남성담론과는 다른 양상을 보여준다는 점에서 높이 평가할 만
하다. 《신여자》는 여성들에게 자유로운 의사개진의 장을 제공하고
문단활동의 장으로도 기능했다. 여권의식의 확산과 사회 여론 형
성에 기여함으로써 잡지로서의 정치적, 사회적, 문화적 기능을 고
루 수행했다. 지식인 여성들의 여권의식 주장만으로 그치지 않고
자매애에 기반한 여성 교류의 중요성을 인식하고 여성 의식의 저
변확대와 여성의 사회 참여 등을 이끌어내려 했다. 소수 엘리트
여성들만의 글이 아닌 모든 여성들의 일상생활에서 일어나는 체
험적 글을 신고 공론의 장을 마련하려는 강인한 의지를 밝혔으나
당시 여성들의 문맹률이 높았고 글을 쓸 수 있는 여성의 수가 극
히 제한되어 있었다는 점에서 이런 의도가 실현되지는 못했다.

김일엽은 《신여자》를 발간함으로써 진정한 의미에서 최초의 여

성 잡지인이 되었다. 잡지의 창간이란 개인의 글쓰기를 넘어서는 일이다. 자본이라는 물적 토대가 있어야 하고 한 시대와 사회에 하나의 담론을 형성할 만큼 영향력 있는 인물이어야 하며 일정한 사상적 기반을 가지고 있어야 하는 데다 필자 구하기가 여의치 않은 상황에서 상당한 수준의 문필력까지 갖추어야 하는 잡지의 창간이란 가히 여러 면모에서의 지도자급 인물에게나 가능한 일이었다. 김일엽은 잡지를 창간함으로써 당시 조선 사회의 정신적 현실적 여성 지도자로서 그 역할과 능력을 사회에 공개적으로 알린 셈이 되었다.《신여자》는 역사적 의의만 갖는 것이 아니라 근대 여성담론의 장으로서의 역할을 수행한 진정한 여성지라고 평가할 수 있다.

2) 여성작가의 길, 여성으로 여성의 글을 쓰다

당시에도 소위 문단이라는 것이 미미하게나마 존재했다. 잡지와 신문이 있었고 등단제도도 있었다. 그러나 김일엽은 또래 남성들이 지도자적 위치에서 글을 평가하여 등단을 시켜주는 제도를 택하지 않았다. 남성들의 편견이나 선입견에 의해 게재 여부가 결정되는 남성중심적 문학의 장에 글을 싣는 대신 스스로 잡지를 창간하여 새로운 장을 열었다. 여성들에게 마음껏 자신의 사상과 감정을 피력할 수 있는 터전을 마련해주었고 자신도 그 장에서 시, 소설, 수필, 논설 등 매우 다양한 종류의 글을 썼다.

여성이 글을 쓴다는 것은 남성이 글을 쓰는 것과는 다르다. 언어의 운용은 지적인 훈련과 교육에 의해 가능한 분야이기에 근대 교육이 이루어지고 사회활동의 기회가 생기면서 비로소 여성의 글쓰기가 가능해졌다. 그러나 오랫동안 언어를 독점해온 남성들은 여성의 글을 온당하게 평가하지 않았다. '여성들의 저술은 그것이 마치 여성 자신인 것처럼 대접을 받는다. 그래서 비평은 기껏해야 젖가슴과 둔부의 지적 측정이 될 뿐'이라는 페미니스트들의 비판이 있을 정도이다. 여성의 글쓰기는 남성의 글쓰기보다 어려운 조건하에서 이루어졌으며 그 결과물로서의 저술물이 남성의 글과는 다른 양상을 보이기 때문에 보다 저급한 것으로 무시되었다. 그러나 이것은 남성과 여성의 '다름'에서 기인하는 것이지 우열의 문제가 아니다. 남성과 여성은 분명히 서로 다른 물질적 조건하에서 문학작품을 생산하는 것이다.

1907년에 씌어진 김일엽의 시 〈동생의 죽음〉은 최남선의 〈해에게서 소년에게〉보다 1년 앞선 선구적인 작품이며 《신여자》에 실린 여러 편의 시는 새로운 시대에 지식인 여성의 강인한 의지와 기상이 담겨있다. 미래지향적이며 신념과 자매애에 차있는 활기찬 분위기의 작품들이다. 입산 이후에는 불교적인 깊이와 인생에 대한 사색이 빼어난 불교와 문학의 융합으로 잘 빚어진 시편들을 볼 수 있다.

소설 중에서 〈어느 소녀의 사(死)〉는 18세의 소녀 명숙이 자신을 난봉꾼인 어떤 부자의 셋째 첩으로 시집보내려는 부모를 피해 한강철교에 가서 자살하는 과정을 그린 작품이다. 부모에 의한 강제결혼, 축첩제도, 황금만능주의, 여성의 인권, 배운 여성의 진로 등 당시 사회가 가지고 있던 여성문제들이 들어 있다. 특히 신문사에 자신의 문제를 적은 편지를 보내는 행위는 명숙이 언론의 사회적 영향력을 잘 알고 있음을 뜻하며 이는 《신여자》를 창간한 김일엽의 의도와도 통하는 것이다. 죽음이라는 개인의 희생을 통해 보여준 명숙의 저항은 봉건적 구습에 의해 억압받는 대다수 여성의 삶을 문제화함으로써 다른 여성의 삶에 영향을 준다. 당시 개인이 특히 여성이 완고한 봉건주의와 맞서는 길은 죽음이라는 극단적 방법 이외에는 거의 없었다. 그런 상황에서 교육을 통해 의식화된 소수의 여성들은 기꺼이 자신을 던져 사회에 경종을 울렸다. 이 작품은 그러한 문제적 사회를 반영하고 있으며 억압의 문화에 저항하고 지배적 남성의 전횡으로부터 탈피하고자 하는 여성의 자각을 보여준다.

여성문제는 개인이 참고 견디는 것으로 끝나는 문제가 아니라 사회가 함께 풀어가야 할 문제이며 공론화하여 바람직한 방향을 함께 모색해야 하는 중요한 사안이다. 그럼에도 여성문제는 언제나 남성중심적 사회에서 거대담론에 밀리곤 했다. 더욱이나 당시는 독립이라는 큰 당면과제가 있었고 그와 아울러 봉건주의적 사회의 계몽과 개조를 통해 신문명으로 향해 나아가려는 움직임이 중요했다. 그러나 새로운 사회로 변화되기 위해서는 인류의 반인 여성의 문제가 선결되어야 하고 여성과 함께 나아가지 않으면 안 되는 것이다.

수필은 시나 소설과 같은 근대적인 문학장르에 대한 기반이 없는 여성도 쉽게 쓰고 읽을 수 있는 장르로서 신문학 초기에 매우 중요한 분야이다. 김일엽은 특히 서간문 형식의 글 〈K언니에게〉에서 원만하지 못한 결혼생활로 고통 받는 언니에게 과거의 모든 생활을 그만 두고 직장을 갖고 독신생활 할 것을 권하고 있다.

우리 여자도 이 세상에 당당한 인격자로 살아가자면 어찌 남자에게만 의뢰하는 비열한 행동을 감히 하리까. 독력독행으로 사회에 입각지를 세우고 고상한 사업에 공헌하여 각성한 여자계에 표준적 인물이 되면 자연 남자의 반성과 인식을 얻게 될 것으로소이다. 이것이 우리 신여자가 시험할 천부의 사명이 아니리까.

이혼의 상황에 놓였으니 재가할 수는 있지만 어울리는 독신자를 찾기 어렵고 남의 첩이나 될 수밖에 없는 상황이라는 현실인식은 냉정하지만 명확하다. 당시 동경유학을 한 신여성들이 유부남들과 사귀며 구설수에 오른 것은 동경에 온 남자 유학생들이 모두 부모의 강제에 의해 이미 조혼을 하고 왔기 때문이다. 대화가 통하고 뜻을 같이 하는 학우들이었던 그들의 교유는 출발부터 처녀와 유부남이 사귄다는 비난을 받지 않을 수 없는 상황에 놓여 있었다.

또한 김일엽은 《신여자》 주간으로서 많은 논설을 썼다. 당시 조선사회의 문제점을 지적하고 바야흐로 새문명이 도래하고 개조의 시대로 변화하고 있다면서 이러한 때를 맞이한 신여자의 사명을 주창하고 있다. 남성 중심의 사상과 인습이 여성을 구속하고 사람으로서의 본연성을 잃게 만들었다고 지적하고 이의 원인으로 남성의 부덕함과 여자의 무지를 들었다. 앞으로 이러한 모든 인습적 도덕을 타파하고 합리적인 새 도덕으로 남녀가 평등하게 자유와 권리를 누리며 최선의 생활을 누려야 함을 주장했다. 여성에게 있어서 정신적 자유와 함께 물질적 자유의 중요성을 지적하였고 모든 전설적 인습적 보수적 반동적인 구사상에서 벗어나는 것이 신여자의 사명이자 존재의 이유라고 했다.

변화하는 시대를 보는 명확한 현실 인식, 여성에게도 반성을 촉구하는 태도에서 엿보이는 남녀에 대한 공정한 시각, 신여성으로서의 사회에 대한 책임감, 지도자적인 자각과 리더십 등 그의 논설에는 당시 새로운 문명을 향해 나아가려는 신여성 김일엽의 활기찬 의욕이 담겨있다. 본격적인 여성 저널리즘의 장을 열고 여성

중심적 잡지라는 목표를 향해 나아가려는 확고한 의지를 기반으로 하고 있었기에 이렇게 당당한 어조로 의사를 개진할 수 있었고 이것이 바로《신여자》가 담당한 여성담론 형성의 장으로서의 역할이다.

3) 연애와 신정조론, 논쟁의 최전선을 달구다

근대는 여러 가지의 도전과 그에 따른 갈등과 변화를 낳았다. 그 중에서도 연애만큼 강렬하게 사람들을 흔들어 놓은 것은 없을 것이다. 연애는 이전의 어떠한 사랑의 양식과도 다른 것으로 오직 지식인 청춘 남녀 간의 사랑만이 'love'의 번역어인 '연애'가 되었다. 당시 개인은 국가를 위해 희생해야 했고 그런 의미에서 개인은 억압될 뿐 아니라 금기시 되는 영역이기도 했다. 이러한 상황에서 개인이 극대화된 영역이라 할 수 있는 연애가 신문명을 업고 서서히 모습을 드러내기 시작했다. 연애는 암울한 시대적 상황 속에서도 자유로운 개인의 자각이라는 근대적 명분을 획득하면서 조혼과 강제결혼을 거부하는 반역의 기호로서 이 땅의 지식인들과 대중들을 파고들며 새로운 사상으로 전파되었다.

서양선교사들의 교육기관 설립과 일부 젊은이들의 일본유학은 서구 문화를 수용하는 관문이었고 20세를 전후한 청춘남녀들은 서양의 문물을 접하면서 가장 먼저 연애를 받아들였다. 연애는 오늘의 관점에서는 전적으로 사적인 영역에 속하는 일이지만 당시에는 다분히 공적인 차원에 속하는 양면성을 가지고 있었다. 연애는 사회의 변화를 앞서가는 새로움이자 나아가 진보와 연결되어 있는 매우 선진적인 것이었기 때문이다.

김일엽은 여성의 육체적 순결이 무의미하며 새로운 남자를 만날 때마다 진실하기만 하다면 그것으로 의미가 있다는 파격적인 '신정조론'을 주장함으로써 여성 성담론의 선두에 서기도 했다. 특히 〈나의 정조관〉에서 성의 해방을 주장했다.

나는 더러운 것을 막 주무르던 손이나 티끌 하나 만져보지 않은 손이나 손은 손일 뿐이지 정부정이 손에 묻지 않는 것같이 여자의 육체가 남성을 접하고 안 접한 것은 문제될 것이 없고 오직 그 여자의 정신문제뿐이라. 정신적으로 정적 청산이 되어서 사랑을 상대에게 온전히 바칠 수만 있다면 언제든지 처녀로 자처할 수 있어 그 양해를 하는 남자와 그렇게 될 수 있는 여자라야 새 생활을 창조할 수 있다는 신정조관을 가진 까닭이외다.

보수적이고 인습적인 구도덕에서 벗어나서 과거의 부당한 남녀관계를 직시하고 남녀에게 이중적으로 적용되는 도덕관을 타파하고자 했다. '정조는 상대자에 대한 타율적 도덕관념이 아니고 그에 대한 감정과 상상력의 최고조화한 정열인고로 사랑을 떠나서는 정조의 존재를 타 일방에서 구할 수 없는 본능적인 감정'이라는 신정조관은 사랑하는 마음이 육체적인 관계보다 중요하므로 재래의 처녀 비처녀의 관점은 부당하다는 것이다. 그러나 이러한 사상과 그 실현은 당대 현실에서는 매우 수용되기 어려운 것이었다. 결국 김일엽의 사적인 연애와 결혼 그리고 이혼 등은 공적인 사회의 비난으로 이어졌다.

3. 사랑을 지나 님을 건너,
불교에서 길을 찾다

사랑은 모든 것을 뛰어넘는 힘을 가졌다. 사랑은 사랑의
상대자 외에는 아무 것도 보이지 않게 하는 강력한 힘
을 가졌다. 그래서 다른 사람이 볼 때는 이해할 수 없는 사람이거
나 동의할 수 없는 조건과 환경에 놓인 사람과도 사랑하게 되는
것이다. 김일엽은 출가하기 전 몇 번의 사랑과 실연, 결혼과 이혼
의 경험이 있었다. 그것은 김일엽이 신정조론을 주장할 정도로 여
성의 정조에 대한 선진적인 의식이 있는 당찬 여성이었던 탓도 있
고 그가 열정적인 사람인 탓이기도 하지만 근본적으로는 세상에
의지하고 위로할 단 한 사람의 살붙이가 없는 지극히 외로운 사
람이었던 까닭도 있다. 이러한 여러 가지의 요인들이 김일엽을 늘
사랑의 미망에 빠지게 했다. 그러나 막상 그 사랑이 자기가 찾던
진실한 것이 아니라고 느꼈을 때는 단호하게 거기서 빠져나오는
결단력을 가졌다. 대개의 사람들이 이런저런 평계로 자기를 정당
화하고 적당히 타협하고 사는 것과는 다른 정직한 삶의 자세를 지
녔다. 그러나 그러한 내적인 소신에 기반을 둔 거침없는 삶은 김
일엽을 자유분방한 여자로 보이게 했고 사랑과 연애를 둘러싼 그
의 행적은 사람들의 비난을 받았다.

불가에 귀의한 후에는 자신이 그토록 열성을 바쳤던 여성운동
이 '일시적이고 순간적인 구급책에 불과하고 영원무궁한 진리가

못 된다'며 '어둠에서 헤맨 것뿐'이라고 비판적으로 말했다. 또한 속세에서의 생활을 모두 '고뇌와 혼란'으로 요약할 정도로 그간의 삶을 실패로 규정했다. 사상적으로나 현실적으로나 여성 활동의 터전을 마련함으로써 한국근대사에 커다란 족적을 남긴 대표적인 신여성이 그간의 자신의 성과를 모두 무의미하다고 할 때 그 뒤를 따르던 여성주의자의 입장에서는 발밑이 내려앉는 듯한 충격이 느껴지기도 한다. 험한 눈보라를 헤치며 여성이라는 이름의 새로운 길을 만들어가던 그 발자국을 따라 걷던 이들에게는 당당하던 대선배가 후배들을 남겨두고 홀연히 떠나버린 듯한 기분이 드는 것이다.

어떤 깊은 인연이 그토록 세상을 힘겹게 돌고 돌아 마침내는 부처님의 제자가 되는 길로 들어서게 했을까. 현생은 과거 생의 업의 결과이며 현생에서 선업을 지어야 다시는 태어나지 않고 해탈하여 열반에 든다는 불교의 원리에 비추어 볼 때, 가시밭길 같은 세속에서의 삶은 수도자로서의 삶과 영 다른 길은 아니었다. 그 길 또한 결국은 진정한 나를 찾고 부처가 되기 위한 구도의 길을 향해가는 치열한 과정이었다.

불교는 인간의 어리석음을 극복하고 지혜를 얻고자 하는 철학적 과정이다. 특히 선불교는 인간의 어지러운 삶이 모두 헛된 환상임을 알고 수행의 과정을 통해 일체 중생이 본래 부처라는 믿음으로 진정한 깨달음에 도달하는 것을 목적으로 삼는다. 선불교의 중흥을 이룩한 경허선사(1846~1912)로 인하여 한국 불교의 역사에는 새로운 전통이 수립된다. 경허선사의 선불교는 사상이나 지식에 대한 집착에서 벗어나서 인간의 자기 형성을 강조한다. 곧 어떤 사상의 틀로 인간을 파악하거나 구속하는 것이 아니라 인간이 사상을 만들어가는 주체적인 자기 형성의 자유를 중시하는 것이다.

이러한 인간관에 기본을 둔 경허선사의 실존적 불교관은 한국근대불교사에 수많은 선승들을 길러내었고 그 흐름이 오늘에까지 이르고 있다. 경허선사의 가장 대표적인 제자로 경허 문하의 세 달(月)을 꼽는데 수월 음관(水月 音觀), 혜월 혜명(慧月 慧明), 만공 월면(滿空 月面)이 그들이다. 특히 선문의 거대한 산맥을 이룬 덕숭산문의 지도자인 만공선사(1871~1946)와 그의 법을 이은 이들에 의해 한국 현대 선문은 활력을 얻었으며 조계종은 선문으로서의 위치를 회복하였다고 한다. 일엽은 바로 그 만공선사를 통해 경허선사의 흐름을 이어받음으로써 한국 불교계에서 선승의 계보를 잇고 있다.

1) 참 나를 찾아가는 길

김일엽은 1896년 평안남도 용강에서 목사인 아버지 김용겸과 어머니 이마대 사이에서 장녀로 태어났다. 본명은 원주(元周), 아호는 일엽(一葉)이고 불명은 하엽(荷葉), 도호는 백련도엽(白蓮道葉)이며 본명인 김원주보다 일엽이라는 호로 더 잘 알려져 있다. 이름마다 들어가 있는 엽(葉)이란 글자는 오랫동안 외롭게 살았고 외롭게 살기를 자청한 그의 생을 집약하는 것 같다. 바람이 불면 금방이라도 떨어져버릴 잎새 한 장. 그러나 비단 그의 생만이 한줄기 바람에 날아가 버릴 듯한 외롭고 연약한 처지에 놓인 것일까. 실은 우리 모두의 생이 그렇지 아니한가. 우리 모두 가족과 지인들 틈에서 목소리 높여 이야기하고 즐거운 듯 웃어대지만 정작 모두 혼자라는 사실을 뼛속까지 깊이 느끼며 진저리를 쳐대는 외로운 존재가 아닌가. 그저 아닌 척하고 살아갈 뿐, 모른 척 잊고 살려 애쓸 뿐, 우리는 저마다 외로워서 한바탕 실컷 울고 싶은, 그런 존재들이 아닌가. 그 이름 하나로도 이미 온세상에 가득한 근원적인 고독을 한껏 드러내고 있으니 참으로 생을 집약한 실존적인 이름이지 싶다.

어머니는 일엽을 장녀로 오남매를 낳았으나 모두 어려서 죽고 일엽이 소학교를 졸업하던 해에 돌아가신다. 유독 부녀간의 정이 깊었던 아버지마저 중학교를 졸업할 무렵 돌아가시자 핏줄이라곤 외할머니 한 분만이 남은 상황에서 의지처 없는 생이 시작된다. 일엽이 열 아들 부럽지 않은 잘난 여자로 살아가기를 원했던 어머니처럼 외할머니의 교육열도 높아 그 지원으로 일엽은 이화전문을 졸업하고 3.1운동에 참가한 후 동경의 영화학교에 입학하여 일년 남짓 유학을 하기도 한다. 그러다 귀국해서 1920년 3월《신여자》를 창간하여 한국 최초의 여성 잡지 편집인이 된다.

(1) 연애의 배를 저어 고해(苦海)를 떠다니다

역설적이게도 조국을 빼앗은 나라 일본에 가서 그들의 언어로 번역된 서양의 문화를 접하면서 젊은이들은 많은 것을 배우고 사상의 변화를 겪었다. 그러나 정작 자신들이 배운 새로운 사상을 마음껏 펼칠 기회가 없어 더 큰 절망의 나락으로 떨어져 방황해야 했다. 하지만 그 새로움 중에서 구체적으로 실현 가능한 분야가 있었으니 그것은 바로 연애였다. 당시 신문명의 선두주자들의 많은 실패에도 불구하고 그들이 성공한 분야는 아마도 자유연애와 그 뒤를 이은 조혼한 아내와의 이혼 주장과 실천이었을 것이다. 물론 세간의 비난은 극심했다. 그러나 그들은 마치 독립운동을 하듯 연애에 확신을 가졌고 연애에 몰두했다. 연애는 당시 대중들의 삶과는 전혀 상관이 없는 인텔리들만의 전유물이었기 때문이다. 김일엽 또한 자유연애와 신정조론을 외치며 연애의 최전선에 섰다.

김일엽은 이화전문을 졸업할 무렵, 미국에서 공부하고 당시 연희전문 교수로 있던 40세의 이노익과 결혼했다. 남편은 결혼 후 일엽의 일본 유학도 돕고 《신여자》의 발간자금도 지원하는 등 인생의 선배로서 이런저런 지원을 한 것 같다. 남편이 나이도 많고 신체적 결함을 가진 탓도 있겠지만 애초에 사랑을 기반으로 하지 않은 결혼생활은 오래 갈 수가 없었다. 1920년 3월 출간을 시작한 《신여자》가 불과 4호를 끝으로 폐간된 것에 대해서 남편과의 불화로 인하여 지원을 받지 못한 것에서 그 이유를 찾기도 한다. 아무리 당대 최고의 지적이고 능력 있는 여성일지라도 재정적인 기반이 없으면 사회에서 그 뜻을 펼치는 데 한계가 있었던 현실을 잘 보여준다. 여성에게 있어서 경제적인 독립이 얼마나 중요한지를 알려주는 중요한 사례이다.

남편에게 이혼을 선언하고 다시 일본에 가서 공부하던 중 오다 세이조를 만났고 그의 청혼을 받았지만 당시 명문가이던 그의 집안에서 조선 여자와의 결혼을 반대해서 뜻을 이루지 못했다. 그 후 아들 김태신(1922~2014)을 낳았다고 한다. 화가가 된 그는 어머니에 대한 그리움을 몇 권의 책으로 썼고 60대 후반에는 마침내 어머니의 뒤를 이어 승려가 되었다. 비교적 수는 누렸으나 어머니만큼이나 평생 고독한 생을 살았고 어머니의 뒤를 이어 불도로 살다 가니 참으로 인연이 깊고도 깊다. 그러나 오다 세이조와 일엽과의 인연에 관한 이러한 내용은 모두 그의 책에 근거한 것이다. 그는 이런저런 자리에서 모자간의 인연을 거듭 말하였으나 정작 김일엽은 이에 대해 어떠한 확인도 해준 적이 없다. 어린 김태신은 수덕사로 어머니를 찾아갔지만 어머니라 부르지 말고 스님이라 부르라는 냉정한 외면으로 마음을 상하고, 당시 이혼하고 수덕여관에 머물고 있던 나혜석에게서 대신 어머니와 같은 정을 느끼고 위로를 받았다고도 썼다. 하기야 세상에서의 삶이란 것이 한줌의 먼지와 같은 것인데 아들이든 어미든 애인이든 무슨 의미가 있겠는가. 모두가 한낱 사그라지고 말 부질없는 재와 같은 것이다.

그 후 김일엽은 시인이자 소설가인 노월 임장화와 연애를 시작하고 동거에 들어가지만 그 인연도 더 이상 나아가지 못했다. 그 역시 이미 조혼한 상태였기 때문이다. 당시 신학문을 배운 남성들은 대화도 통하고 지적인 신여성과 사귀고 결혼하기를 원했지만 그럴 수가 없었다. 일본유학을 오기 전 모두 조혼을 한 상태라 결혼 이후 만난 신여성은 첩이 되거나 남자가 이혼하고 재혼해야 하는 상황이었기 때문이다. 이혼을 반대하는 완고한 가문의 반대에 부딪쳐 많은 신여성이 첩이 될 운명에 처했고 그러한 처지를 용납하지 못하는 경우는 불륜의 비난에 시달리거나 실연의 상처를 견디어야 했다. 일엽은 물론 첩이 될 수는 없었다. 임노월은 같이 자살하자며 헤로인을 준비했고 그렇게 죽을 마음은 없었던 일엽은 헤로인을 소다로 바꿔치기해서 동반자살의 위기를 벗어나기도 했다. 몹시 외로움을 타던 일엽은 남자의 사랑으로 부모형제의 모든 정을 대신하려 했고 그 사랑의 성취를 위해서는 남의 이목이나 도덕적 문제까지도 돌아보지 않으려는 생각이 있었다. 일엽은 훗날 그것이 어린아이의 손에 칼을 들려준 것처럼 위험한 일이었다면서 그때 자신을 살린 것은 불법(佛法)이었다고 회고한다.

긴 세월이 흐른 후 일엽은 어떤 신도가 향을 싸가지고 온 날짜 지난 신문에서 우연히 그의 시를 읽기도 했다. 그리고 또 한 번은 어떤 스님이 서울에서 탁발을 다니다가 우연히 한 집을 지나게 되었는데 중년 남자가 어디서 왔느냐 묻더라는 것이다. 그래서 수덕사 견성암에서 왔다고 했더니 일엽의 안부를 묻고는 '부디 장수하시라'는 명함을 적어주더라며 전해준 일도 있었다. 시간은 흐르고 만남과 이별이 모두 과거지사가 되었지만 일엽은 연인의 인연이 있던 임노월이 여전히 세속의 인간사에 시달리고 있음을 안타깝게 여겼다.

한때 같이 사랑과 이별의 고통을 겪었던 처지이나 먼저 참 자아를 찾아가는 길에 들어선 일엽은 뒤에 남아 여전히 고(苦)의 바다에서 헤매고 있는 사람들에게 새로운 세상의 진리를 전하고 싶은 마음이 있었다. 그 마음은 사랑도 동정도 아닌 먼저 진리의 발자국을 떼어 나간 이의 당연한 의무이며 도리였다. 『청춘을 불사르고』에서 일엽은 과거를 회상하기도 하고 연인들에게 편지의 형식을 빌어 불법을 전하기도 한다. 안으로는 불법을 담고 있으면서도 겉으로는 연애이야기로 되어 있는 독특한 이 책은 한국 불교문학의 새로운 장을 열었다고 할 수 있다. 이 책을 읽고 불교의 진리에 감화되어 출가한 이들도 꽤 있었다고 하니 대중들에게 포교를 하는 새로운 방식으로서도 성공을 거둔 셈이다.

이미 속세를 떠나 절필한 지 30여 년만에 새로운 모습으로 세상에 모습을 드러내면서 굳이 자신의 연애사를 말할 필요가 있었을까. 새로운 시대인 신문명기에 선각자로서 유명세를 타기도 했지만 한편으로는 비난의 화살을 맞기도 했던 연애사를 굳이 스스로 꺼내놓는 그 마음은 무엇이었을까. 이제는 과거의 모든 일에서 완전히 자유로워진 상태 곧 멸(滅)의 상태에 접어든 해탈한 승려의 눈으로 볼 때 과거의 연인은 더 이상 연인이 아니라 고해에서 위험한 항해를 했던 동료였다. 그리고 아직도 파도가 몰아치는 망망대해에서 부서져가는 나무토막에 의지한 채 이리저리 풍랑에 휩쓸려 갈피를 잡지 못하고 흔들리는 중생이었다.

이제 홀로 그 바다에서 벗어났으니 먼저 벗어난 자가 여전히 고해에서 헤매는 이들을 건져내기 위해 도움을 주는 것은 당연한 임무인 것이다. 그런 마음에서 세간의 흥밋거리로 다시 자신을 내려놓는 위험을 감수한 것이다. 그러나 이미 해탈의 경지에 들어선 그에게 그런 것이 두려울 리가 없다. 여전히 과거의 흘러가버린 연애이야기나 들추어내려는 호사가들이 있다 할지라도 이미 눈도 깜빡하지 않을 흔들림 없는 자리에 서있음에랴. 자신에 대한 이런 저런 구설을 겁내지 않는 무한한 자비심의 발현이니 그 깊은 뜻을 헤아릴 일이다.

(2) 고에서 벗어나 참 나를 찾으라

석가모니는 생로병사(生老病死) 일체가 괴로운 것이며 그 괴로움의 근원은 욕망 때문인데 욕망으로 인하여 업을 짓기 때문에 윤회에서 벗어날 수 없다고 가르쳤다. 그러나 수행을 통해 일체의 욕망을 없애면 모든 번뇌가 사라지고 열반의 경지에 이르게 된다. 곧 온갖 마음이 오가는 번뇌의 유심(有心)에서 벗어나 본래의 마음인 무심(無心)을 찾아야 하는 것이다. 집착에서 벗어남으로써 어리석은 인생사에서 벗어날 수 있고 온갖 망상에서 비롯된 고통에서 자유로워질 수 있다.

모든 삶은 고(苦)이다. 생로병사(生老病死)의 사고(四苦)에 원증회고(怨憎會苦, 미워하는 것을 만나는 괴로움), 애별리고(愛別離苦, 사랑하는 것과 헤어지는 괴로움), 구부득고(求不得苦, 구하는 바를 얻지 못하는 괴로움), 오음성고(五陰盛苦, 육체의 본능에 의한 괴로움)를 합친 것이 팔고(八苦)이다. 존재의 유한성과 존재하는 모든 것이 실체가 없다는 현실은 모든 삶이 고라는 인식의 근거가 된다. 존재의 유한성은 삶의 무상과 허무로 이어진다. 또한 모든 것이 실체가 없다는 것은 공(空)에 대한 인식으로 이어진다. 삶의 여러 가지 갈망은 고의 근원이므로 고통에서 벗어나려면 그 모든 갈망을 없애야 한다.

그 갈망을 없애는 여덟 가지 단계가 바로 팔정도(八正道)이다. 팔정도에는 정견(正見, 바른 인식), 정사유(正思惟, 바른 생각), 정어(正語, 바른 말), 정업(正業, 바른 행동), 정명(正命, 바른 생활), 정정진(正精進, 바른 노력), 정념(正念, 바른 의식), 정정(正定, 바른 집중)이 있다. 바른 인식은 바른 말과 행동, 생활을 하기 위해 요구되는 근본적 인식으로 나쁜 업과 좋은 업을 구별하는 기본적 판단력을 의미한다. 바른 생각이란 모든 소망을 접고 선이 나를 지배하게 하며 다른 존재에게 해를 끼치지 않는 것이다. 바른 말은 일체의 거짓말을 하지 않는 것을 의미한다. 바른 행동이란 다른 생명을 죽이지 않고 다른 사람의 물건을 훔치지 않으며 허용되지 않는 성관계를 갖지 않는 것이다. 바른 생활은 다른 사람에게 해를 끼치지 않으면서 좋은 업을 쌓는 방법으로 생계를 유지하는 것이다. 바른 노력이란 나쁜 성품을 없애고 좋은 성품을 기르며 고결한 생각을 일으키는 것이다. 바른 의식이란 망상을 없애고 바른 마음을 늘 잊지 않는 것이다. 바른 집중이란 일시적으로 세계가 물러나고 온 정신은 하나의 대상에 몰입되어 의식이 사라지는 삼매에 드는 것이다.

결국 사성제와 팔정도를 총체적으로 관조할 때 진정한 해탈이 이루어지며 윤회에서 벗어나게 된다. 사성제(四聖諦)란 불교의 네 가지 성스러운 진리로 고집멸도(苦集滅道)를 의미한다. 인간의 현실적 존재는 괴로움(苦)인데 그 원인은 집착(集)이다. 번뇌와 고통이 모두 없어진 해탈, 열반의 세계가 멸(滅)이고 괴로움을 없애는 방법이 도(道)이다. 환자의 상태에 비유하자면 고(苦)란 병이 있는 상태이며 집(集)은 병의 원인이고 멸(滅)은 병이 나은 상태이고 도(道)는 치료법이다. 곧 현재는 병이 있는 상태(苦)인데 병의 원인(集)을 알아서 치료하면(道) 병에서 낫게 되는(滅) 것이다.

불교는 우주의 정체인 동시에 나의 본면목인 '참 나'를 알아 얻어서 일시적 존재인 현재의 나, 곧 가아(假我)로서 천당, 인간, 수라, 아귀, 축생, 지옥의 육도(六道)에서 헤매는 고에서 벗어나 깨달음을 얻고자 하는 것이다. '나'를 아는 것은 지극히 어려운 것이지만 어느 생각이든지 하나를 붙잡고 그 정체가 무엇인지 의심하여 마침내 그 의심을 풀면 자아를 발견하게 된다. 부처님의 제자 아난이 나를 알지 못하면 죽어버리겠다는 마음으로 절벽 위에 서서 사흘 밤낮을 움직이지 않고 서서 정진하여 나를 알아 얻은 것처럼 나를 알기 위해서는 목숨을 버릴 정도의 각오와 간절한 마음이 있어야 한다. 진정한 나를 찾아 참 자유인이 되는 것이야말로 구원의 길이며, 자유인이 되기 위해서는 불교에 귀의하여 그 법을 배워야 한다. 그것을 깨달은 후에는 완인(完人)의 경지에 오른 것이므로 모든 것으로부터 벗어날 수 있다.

2) 사랑도 이별도 하나, 나도 당신도 하나

『청춘을 불사르고』는 1962년, 일엽이 30년만의 절필 이후 다시 세상을 향해 내놓은 책이다. 열정으로 혼란스러웠던 청춘을 불사르고 영원히 시들지 않는 청춘을 얻으려는 마음에서 입산을 결정했음을 고백하는 뜻으로 붙인 제목이라 한다. 청춘을 불사른다 함은 유심(有心)의 인간, 곧 몸과 혼을 살라버리고 부처님이 설법하신 핵심인 무심(無心) 곧 생사와 고락과 선악을 여읜 안전지대를 알아 얻은 경지를 의미한다. 혼란스러운 세상에서 이리저리 휘둘리며 살아가는 범인들의 삶이 문득 무의미하게 느껴지는 순간 진정한 삶에 대한 목마름을 갖게 되었고 '진정한 나'의 삶에 대한 추구의 결단이 이어졌다. 참 나에 대한 그리움은 스스로의 깨달음을 통해서만 얻을 수 있다는 불교의 가르침을 향하게 된 것은 자기의 인생을 누구보다도 사랑하고 최선을 다해 인생의 주인으로 살고자 했던 일엽에게 가장 걸맞는 구도의 자세였으리라.

이 책은 청춘의 희로애락이 최고조에 달했던 혼란스러운 시절을 함께 한 B씨에게 보내는 한 통의 서신으로 시작된다.

당신은 나에게 무엇이 되었사옵기에

당신은 나에게 무엇이 되었사옵기에
살아서 이 몸도, 죽어서 이 혼까지도 그만
다 바치고 싶어질까요.
보고 듣고 생각하는 온갖 좋은 건 모두 다 드려야만
하게 되옵니까?
내 것 네 것 가려질 길 없사옵고
조건이나 대가가 따져질 새 어딨겠어요.
혼마저 합쳐진 한 몸이건만⋯
그래도 그래도,
그지없이 아쉬움
그저 남아요⋯
당신은 나에게 무엇이 되었사옵기에?

1928년 씌어진 이 시를 책의 서두에 수록함으로써 일엽은 독자들에게 단숨에 다가간다. 스님의 사랑 이야기라니. 사랑에 울고 웃고 사랑 탓에 행복하고 불행한 범인들에게 사랑이야기야말로 가장 공감할 수 있는 삶의 핵심일 수 있다. 화려한 연애의 주인공으로 유명하던 스님이 30년의 수도 생활을 한 끝에 얻은 깨달음이 무엇일까 궁금해 하는 대중들은 스님의 이 놀랍게 아름다운 연시에 충격을 받았을 것이다. 사랑을, 아직도 이야기 하시는가. 여전히, 속세의 사랑에 연연하시는가. 그런 궁금증을 불러일으켰던 것이다. 책을 읽노라면 놀랍게도 사랑 이야기에 거침없는 일엽을 만나게 된다. 평범한 승려라면 속세에서의 사랑 같은 것은 이제 나와는 무관하다며 접어두려 했을 법도 하지만 일엽은 도리어 정공법을 썼다.

(1) 사랑불이 몸과 맘을 다 태우네

B와의 사랑은 일엽의 생에서 가장 중요하고도 유일한 사랑으로 보인다. 그를 만나기 전 일엽은 약혼한 적도 있었고 연애와 결혼 그리고 이혼의 경험도 있었다. 파란만장한 경험들 이후 불교사의 편집실에서 드디어 B씨와의 운명적인 만남이 있었다. B씨는 독일에서 철학을 공부했고 27세에 철학박사가 된 수재로 보성전문학교 교장과 동국대학교 총장을 지냈던 백성욱 박사(1897~1981)를 칭한다. 그가 27세의 나이로 독일에서 철학박사학위를 받고 귀국한 후 불교일보사의 사장으로 있던 무렵 일엽은 그를 처음 만났다. 잡지《불교》의 문예란을 담당하면서 활발하게 글을 쓰고 있던 일엽은 그와 처음 만난 순간 바로 사랑에 빠져버린다. 불교의 진리를 가르쳐주던 백성욱과의 만남에서 일엽은 그가 가리키는 달은 보지 않고 그의 손가락만 본 격이라 자책하면서도 그의 사랑의 손길과 마음과 정에 깊이 감화되어 버렸다. 일엽은 자신의 일생이 외로움으로 점철된 것이었으나 그를 만난 이후에야 비로소 절절한 외로움이 무엇인지 알게 되었다고 고백한다.

일엽은 그와 서로 사랑하는 사이니 언젠가는 결혼도 하게 될 것이라 여겼다. 그러나 한없이 자상하고 다정다감하며 몸과 마음으로 깊이 사랑하던 연인이 어느 날 갑자기 "인연이 다하여서 다시 뵈옵지 못하겠기에…"라는 편지 한 장을 남기고 홀연히 떠나버렸다. 왜 떠나는지 어디로 가는지 언제 돌아오는지 아무 것도 알리지 않고 빈 자리만을 남긴 채 사라져버린 것이다. 모든 것을 바쳐 사랑한 사람에게서 깊은 상처를 받은 일엽은 주체할 수 없는 깊은 슬픔과 무거운 상실감에 빠졌다. 죽음과도 같은 침묵만이 그들 사이에 남아 있었다. 그의 소식을 기다리며 끝없는 기다림의 자세로 그를 그리워했다. 울고 울고 또 울어도 눈물의 샘은 마를 줄을 몰랐다. 그는 나와 남이 없는 자타일체(自他一體)의 경지에 오르는 것이 하나를 이룬 인간이라 말해주곤 했다. 하나가 되는 공부를 해서 만남과 헤어짐이 하나요 사랑과 미움이 둘이 아님을 깨닫는 날, 비로소 만나거나 떠나거나 사랑하거나 미워하거나 흔들림 없는 평안함을 얻는다는 이야기를 해주었던 것이다. 그러나 그가 떠난 당시에 사랑의 정념과 애별리고(愛別離苦)에 빠진 일엽으로서는 성불도 관심 밖이고 오직 그에 대한 그리움과 기다림으로만 하루하루를 보낼 뿐이었다. 어디로 보내야 할지 알지도 못하면서 수없이 편지를 쓰고 다시 읽고 구겼다 던져버리고 다시 펴기를 반복하면서 슬픔의 눈물만 흘리는 고(苦)의 날들을 보냈다.

얼마간의 시간이 흐르고 일엽은 그의 말을 떠올려 의미를 곱씹으면서 드디어 '나'를 발견하는 길에 모든 것을 바치리라는 결심을 하기에 이르렀다. 마음 안에 원래부터 있는 존재인 나를 발견하지 못하는 생, 근본적인 빛을 보지 못하고 그 빛이 만들어내는 허상들과 그림자를 좇으며 살아가는 생, 그것이 평범한 사람들의 생이지만 절망적인 고난과 깊은 슬픔이 오히려 그런 거짓된 세상에서 벗어날 수 있는 계기가 되기도 하는 것이다.

결국 갑작스러운 님과의 이별은 그 고통을 딛고 일어선 순간 더 없는 선물로 변했고 새로운 세계로의 첫발자국을 떼어놓게 하는 중요한 출발점을 제공한 셈이 되었다. 일엽은 비로소 이보다 더 좋을 수 없는 소중한 길로 나아가게 한 그에게 감사한 마음이 들었다. '사랑은 내 마음에 있고 내 마음은 어디에나 붙이기에 달려 있다. 무엇에게나 어디에나 내 마음을 붙여 사랑할 수 있는 것이다.' 이렇게 마음을 다잡으며 그와의 인연을 접었다. 사랑이 삶의 주제가 되고 사랑에서 나오는 도움으로 자유와 평화의 삶을 살아가게 된다며 개인적인 남녀 간의 사랑을 넘어선 평등애라는 거시적인 사랑으로 나아가고자 한 것이다. 사랑을 다스릴 줄 알게 되면 사랑에 휘둘리지도 않게 됨을 깨닫게 되었다. 남녀 간의 사랑뿐만 아니라 중생의 애착심이란 한이 없기 때문에 사랑에 눈이 어두워 사랑을 이루기 위해서는 수단방법을 가리지 않다가 큰 위험에 빠질 수도 있음을 깨달았으니 그간의 파란 많은 생이 오늘을 맞이할 과정이었구나 싶었다.

일엽은 당시 경허선사의 뒤를 이어 최고의 선승이라 일컬어지던 만공스님에게서 "성품이 백련꽃같이 되어 세속에 물들지 않을 때까지 덕숭산 밑을 내려가지 말라"는 계를 받았다. 불교의 길에 들어선 이상 성불하여 완인(完人)이 되는 것이 최고의 지향점이다. 그러므로 스승의 계가 아니더라도 스스로 과거의 습기(習氣)의 집적인 몸과 혼을 불사르고 정진하는 것이 당연한 일이었다. 육신은 생명의 의복이요, 혼은 생명이 움직이는 기계이며 육신과 혼의 창조주는 몸은 없이 행동만 하는데 이를 법신이라 한다. 육신(肉身), 업신(業身=魂), 법신(法身)의 합일체가 나요 인간이다. 누구든지 육신. 업신. 법신 세 몸을 지녔는데, 세 몸이 일체가 되어 하나로 쓰는 때라야 비로소 올바른 사람이 되는 것이다.

만공선사에 의하면 '사람이 만물 가운데 가장 귀하다는 뜻은 나를 찾아 얻는 데 있다. 사람이 나를 잊어버린다면 짐승과 같고 인간이라 할 수 없으니 짐승이 본능적으로 식색에만 팔려서 허둥거리는 것이나 제 진면목이 무엇인지도 모르고 현실에만 끌려서 헤매는 것이나 다를 바가 없기 때문이다. 석가 세존이 탄생 시에 한 손으로 하늘을 가리키고 또 한 손으로 땅을 가리키며 '천상천하에 유아독존'이라 하신 그 '아(我)'도 나를 가리킨 것이다. 각자가 다 부처가 될 성품은 지녔지만 내가 알지 못하기 때문에 부처를 이루지 못하는 것'이다.

그러한 깨달음의 자리에 서자 일엽은 '이제 당신은 나를 버려도 좋습니다'라고 말할 수 있게 되었다. 일엽은 그 순간 비로소 자신이 그의 애인도 동지도 될 자격이 이루어졌음을 알았다. 만나고 떠남은 둘이 아니니 두 사람은 이별한 적도 없고 서로의 자리를 여의지 않았음도 알게 된 것이다. 나아가 우주가 바로 나이며 만유가 곧 나임을 깨달으니 한낱 남자와 여자, 사랑과 이별, 기쁨과 슬픔이 아무 구별 없는 하나임을 아는 데까지 나아갈 수 있었다. 부정이 긍정이요 긍정이 부정이다. 중생과 부처는 둘이 아니다. 너와 나도 하나, 생사도 고락도 하나다. 그토록 자유자재한 경지에 오르는 순간 한 여자로서 한 남자를 사랑하고 연연해하고 집착하던 과거가 얼마나 부질없고 어리석고 가엾은 일이었는지를 알게 되었다. 그가 곧 나이고 내가 곧 그인데 내가 나를 찾아 헤매다니, 그 얼마나 어리석은 일인가. 여기에 이르는 순간 일엽은 그간 자신을 옭아매고 고통스럽게 하던 모든 것에서 놓여나서 참 자유를 얻게 되었다.

3) 모든 것이 마음에 달려있다

불법에 귀의한 이후 그 오묘한 진리에 감동한 일엽은 대문호가 되어 불법에 기반을 둔 작품을 써서 세상에 진리를 전할 뜻을 가졌다. 그러나 작품이란 것이 진정한 창조가 아닌 한낱 오랫동안 익혀온 습기의 환물(幻物)에 불과함을 깨닫고는 그런 작가가 되고자 했던 자신을 비웃게 되었다. 나를 모르는 인간이 창조주가 된다는 것은 허황된 것이며 인간부터 되어야 진정한 창작을 할 수 있음을 인식한 것이다. 만공스님이 글쓰기가 수도생활에 방해가 되니 글을 쓰지 말라는 명을 내리기도 했지만 일엽 자신도 이미 그런 깨달음을 얻은 바였다. 그릇에 무엇이 차 있으면 다른 것을 채울 수가 없는 노릇이니 그릇을 말끔하게 비워야 새로운 것을 담을 수 있다. 다 버려야만 다 얻을 수도 있는 것이다.

중요한 것은 마음이다. 행복과 불행도 제 스스로 있는 것이 아니고 사람의 생각이 지어낸 것이다. 나를 부리던 마음을 붙잡아 내가 부리게 되어야 내 생각대로 사는 독립적 인간이 된다. 일체가 마음이다. 마음이 결집되면 이루지 못하는 것이 하나도 없다. 일엽은 만공스님을 처음 만났을 때 "참선이란 참선하겠다는 그 마음의 마음을 알아 얻는 법이며 마음의 마음은 일체의 창조주 곧 불(佛)이라는 것이오. 불은 정신, 진리, 도, 자성, 마음, 생각 등 무슨 이름을 붙여도 되는 광범위한 대명사로, 귀의불(歸依佛)이 곧 귀의자성(歸依自性)이니 성불하는 순간 불변적 안도감과 더불어 무한대의 생명력을 얻게 되는 것이오."라는 법문을 듣고 크게 발심하였다. 한 마음으로만 보면 내 마음대로 안 되는 것이 없음을 깨달았으니 이는 곧 모든 것이 마음에 달려있음이 아니겠는가.

(1) 성불의 길이 조금은 더디어도 좋아요

일엽은 오직 정진에만 힘을 쏟으며 속세와는 아무런 교류도 없이 지내고 있었다. 그러던 어느 가을날 큼지막한 소포를 하나 받았다. 열어보니 B가 쓴 불교철학에 관한 책 세 권과 번역한 경전 세 권이 들어있었다. 발신인이 없어도 그 글씨를 보고 보내준 이가 누구인지 알아챈 일엽은 싱거운 웃음이 나왔다. 훗날 읽으려고 벽장에 넣어두고는 그만 잊어버렸는데 그해 겨울 어느 비구니 편에 다시 약 한 보따리를 받게 되었다. 일엽이 병약하다는 이야기를 들은 그가 반 년치의 보약을 짓고 후에 다시 지을 반 년치 약값과 우유 열 통을 보낸 것이다. 그리고는 이듬해 봄에는 기침 날 때 먹으라고 캬라멜을 보내기도 했다. 오랫동안 괴로움을 주었던 사람, 입산 후에는 저만치 밀어두었던 사람, 선물을 받고도 인사도 접을 만큼 거리를 두었던 사람의 따스한 마음이 연거푸 느껴지자 일엽은 마음이 흔들렸다. 그러다 마침내 '수도승도 인간이다. 인간이 인간에게 정을 나누는 것이 무슨 허물이냐'하는 생각에 이르자 억제해왔던 정을 하소연하는 편지를 보낸다. 몇 장에 달하는 긴 편지에서 몇 줄만 읽어보자.

> 나의 영육을 어루만져주던 당신의 손길이 다시 그리워져서, 20년 전의 내 방, 당신의 손때 묻은 북향 미닫이를 밀고 닫던 당신의 그 손길이 지금 승당 안 내 방 미닫이를 열고 내 누운 곁에 슬그머니 앉아주시는, 이루어질 가망도 없는 허망한 그 기쁜 광경을 눈물지으며 그려보게 됩니다.
>
> 성불의 길이 조금은 더디어도 좋아요! 당신이 웃으며 당신의 그 부드러운 손으로 어루만져 주시는 즐거움을 한번이라도 맛보여주실까 바라는 애달픈 마음은 성불 다음가는 희망일 뿐입니다.

나는 아직 중생심을 여의지 못했으므로 사적(私的) 정의 불길이 일어난 것입니다. 지금의 나는 그 옛날과 같이 오래도록 울기만 하고 있을 어리석음은 좀 면하게 된 비구니입니다. 아무튼 두 번의 실연의 고배는 마시기 싫습니다. 더구나 속정(俗情)의 사랑이 아니오 무가보(無價寶)를 떼어 바치는 가장 귀한 사랑입니다.

이 편지 답장 아니 주시면 당신의 마음을 알겠습니다. 그때는 쓴웃음을 한번 웃고나서 더 이상 괴롭게 구는 여인이 되지 않으렵니다.

'성불의 길이 조금은 더디어도 좋다.' 깨달음을 얻고 부처가 되고자 들어선 길에서 그 목표가 늦어져도 좋다니, 이보다 절실한 사랑의 고백은 있을 수 없을 것이다. 입산수도 한 지 13년이나 되고 어언 40세가 넘은 비구니로서 막상 그런 편지를 쓰고나니 일엽은 그간의 정진이 모두 헛된 것이었나 스스로 의심하게 되었다. 그러나 그러한 갈등 중에도 그리움의 마음은 달랠 길이 없었다. 길고 긴 기다림 끝에 드디어 편지가 왔다. '존재의 인연을 모두 끊고 생사의 자유를 얻어야 한다, 참회기도를 하고 더욱 정진에 힘쓰라'는 냉정한 편지가 발신인도 주소도 없이 왔다. '괴로움의 근원인 정을 떼어버리기 위해 이별주 한 잔을 청하는 마음으로 보낸 편지였다'며 다시 답장을 한 일엽은 그제서야 오히려 마음의 태평함을 얻었다. 남을 지도하는 입승이라는 자리에 앉아 마음속으로는 옛 애인을 생각하는 마음으로 들떠 있었으나 그것이 부끄럽거나 죄책감이 없었으니 그리움이나 정과 같은 감정이 구름이 일었다 사라지는 것처럼 일시적이며 쉬 스러져버릴 것임을 확실히 알고 있었기 때문이다.

그는 사랑으로 함께 했으나 냉정한 이별로 불문에 들게 한 더 큰 사랑을 베푼 사람이었다. 세상에 대한 미련이 있다면 오직 한 사람 그에 대한 것뿐이었다. 그와 헤어진 지 20년이 지난 후에 일엽은 그와 남남이 되어 그 긴 세월을 어찌 지냈는지 참으로 '슬픈 기적'이라고 술회하였다. 마음속에 두 번째로 일어난 극렬한 사랑을 못 견뎌하고 있는데 그는 무심한 뒷모습만 보여줄 뿐이었다.

나는 아무래도 그 품에 한 번쯤, 단 한 번이라도 안겨보고 난 후라야 비구니의 정신으로 돌아올 것만 같으니 어찌 하면 좋습니까?

이러한 간절한 마음을 편지에 담고난 일엽은 비로소 정신을 차리고 자신을 돌아보았다. 이 청춘을 불사르지 못하면 생사를 초월한 영원한 청춘을 얻을 수 없는 것이다. 생각이 여기까지 이르자 그간의 연연하는 편지를 찢어버릴 수 있었다. 잠시 마음속을 혼미하게 하던 그에 대한 그리움도 잠잠해지고 냉정한 편지를 보내준 그에게 도리어 감사의 마음이 일게 되었다. 옛 여인의 자리에서 결연주가 될지도 모를 위험한 이별주를 청하던 일엽은 다시 제자리로 돌아와 성불의 길에 동행하는 벗이자 동지로 남기로 결심하고 백련의 자리에서 마음을 정리한 글을 보낸다. 한때 흔들리는 마음은 정진에서 위기이기도 했으나 믿음과 존경을 회복하며 피차 완인의 경지를 기원하기로 결심한다.

두 사람은 그토록 그리워하면서도 서로의 길을 방해하지 않으려고 극도의 자제심을 가지려 애썼다. 그러나 아무리 참으려 해도 그리움의 불길을 끌 수 없는 깊은 인연의 사이였던 모양이다. 수년이 흐른 후 일엽이 흔들리는 마음을 겨우 다잡고 제자리에 돌아와 정진할 때 그는 다시 자신의 회갑기념논문집과 함께 한 통의 서신을 보낸 것이다. 수도자의 길을 가는 데 있어서 가장 어려운 것이 '사랑의 고개를 넘는 일'이라 한다. 두 사람은 조강지처를 사모하듯 혹은 헤어진 남편을 기다리듯 평생 서로를 그리워했다. 그리움의 불길이 너무도 강하여 그들은 한때 세속에서의 소박한 삶을 꿈꾸기도 했다.

그러나 두 사람 다 자기를 알아가는 공부의 길이 중하다는 철저한 의지를 기반으로 하고 있었고 인간의 사랑보다 더 큰 대아적 사랑을 지향하고 있었기 때문에 그토록 절절한 사랑의 인연을 끊으려 온힘을 기울였다. 그래서 한 사람은 비구니계의 모범적인 스님이 되었고 한 사람은 불도와 현실계의 큰 사업을 성공적으로 수행할 수 있었다. 그는 삼생 전의 인연으로 이번 생에서 남녀로 만났으니 더욱 정진하여 다음 생에서는 남자로 태어나 절대 헤어짐이 없는 영원한 벗으로 동행하자며 '우리의 사랑은 사랑의 극치에 이르렀을까요?'라는 물음으로 편지를 맺었다.

평범한 사람들이 생각할 수도 따를 수도 없는 사랑의 모습이다. 사랑하는 사람들이 생각하고 행하는 일반적인 행로와는 전혀 다른 길을 걸어간 두 사람을 통해 불법의 오묘함과 절대진리를 탐구하는 강인한 자세를 볼 수 있다. 현실에 사는 대중들의 삶에서는 참 나가 아닌 거짓되고 삿된 나가 주인이 되어 진정한 자유로 나아가지 못하도록 막고 있는 것과는 다른 지고한 삶의 경지다. 만공선사에 의하면, 나라는 의의는 절대 자유로운 데 있는 것으로 모든 것은 내 마음대로 자재할 수 있어야 할 것임에도 불구하고 인간들이 어느 때, 어느 곳에서도 자유가 없고, 무엇 하나 임의로 되지 않는 이유는 망아(妄我)가 주인이 되고 진아(眞我)가 종이 되어 살아가는 까닭이라고 한다. 두 사람의 만남은 현재 우리가 쓰고 있는 마음 곧 사심(邪心)에서 벗어나 부족함이 없는 나인 진아로 나아가야 하는 절대 진리를 실천하려는 의지가 속세의 사랑을 극복한 경우였다.

(2) 진짜 나를 찾아 참 사람이 되자 – 일엽의 불교사상

내가 생각하면 시공(時空)이 일어나고 생각을 그치면 시공이 소멸된다. 고로 시공이 나이다. 우주는 내 생각이 지어낸 존재이기 때문에 내 생각이 윤회 자체이다. 우주는 나에서 출발해서 나로 돌아온다. 그러므로 우주는 나요, 우주와 나 자체가 윤회이다. 이렇게 내가 우주라는 것을 알면 우주적인 나의 위치를 회복할 결심을 해야 한다. 그 결심이 바로 나를 찾으려는 생각이다. 우주는 나이면서 내 생각의 작용 곧 내 작품이다. 그러므로 나만 알면 의심할 것이 아무 것도 없고 앞뒤의 모든 일이 명쾌해진다.

나라고 생각하는 나는 내가 아니다. 진짜 나(眞我)는 의식하기 전이요 생각이 일어나지 않은 때에 이미 존재한 것이다. 나를 알아 얻은 인간이 진정한 인간이다. 인간의 본이름은 부처라고 한다. 우주 그대로를 인간이라 하고 우주의 대현상의 개체 자체를 중생이라 하며 자체인 우주를 찾으려는 공부를 수도라 한다. 인간인 부처는 전생에 이미 수도생활을 마쳤으므로 '온 천하에 오직 나 하나뿐(天上天下 唯我獨尊)'이라는 우주의 말씀을 하셨다. 나만 이루면 곧 인간만 되면 나의 전체적 정신력으로 상상할 수 있는 일은 모두 마음대로 할 수 있기 때문이다. 우리는 나를 찾아 사람이 되려는 데에 생의 목적을 두어야 한다.

한 생각도 없는 무(無)는 나의 본체이므로 내 본체만 회복되면 내 생각대로 다 이루어진다. 모든 문제는 무에서만 해결된다. 생각한다는 생각까지 끊어진 자리인 무만 내가 차지하면 유(有)는 내 것이 된다. 유는 생각하는 일체 곧 대현실상이다. 나와 생각이 둘이 아니니 나를 이루었다는 것은 무유 합치적인 나를 얻어 내 생활을 한다는 뜻이다. 생각하게 하는 생각인 나의 창조주와 동행하는 사람은 불가능한 일이 없는 참 사람이 된다. 먼저 내가 사람이 되지 못한 것만 알아도 사람의 정신이 회복되기 시작한 것이다. 또한 생은 영원한 것이기에 나의 노력도 다함이 없을 것이니, 노력의 에너지요 행동의 원동력인 무를 알아 쓰게 되어야 생의 의욕과 용기가 넉넉해짐을 알고 이를 지향해야 한다. 결국 불교는 내 생명을 회복하여 생명을 임의대로 쓰는 것을 최고의 교리로 삼는 종교이고, 불법이란 내가 나의 정체를 알아서 나의 생활을 내가 하는 독립적 인간을 만드는 법이다. 성불(成佛)이 곧 성인간(成人間) 이다.

4. 그리움을 접고 흰 연꽃으로 피어나다

1920년대. 이 땅에 새로운 문명이 들어오기 시작하던 시대에 김일엽이라는 독보적인 여성이 있었다. 당대 최고의 여성작가이자 여성운동가로 한 시대를 이끌어가던 그 대단한 여성이 불현듯 그러한 생활을 접고 불교에 귀의한 것이 오랫동안 이해가 되지 않았다. 진보적이고 전위적인 이상을 포기하고 시대와 타협한 것으로 여겨지기도 했다. 그러나 세상적 이념을 좇으며 열심히 자신의 실천적 의지를 펼치다가 그러한 삶의 끝에는 과연 무엇이 있는가 하는 근원적인 질문과 맞닥뜨린 그의 고민과 갈등에 이제는 공감할 수가 있다. 더불어 불교에 귀의하여 참 나를 찾으려 했고 그 외롭고 힘든 수행의 길을 열심히 걸어간 비구니로서의 생이 얼마나 고결하고 의미 있는 삶이었는지도 조금은 알 것 같다.

갈 곳을 모른 채 하염없이 길 한 가운데 서 있는 나약한 인간의 자리를 깨닫는 순간 그 문제를 해결하기 위한 새로운 길을 택하는 것이야말로 인간으로서의 참된 자세인 것이다. 옳은 길이 아님을 알았을 때는 돌아가야 하고 돌아갈 길이 없다면 새 길을 만들어야 하는 법이다. 너무나 멀리 떨어져 보이는 여성운동가와 승려 사이의 거리가 실은 한 자리임에랴. 어디서 무엇을 하든 참 나를 찾아가는 도정에 있다면 이 자리에 있든 저 자리에 있든 무슨 차이가 있단 말인가. 어느 자리에서 참 나를 찾는 일에 더욱 정진할 수 있는지를 깨달았다면 그 길로 나아가는 것이 진실한 인간의 모습이 아니겠는가.

십수 년 전 여성문학을 전공하는 젊은 여성학자였던 나는 여성작가이자 여성운동가인 김일엽은 존경하였으나 세상을 등지고 산 속으로 들어가 버린 승려 일엽을 받아들이는 것이 쉽지 않았다. 당대를 대표하던 신여성들의 비극적인 삶과 일엽의 비구니로서의 삶이 대조되어 보였다. 조선 최초의 페미니스트이자 여성 화가였으나 이혼당하고 거리에서 죽어간 나혜석, 사랑도 이상도 이룰 수 없는 상황에서 조선으로 향해가던 배에서 현해탄에 몸을 던진 조선 최초의 성악가 윤심덕, 동경의 정신병원에서 고통스럽게 죽어간 여성 작가 김명순 등의 삶과 비교해볼 때 승려라는 삶은 현실에서 벗어난 삶 혹은 심하게 말하자면 현실에서 도피한 삶이자, 여성운동가의 변절처럼 느껴지기도 했던 것이다.

그러나 그들을 처음 연구하던 시절 이후 세월이 많이 흘렀고 나도 나이를 먹었다. 그래서인지 이제는 그 신여성들을 다양한 시각에서 바라보게 되었다. 참 나를 찾지 못한 채 고통의 자리에서 파멸해 간 당대 신여성들, 한때 같은 길을 걷던 그 동료들의 비극적 삶에 대해 일엽 스님이 얼마나 안타까워했고 그들의 다음 생을 위해 기도했을지 그 마음이 느껴지기도 한다. 일엽이 보기에는 신여성들의 슬픔과 고통으로 짓눌린 죽음은 어디서 와서 어디로 가는지를 끝내 알지 못한 채 방황하던 중생들의 마지막 자리였던 것이다. 문학이나 여성운동이나 자아실현이라는 이상들이 내 마음의 자리를 제대로 찾지 못한 채 이루어진다면, 그것을 통해 생의 어떠한 기쁨도 얻을 수 없는 신기루와 같은 것일지 모른다.

어느 누구도 할 수 없는 그토록 깊고 열정적인 사랑을 했던 일엽 김원주가 흔들림 없는 승려 일엽으로 거듭나는 과정은 살아있는 불도의 탐구과정 그 자체였다. 윤회의 진흙탕 속에서 피어나 순수하고 완전한 형태로 우주의 중심축을 상징하는 연꽃처럼 백련도엽(白蓮道葉)이란 호를 가진 일엽스님이 지향하는 정신세계 또한 그토록 정결하다. 나와 남이 하나이니 사랑과 이별도 둘일 리 없다. 사람들이 그것을 깨닫지 못하고 지금 이 순간에도 나인 남에게 집착하여 스스로 고를 만들어 도의 길로 나아가지 못하고 있으니 일엽스님의 낮은 목소리에 귀를 기울일 일이다. 모든 것을 버려야 모든 것을 얻을 수 있다. 아무 것도 쥐지 않은 빈 손이 되어야 무엇이라도 잡을 수 있다. 그리하여 마침내 도달하는 곳은 완전히 자유로운 '진정한 나'의 자리인 것이다.

2장

최초의 여성 극작가 김명순,
저항하는 쓰기의 주체

조선아 내가 너를 영결할 때
개천가에 고꾸라졌든지 들에 피 뽑았든지
죽은 시체에게라도 더 학대해다오
그래도 부족하거든
이 다음에 나 같은 사람이 나더라도
할 수만 있는 대로 또 학대해보아라

한국의 대표적인 1세대 여성작가인 김명순 (1896~1950년대?)은 시, 소설, 희곡, 수필, 번역물 등 다양한 장르의 작품을 다수 창작하여 최초의 여성작가라는 문학사적 의의를 갖는다. 희곡으로는 〈의붓자식〉과 〈두 애인〉이 있다. 김명순의 희곡이 갖는 특징과 의미를 분석함으로써 김명순을 한국 최초의 여성 극작가로 규정하고자 한다. 이러한 명명에 있어서는 작품의 편수가 중요한 것이 아니라 작품이 담고 있는 희곡이라는 장르로서의 특성과 미적 가치 여부가 더 중요한 판단의 기준이 될 것이다.

또한 한국문학사에서 1960년대의 여성극작가들을 1세대 여성극작가로 명명해오던 것에 이의를 제기하고 20년대의 김명순을 포함하여 30년대에 희곡을 발표한 나혜석, 박화성, 장덕조 등을 1세대 여성 극작가로 명명함으로써 여성희곡사를 새롭게 세우고자 한다. 특히 김명순의 희곡은 재래의 가정이라는 공간을 예술적이고 상징적이며 지적인 공간으로 설정하고 새로운 주체를 형성하여 식민지라는 억압적 공간에서 새로운 공간의 의미를 창조한다는 점에서 문학적 가치와 의의가 있다. 김명순은 시대의 한계와 자신의 한계를 극복하려는 저항적이고 주체적인 작가의 면모를 보여줌으로써 당대의 대표 작가로 자리매김할 만한 역량을 보여주었다.

1. 한국 희곡사와 김명순의 위상

한국연극사에서 문자화된 서구식 희곡의 역사는 《매일신보》에 연재된 조일재의 〈병자삼인〉(1912)부터 시작된다. 한국의 전통극에는 글로 쓰인 희곡의 형태가 없었기 때문에 희곡을 쓰는 관습이 없었고 근대문학기는 외국 작품의 유입으로 인한 서구식 희곡의 모방을 통해 극작이 시작되는 시기였다. 그러나 독자의 기대도 없고 공연도 어려운 상황에서 희곡이라는 낯선 장르가 활발하게 창작되는 것은 쉽지 않았다.

1920년대는 조직적이고 집단적인 연극 활동이 시작되는 시기로 동경유학생들의 외국 작품 번역 소개 등에 힘입어 다양한 경향도 보이게 되었고 작품의 수준도 향상되었다. 민족계몽운동의 일환으로 학생극 운동이 있었고 근대극 및 서구이론의 유입으로 신파극의 한계를 극복하려는 시도도 있었다. 김우진(1897~1926)의 등장으로 비로소 문학작품으로서의 본격적인 희곡의 면모를 볼 수 있게 된다.

김우진은 1920년 조명희 등과 함께 극예술협회를 조직하는 한편 1921년에는 동우회순회연극단을 조직하여 국내순회공연을 했다. 〈이영녀〉(1925), 〈두더기 시인의 환멸〉(1925), 〈정오〉(1925), 〈난파〉(1926), 〈산돼지〉(1926) 등 5편의 뛰어난 희곡을 쓰고 20년대의 한국연극을 이끌었지만 1926년 8월 윤심덕과 동반자살함으로써 활동을 일찍 마감했다. 몇몇 군소작가들로 유지되던 20년대가 가고 30년대가 되면서 비로소 연극계가 활발해지는데 특히 유치진을 중심으로 한 사실주의 연극의 시대가 열리고 오늘날까지 한국 연극의 큰 흐름을 주도하게 된다. 이러한 근대 희곡사 초창기에 희곡을 쓴 김명순(1896~?)은 '최초의 여성 극작가'라는 문학사적 의의를 갖는다.

한국 여성문학사에서 본격적인 여성 극작가의 시대가 열리는 것은 통상 1960년대로 본다. 박현숙, 김자림으로 대표되는 60년대 여성극작가들의 희곡은 공연보다는 주로 작품집이나 문학잡지에 수록되는 형태로 발표되었는데 마침내 이들을 기리는 '제1회 여성 극작가전'이 열려 이들을 명실상부한 한국연극사의 1세대 여성극작가들로 확고하게 규정하게 되었다. 한국여성연극협회 출범 20주년을 기념해 열린 '제1회 여성극작가전-한국 1세대 여성극작가와 1.5세대 여성연출가와의 만남'(2013.2.13.~3.31, 대학로 알과 핵 소극장)에는 1920년대부터 1940년대에 태어나 1960년대에 주로 활동한 1세대 여성극작가 강성희(1921~2009), 박현숙(1926~2020), 전옥주(1939~), 오혜령(1941~), 강추자(1943~), 김숙현(1944~), 최명희(1945~) 작가의 작품이 무대에 올려졌다. 연출은 여성 연출가 박은희, 류근혜, 송미숙, 노승희, 백은아, 문삼화, 임선빈 등이 맡았다.

이들을 1세대 여성극작가로 규정하는 것은 첫째, 1960년대가 되어서 희곡쓰기를 업으로 삼는 작가로서의 여성 극작가가 다수 등장했다는 점, 둘째, 공연을 할 수 있는 본격적인 장막극의 시대를 열었다는 점, 셋째, 한국사회와 여성의 삶에 대한 관심을 갖고 극작을 시작한 작가들이라는 점 등을 들 수 있다. 작가들의 성별이 여성이라고 해서 페미니즘 곧 여성주의적 관점의 작품이라고 할 수는 없다. 다만 이들의 작품은 여성을 소재로 하고 여성의 삶에 관심을 갖고 혹은 여성의 언어로 말하기를 시작했다는 포괄적인 관점에서의 여성적 작품이라고 할 수 있다.

그러나 김명순, 박화성, 나혜석 등을 포함한 1920~30년대에 희곡을 쓴 여성작가들을 1세대 여성극작가로 명명해야 할 필요가 있다. 이들의 작품은 우선 길이가 짧고 극적 형식이 미숙하며 전체 작품의 수도 많지는 않다. 그러나 김명순이 이미 20년대에 희곡을 발표했다는 점, 나혜석이 희곡에서 오늘날까지 유효한 문제들을 30년대에 제기함으로써 현대적이고 선진적인 비전을 제시했다는 점, 박화성의 작품에서 당대 현실의 문제를 극복하는 주체적인 여성상을 제시한 점 등은 분명 의의가 있다. 특히 다음의 요소들을 고려해야 한다.

첫째, 60년대의 작가들을 1세대 극작가로 명명하는 순간 이들 앞 시대 작품들의 존재는 부정되고 의미는 약화된다는 점이다. 비록 이들의 작품이 수적으로는 미미하다 할지라도 현재 작품이 남아있는 이상 시발점으로서의 가치는 분명히 부여해야 할 것이다. 둘째, 이들의 본업이 극작이 아니라고 해서 1세대 여성극작가로 평가하지 않는 것은 문제가 있다. 초창기 문학의 상황에서는 작가들이 다양한 장르의 작품을 창작했고 1세대 여성작가인 김명순, 나혜석, 김일엽 모두 딱히 한 가지 장르만을 고집하지 않았다. 셋째, 여성이 쓴 최초의 시, 소설이 모두 근대문학기에 있는 만큼 희곡의 경우만 굳이 60년대의 작가들을 여성극작가 1세대라고 명명함으로써 출발점을 뒤로 미룰 이유가 없다. 시, 소설보다 희곡의 경우는 오히려 '최초'의 작품이 분명한 상황이다.

그러므로 근대 초기에 희곡을 발표한 김명순(의붓자식, 1923. 두 애인, 1927.), 장덕조(형제, 1933), 박화성(찾은 봄 잃은 봄, 1934), 심재순(줄행낭에 사는 사람들, 1934), 나혜석(파리의 그 여자, 1935) 등을 1세대 여성극작가로 분류하고 그 중에서도 1923년에 희곡을 발표한 김명순은 한국 최초의 여성 극작가로 명명하고자 한다. 그렇다면 60년대의 작가들은 2세대 여성 극작가가 되고, 다양한 작품 경향을 보여주면서 연극계에서 활발하게 작업중인 여성 극작가들의 시대가 열린 90년대 이후의 여성작가들을 3세대 여성 극작가라고 분류하는 것이 옳을 것이다. 주로 신춘문예로 등단한 김윤미(등단년도 1988~), 정우숙(1988~), 오은희(1991~), 유진월(1995~), 고연옥(1996~), 김명화 (1997~), 장성희(1997~), 김수미(1997~) 등을 비롯한 여성극작가의 활동이 90년대 들어서 활발해지는데 이는 페미니즘의 영향과 여성의 대학교육 및 경제활동을 기반으로 한 90년대 여성문학의 르네상스와 맞물리는 현상이다.

한국의 대표적인 1세대 여성작가인 김명순은 시, 소설, 희곡, 수필, 번역물 등 다양한 장르의 작품을 다수 창작하여 최초의 여성작가라는 문학사적 의의에 그치지 않고 남녀를 포함하여 당대의 대표작가로 자리매김할 만한 역량을 보여주었다. 남은혜는 김명순의 작품을 130여 편으로 정리했으며 이후 신혜수는 10편을 추가하였고 서정자에 의하면 개고본을 포함하면 170편[1]이라고 한다.

희곡으로는 〈의붓자식〉과 〈두 애인〉(1927년 12월 작. 1928년 4월 《신민》에 발표. 『애인의 선물』에 재수록)이 있다. 극작가로 명명하는 데 있어서는 작품의 편수가 중요한 것이 아니라 작품이 담고 있는 희곡이라는 장르로서의 특성과 미적 가치 여부가 더 중요한 판단의 기준이 될 것이다. 따라서 김명순의 희곡이 갖는 특징과 의미를 분석함으로써 당대의 대표적인 희곡을 쓴 극작가라는 점을 밝히고자한다.

김명순의 문학사적 의의는 선행연구에서 활발하게 이루어져 왔으나 희곡 연구만큼은 매우 미흡하여 이 희곡들을 학계에 소개하면서 이루어진 박명진의 연구와 상징주의라는 문예사조의 측면에서 작품을 분석한 이민영의 연구가 있을 뿐이다. 그동안 김명순의 문학에 대해서는 개인적 사생활이나 시대적 상황과의 관련 연구가 많이 이루어져서 여기서는 희곡 자체에 집중하고자 한다.

2. 김명순과 새로운 공간의 의미

1) 김명순 희곡과 공간 설정

김명순의 희곡은 공간 설정이 독특하다. 당시의 사회상과는 동떨어진 화려한 공간에 대한 자세한 묘사를 하고 있으며 그 공간에 있는 여성인물 또한 흔히 볼 수 없는 개성적인 인물이다. 모든 인간은 공간의 지배를 받으며 주인공이란 새로운 공간을 창조하는 자라는 점을 중시하여 두 편의 희곡에 나타난 공간을 살피고자 한다. 작품 안의 공간과 인물의 상관성, 작가가 살고 있는 조선이라는 공간과 희곡에서 창조된 공간의 관련성, 여성과 주체성이라는 의미에서의 작가의 내적 공간의 중요성 등을 중심으로 공간분석을 하려 한다.

안느 위베르스펠트에 의하면 희곡의 첫 번째 특징은 인간을 형상화 한 등장인물들의 활용이며 두 번째 특징은 그 인물들이 현존하는 특정한 공간의 실존이다. 공간은 인물의 활동 장소로서 인물들과 긴밀한 관계를 맺게 된다. 극에서 재생산되는 공간화된 구조물은 인간들이 살고 있는 사회의 공간적 관계들, 또 그 관계들의 기초가 되는 갈등들에 대해 인간들이 품고 있는 이미지를 규정해 준다. 그렇게 무대는 항상 사회-문화적 공간들의 일종의 상징화를 나타낸다. 만일 누군가의 실존에 대해 말할 수 있으려면 그는 공간적으로 일정한 위치를 차지해야 하고 시간적으로 그것을 유지해야 한다. 곧 공간의 경험이란 현실의 실재성에 대한 우리의 경험 및 확신과 등치된다. 공간은 현실의 모든 것이 실재하기 위한 최소한의 조건이며 우리의 사고와 행동양식, 심지어 습관과 같은 무의식적 과정까지도 지배[2]한다.

여기서는 첫째, 김명순 희곡의 내적 공간을 권력의 공간에 대항하는 공간으로서의 헤테로토피아적 공간으로 규정하려 한다. 푸코는 감옥, 정신병원, 기숙학교, 묘지, 극장, 식민지 등을 헤테로토피아적 공간의 예로 들었다. 김명순이 살았던 식민지라는 공간 자체가 그 속에 사는 사람들을 일반 공간의 사람들과는 다른 방식으로 행동하게 한다는 의미에서 헤테로토피아적 공간이다. 식민지는 기존의 공간이 무너지는 동시에 새로운 문명이 도입된다는 의미에서 이질적인 공간이 혼재하는 헤테로토피아적 공간이다. 또한 김명순 희곡의 공간은 현실을 거부하는 근대식 가정이면서도 여전히 봉건제도가 공존하는 갈등하는 공간이자 사회의 지배질서를 교란시키는 탈일상성을 지닌다는 의미에서 헤테로토피아적 공간이다.

둘째, 근대라는 시간과 봉건 조선이 길항하는 특성을 보여주는 신여성 김명순의 내면의식의 공간에 주목하고자 한다. 이는 시대와 사회의 한계를 넘어서려는 개인의 의지적 공간이자 저항하는 주체의 공간이고 주변인이면서도 자신만의 목소리를 내는 독자적 공간이다. 또한 글쓰기 스타일도 하나의 공간이라 할 수 있는데 김명순의 글쓰기는 고착화된 가치관의 사회에 질문을 던지는 글쓰기이며 당대를 뛰어넘고자 하는 대안적 사고를 제시하는 강인함을 보여준다. 이러한 공간 곧 작품의 내적 공간의 의미와 작품을 생산하는 외적 공간의 관련성을 분석함으로써 희곡의 특성을 밝히고 나아가 여성적 글쓰기를 지향한 저항하는 주체로서의 여성작가 김명순을 구축하고자 한다.

2) 헤테로토피아적 공간의 창조

(1) 〈의붓자식〉, 기존의 이데올로기를 비판하는 저항의 공간

〈의붓자식〉의 무대는 다음과 같다.

> **무대** : 얼마큼 넓은 침실을 나타냄. 그러나 문창은 없고 전면의 미닫이만 열어젖혀서 자못 관을 옆으로 갖다놓음.
>
> **배경** : 보이는 전면에 밀짚색의 하늘한 사장을 늘이었다. 우편에는 세장한 대리석 침대가 놓였고 중앙에는 하얀 견사제의 보를 씌워서 둥그런 탁자가 놓였고 그 위에는 금쟁반과 책 한 권과 수선화의 화병이 보인다. 무대 좌편에는 벽을 의하여 호피 위에 피아노가 놓였고 피아노 위에는 앉은뱅이꽃 광주리가 보인다. 막이 열리면 미닫이를 닫은 방 앞에 쪽마루가 보임. 소동2 말없이 등장하여 좌우의 미닫이를 열어젖힘. 방 안에는 성실이가 침대 위에 잠자고 방바닥에 다다미 깔 듯 황색 비로드 보료들이 아직 꺼지지 않은 전등에 찬란히 보임.

이러한 무대는 1920년대 조선의 일반적인 가정의 모습과는 큰 차이가 있다. '사장(비단 휘장), 대리석 침대, 견사제의 보를 씌운 둥그런 탁자, 금쟁반, 비로드 보료, 전등' 등은 현대적인 문명의 이기와 화려한 가구와 장식물로 꾸며진 서양식의 방을 상상한 것이다. 이 집에는 부친과 계모, 여동생 2명을 포함한 5명의 가족과 남녀 하인들이 살고 있다. 집의 전체적 구조는 알 수 없지만 이 방만큼은 매우 화려한 근대적 공간이다. 개인의 개념이 중요해지는 근대에서 공간은 그 개인의 정체성을 형성하고 유지 발전시키는 중요한 의미를 갖는다. 이 화려한 공간은 가난하고 억압받는 식민지 현실을 거부하고 근대화된 공간을 지향하는 인물의 이상화된 욕망을 드러낸다.

이러한 몽상의 지향성은 당시 유입된 상징주의의 영향으로 볼 수도 있다. 수선화 화병, 앉은뱅이꽃 광주리로도 장식되어 있는 이 방은 그 아름다움에도 불구하고 창문도 없고 마치 그 모습이 관을 옆으로 놓은 것 같다고 설명되어 있다. 더욱이 이렇게 화려한 침실의 주인은 성실이라는 병약한 여성이다. 첫 장면에서 성실은 침대에 누워 있고 그녀는 첫 대사에서 '장례의 노래'를 언급하고 있으며 마지막 장면은 성실이 바로 그 침대에서 음독자살하는 것이다. 이러한 일련의 죽음의 상징은 주인공이 고난의 현실을 대면하는 자세의 특정한 지향성을 보여준다. 성실이 혼자 거주하는 이 사적 공간은 근대적 개인의 발현이라는 의미와 함께 인물의 내면을 투사하는 상징성이 강하다는 특성을 갖는다.

첫 장면에서 성실은 방금 꾼 꿈에 대해서 언급한다. 연인 영호에 대한 그리움과 만남에 대한 기대를 표하면서도 그것이 이루어질 수 없는 사랑이며 죽음으로 연결되는 비극적 사랑임을 암시한다. 그러므로 꽃은 단지 아름다움과 사랑을 뜻하는 것이 아니라 장례식에 사용될 수도 있다는 점에서 죽음과 종말의 이중적 의미를 갖는 소도구로서 공간의 상징성을 더한다. 더욱이 오늘은 성실의 생일인데 종국에는 죽음의 날이 된다는 점에서도 이러한 의미는 더욱 강화된다.

11명의 등장인물을 소개하면서 이름을 밝히는 것은 주인공 성
실뿐이고 나머지 인물들은 부친, 매1과 매2, 의사1과 의사2, 여교
원, 하인과 소동 등 성실과의 관계로만 지칭된다. 작품 안에서는 3
자매의 이름이 성실, 부실, 탄실이라는 것이 드러난다. 매2의 이름
에 김명순 자신의 호인 탄실을 사용함으로써 매2와 성실은 김명
순의 분화된 인물임도 알 수 있다. '성실-단아함, 꿈, 제비 / 부친-
완매함 / 매1(부실)-풍부한 육체와 화려한 의복, 절구 / 매2(탄실)-
사랑스러움, 꾀꼬리 / 의사1-정직 / 의사2-호리호리한 체격, 삼가
는 태도, 민첩 / 여교원-정직' 등으로 인물의 개성을 집약한다. 성
실의 적대인물인 부실은 육체적이고 화려한 여성이고 부친은 완
고하고 우매한 성격이라 하며 심지어 계모는 등장도 하지 않는 등
세 사람에 대한 거부감을 나타낸다. 우호적인 인물의 특성을 요약
하는 단어는 꿈, 사랑, 성실, 민첩함 등이다.
  부친을 사이에 두고 성실의 모와 부실의 모가 대립하는 첫 번째
삼각관계와, 영호를 사이에 두고 성실과 부실이 대립하는 두 번째
삼각관계로 인물들의 관계를 요약할 수 있다. 한 남자를 두고 두
여자가 경쟁하는 관계에서 아버지는 부실의 모를 택함으로써 성
실의 모를 자살하게 했고 영호는 우유부단한 자세를 취함으로써
성실을 죽음으로 몰아간다. 여성의 삶과 죽음이 남성의 선택에 의
해 결정되는 문제적인 상황이 모녀간에 반복되고 있다. 부친은 성
실의 모에게서 육체적인 욕망을 실현했고 두 자매를 얻었으나 그
녀의 재산으로 부실의 모녀만을 충족시키고 있다. 의사인 영호는
자신이 원하는 여성이 성실임을 확실하게 밝히지 못하는 가운데
부실과 약혼하고 마침내 성실에게 죽음으로 인도하는 약을 준다.
  이러한 남성들의 부당한 행태는 김명순이 당시의 남성들을 바
라보는 비판적이고 부정적인 시각을 반영한다. 현실적으로 김명

순이 조선을 떠나 일본으로 세 차례나 유학길에 오르고 결국 일본에서 살다가 사망하는 디아스포라적 존재가 되는 것도 이와 무관하지 않다. 자기 땅에서 살지 못하고 부유하는 디아스포라가 되는 삶은 일종의 죽음이나 마찬가지이며 결국 정신병원에서 죽었다고 하는 전기적 사실마저 고려하면 김명순은 인생 전체가 헤테로토피아적 공간의 삶이었음을 알 수 있다. 이는 식민지라는 시대적 특수성과 신여성이라는 개인사적 특성이 함께 어우러진 결과라볼 수 있다.

부친이 위치한 공간은 가부장제와 남성중심주의가 강고하게 지배하는 조선의 공간이고 자유연애를 추구하는 성실과 영호의 공간은 새로운 이념이 도입된 근대적 공간이다. 그러나 두 공간의 대립은 힘의 강약이 확고하게 차이가 나서 후자의 패배로 끝나게 된다. '새로운 땅'에서 다시 만나기를 바라면서 성실은 자살하고 영호는 연인의 자살을 돕는다. 두 공간의 대립은 아직 불가능하고 갈등은 고조되는 대신 급하게 마무리된다. 근대가 자리잡고 개인의 자유와 이상이 실현되기에는 아직 멀었다는 것을 주인공의 죽음을 통해 알려준다. 서로 다른 원칙들이 상충하는 공간이자 나만을 위해 존재하지만 나의 입장이 허락되지 않는 이러한 공간이 헤테로토피아적 공간의 특성이다. 헤테로토피아는 하나의 공간을 둘러싸고 있는 다른 사회공간들과 관계를 맺으면서 그것들의 합법성을 교란시키는 기묘한 장소인데 성실의 공간은 현실의 제도 안에 존재하면서도 그 고착된 공간성을 거부하는 독자적인 공간이다.

여동생 부실은 약혼자인 영호가 좋아하는 성실과 같은 신여성이 되려고 한다. 그래서 성실에게서 피아노와 그림과 문학을 배우려고 하지만 부친은 바느질이나 잘하는 얌전한 여자로 교육시키려 한다. 여성에게 제시되는 피아노와 그림과 문학이 있는 새로운 문명의 근대적 공간은 부친이 제시하는 바느질하는 전통적 가사 노동의 공간과 대조된다. 여성들은 전자의 공간을 선망하면서도 그 선진적 공간의 위험성을 염려하며 남성들이 제시하는 상대적으로 안전한 전통적 공간을 선호하기도 한다. 매력적이지만 타락의 기호와 연결될 가능성이 있는 소문이 지배하는 공간으로 나아가는 데는 용기가 필요하기 때문이다.

김일엽이 창간한 잡지 《신여자》 1호에는 〈현대의 남자는 어떠한 여자를 요구하는가〉라는 질문에 대한 양백화의 글이 실려 있다. 그는 교육, 건강, 용모, 의지, 애정, 치가, 취미성 등의 일곱 가지 요구조건을 다 합한 완벽한 여자를 원한다고 썼다. 이것은 여성을 자신들의 부속품이자 장식적 존재로 여기는 남성중심적 관점을 여실히 보여준다. 부실이 피아노와 그림과 문학을 하려는 것은 당시 남성들의 이러한 희망을 채우려는 욕구에서 비롯된 것이지 자신의 삶의 만족을 위한 것이 아님은 물론이다.

성실은 친구인 여교원에게 '사랑은 육적 충동과 호기심의 만족에 불과한 것'이기에 결혼을 꺼린다고 말한다. 여교원은 바로 그 생각이 '세상의 의붓자식'이라고 지적하고 사랑을 포기한 과거 자신의 체험과 뒤늦은 후회를 들려준다. 그럼에도 그들은 결국 수도승처럼 생활하는 것이 짧은 사랑을 영원히 지키는 길이라고 결론을 내린다. '의붓자식'이라는 제목은 성실과 탄실의 구체적인 현실과, 사랑에 대해서 스스로 물러서는 태도를 의미한다. 반면 정실자식인 부실이 성실의 애인을 빼앗고 자기의 사랑을 방해하지 말라고 하면서 결국 성실을 죽음으로 몰아가는 이기적인 태도에 혐오감을 표출한다. 사랑에 대한 성실과 부실의 대조적인 자세를 통해 의붓자식이 물러나는 모습을 보여주지만 그러한 주체적 선택은 도리어 육적인 사랑을 극복하는 정신적 사랑의 영원성에 대한 지향의지를 담고 있다는 면에서 의의가 있다.

김명순에 대한 김기진의 악의적인 글은 마치 김명순이라는 한 인물을 알기 위한 출발점처럼 되어 있다. 당시에는 소문에 불과한 그 글을 전적으로 수용하는 것으로 김명순을 오해했고 오늘날에는 그 오해를 반박하고 김명순의 진정한 면모를 밝히기 위한 문제적 시작점으로 삼고 있다. 그 글 중에는 '의붓자식이라는 환경으로 말미암아'라는 구절이 있다. 여성이 남성과의 관계 속에서 지위가 규정되던 일부일처제와 가부장제가 팽배하던 시절에 '첩'이라는 위상은 본부인이라는 정당성을 위협하는 악으로 규정되었다. 그 굴레는 심지어 '첩의 딸'에게까지 영향력을 미쳐 김명순을 나쁜 피로 명명하고 현실의 개인사를 모두 이와 연결시키면서 김명순의 정체성을 왜곡했다.

전통적으로 여성에게는 자식을 생산하기 위한 경우를 제외한 성욕은 인정되지 않았다. 남성이 본처를 통해 자식을 낳아 순수한 혈통을 보존하고 첩이나 기생을 통해 성욕을 채우는 이원화된 성을 구현하는 반면 성욕을 밖으로 드러내는 여성은 탕녀로서 단죄받고 매장 당했다. 남성중심적 사회에서 보호받지 못하는 여성인 첩의 딸이라는 혈통은 섹슈얼리티와 관련된 부분에서 김명순에게 족쇄가 되었다. 이는 남성과의 관계형성에 있어서 극도의 억압으로 작용하여 김명순으로 하여금 정조관념에 얽매이거나 자유연애를 통해 저항하는 이중적 태도를 보이게 한다.

'의붓자식'은 김명순이 가장 혐오하고 인정하기 싫어한 단어였을 텐데 굳이 작품 제목으로 가져오고 자기의 체험적 현실을 어느 정도 넣은 것은 희곡이라는 객관화된 장르를 통해 자신을 바라보려는 의도였을 것이다. 의붓자식이란 곧 김명순의 정체성 구성의 출발점을 집약한다. 성실은 육적 충동과 호기심에 불과한 사랑이나 결혼은 포기할 것이라며 자살한다. 이러한 결말은 사랑이나 결혼에 있어서 정신적인 것이 절대적이며 그것을 고수한다는 생각으로 이어졌고 〈두 애인〉에서 육체관계 없는 결혼생활을 실천하기에 이른다. 푸코는 19세기 서구의 경우 여성의 육체는 성적 욕망으로 넘치는 몸이거나 성욕 부재의 몸이라고 분석[3]한 바 있는데 현실에서는 전자에 속해 있다고 비난받던 김명순은 작품에서는 후자를 선택했다. 극단적인 이 선택은 일견 현실에서 자신을 억압하는 혈연문제나 남성들의 극단적인 비난을 의식하고 자신의 정절을 강조함으로써 당시 사회의 윤리적 도덕적 기준에 부응하려는 노력으로 보인다. 절대적인 정숙만이 자신의 오명에서 벗어나는 유일한 길이라는 것이 작품으로 드러난 것이다.

그러나 성실은 여동생의 약혼자인 영호를 포기하지 않고 도리어 병과 죽음을 통해서 강렬하게 가부장제와 맞선다. 여성이 죽거나 미치는 것은 결코 패배가 아니라 당대의 가장 강렬한 저항의지의 표명 방식인 것이다. 그러한 저항의지가 근대적 개인이나 자아의식에서 온 것이라고 한다면 화려한 공간의 근대적 의미는 되살아난다. 결국 그 공간은 근대의 외양만 따라가려는 허구적인 인물들의 근대의식을 보여주는 20년대 문학에 빈번하게 나타나는 남성작가들의 공간과는 다른 공간이다. 그런 점에서 〈의붓자식〉은 기존의 강력한 이데올로기가 지배하는 공간에서 작동하는 억압의 지배질서에 대해 저항하는 반항담론이며, 가부장제의 수동적인 대상에서 주체로의 변화를 시도하는 타자의 공간을 제시한 작품이다. 이 작품에서 제기한 문제의식은 다음 작품에서 보다 적극적으로 이어진다.

(2) 〈두 애인〉, 새로운 담론의 가능성으로서의 공간

김명순은 〈두 애인〉에서도 당시의 현실과는 전혀 다른 새로운 공간을 창조한다. 일상을 벗어난 이 공간에서 일반적으로 이해하기 어려운 자기만의 사상이 지배하는 주체적 공간과 사회에 대한 지향성을 엿볼 수 있다. 아내는 '20세 내외의 꿈꾸는 듯한 눈동자를 가진 청초한 여자'로 그려져 있고 전작의 주인공 성실도 '23세의 단아한 여자. 꿈을 보는 듯한 표정'으로 설정되어 있어서 김명순이 자신의 페르소나로 삼는 인물의 핵심은 '꿈을 꾸는 여성' 곧 이상주의자임을 알 수 있다. 또한 두 작품 다 시간이 '봄'이고 주인공이 20대 초반의 여성이라는 점에서도 김명순이 자신을 작품에 투영하고 희망찬 인생의 전반부에 있어서 미래지향적 꿈을 중시함을 알 수 있다. 그럼에도 불구하고 두 여성이 결국 죽음을 선택하고 그 죽음에는 남성들과의 관계가 핵심적인 원인으로 얽혀 있으며 심지어 남성들이 죽음의 조력자로 기능한다는 점이 의미심장하다.

무대는 '화려한 중류 이상 가정. 대청의 중앙에 둥그런 탁자 위에는 살구 꽃병이 놓여 있으며 좌우 옆에 벽을 의지하여 책을 가득 담은 책상들이 가지런히 놓여'있다고 설정되어 있다. 아내는 결혼을 했지만 순결을 지키는 이름뿐인 결혼생활을 주장하고 있다. 더욱이 결혼 전부터 사상과 신앙 방면에서 숭배할 만한 사람을 찾던 중에 여성편력이 심한데다 이미 유부남인 청교도 김찬영과 사회주의자 리관주에게 마음을 빼앗긴 상태로 지내왔다. 그들이 읽는 책을 따라 읽기 시작했으나 그들과의 정신적 소통과 위로가 끝이 나자 이제 그들과의 영향권 내에서 읽었던 이천 권 정도의 책을 처분하려 하는 상황이다. 아내가 구축한 공간은 여성의 문맹률이 90퍼센트 이상인 당시의 사회상으로는 전혀 상상할 수 없는 낯선 공간이다. 가벼운 연애를 다룬 소설 등이 독서의 전부라 할 수 있는 당시 상황에서 아내가 가지고 있는 책들은 종교, 철학, 신화, 예수교리, 청교도적 헤브라이즘, 유물론적 변증법, 러시아의 공산주의자 부하린의 저서 등이다.

아내가 구축한 집은 기존의 남성중심적인 공간배치를 거부한 여성중심적인 공간이다. 남편의 성적 상대자가 되고 남성의 대를 이을 아이를 낳아 기르며 이들에게 음식과 옷을 제공하는 평화롭고 안온한 공간이 그동안 여성에게 각인된 집이라는 공간이다. 그러나 아내는 이 집을 남편이 아닌 아내 중심으로 변화시킨다. 과거에 책이나 책장은 아내의 공간에서 필수적인 것이 아니었다. 아내의 공간에는 요리와 육아를 위해 필요한 물건들로 채워져야 하고 집안의 중심인 가장을 위해 봉사하는 노동으로 연결되어야 한다. 그러나 아내는 남편과의 성생활을 거부하고 바느질이나 요리가 아닌 독서를 위한 공간으로 집을 변화시켰으며 경제생활은 주로 책을 사는 데 집중되어 있다. '이천 권의 책이 있는 서재'라는 극히 새로운 공간을 자신만의 독자적 공간으로 가진 여성인 아내는 기존의 작품에서 본 적이 없는 전혀 새로운 인물이다.

또한 아내는 자신의 순결을 지키는 것을 남편에게 결혼조건으로 내걸었는데 이것은 일반적인 결혼생활과는 매우 차별화된다. 새로운 공간의 새로운 인물인 아내는 새로운 선택을 보여주는데 이는 여성의 성적 자결권이라는 극히 진보적인 주장이다. 성적 자결권이란 인간이 자신의 성에 대한 의사결정권을 의미하며 자신의 의사와 무관한 성적 접촉을 거부할 수 있는 권리이고 자신의 욕망에 따라 성적 대상을 선택할 수 있는 권리이다. 이는 성에 대한 자아의 주체적 태도와 연관되며 인권의 차원에서 이해되어야 한다. 인간은 자신을 성적 대상으로 소외시키지 않는 성적 주체성을 가지며 자신의 성에 대한 결정권을 갖고자 한다.

아내는 결혼 전부터 김찬영을 사상적으로 숭배했고 지금은 리
관주의 영향을 받고 있으며 최근에는 유부남인 그들의 아내들의
공격을 받는 상황에 처해있다. 남편 또한 리혜경이라는 여자와 사
실혼 관계를 유지하고 있다. 아내와 연결된 세 명의 남자는 모두
현실적인 아내가 있는 셈이다. 아내가 그 세 명의 남자에게 원하
는 것은 육체적인 관계가 아닌 정신적인 관계이다. 그러나 세 남
자의 아내들은 아내를 통속적인 삼각관계의 라이벌로 여기고 현
실적인 모욕과 폭행을 가한다. 그럼에도 아내는 자신이 추구하는
정신적인 연애와 결혼생활을 굳건하게 지키려고 한다. 특히 이것
은 결혼에서는 매우 낯선 선택임에도 불구하고 가부장제하의 대
상에서 주체로의 변화를 시도한다는 점에서 의미를 갖는다.

이런 의지를 가진 아내가 사는 집은 결혼이라는 제도권 안에 있
으면서 그것의 닫힌 상태를 위협하는 헤테로토피아적 공간이다.
공간은 사회적으로 생산되고 권력이 작동하는 곳이다. 이러한 권
력의 공간에 대항하는 대안공간으로서 헤테로토피아는 사회의 지
배질서를 교란시키며 일상생활로부터 일탈된 타자의 공간을 생산
하게 된다. 헤테로토피아는 모든 장소와 관계를 맺으면서도 동시
에 그것에 저항하는 주변적 공간이다. 기존의 사회공간과 대립하
는 특이한 공간이고 이를 둘러싸고 있는 사회공간들과 관계를 맺
으면서 그것들의 합법성을 교란시키는 공간이다.[4] 기존의 굳어진
배치를 흔들어 불안하게 함으로써 다른 배치로 이행하도록 추동
하는 공간이다. 아내의 집은 가부장제적 체제에서 배치된 공간성
을 거부하는 새로운 의미의 여성 공간으로 기존의 공간과는 차별
적으로 배치된 비일상적인 일탈의 공간이다. 아내는 통상적인 결
혼이 내포한 감금의 지배질서로부터 탈주를 시도하며 반항하는

인물이고 집은 그러한 과정에 위치한 공간이다. 그러므로 아내가 구축한 집이라는 공간의 특수성은 아내가 지향하는 이상세계이며 이 집이야말로 작품 전체를 관통하는 중요한 요소로 기능한다.

제목의 '두 애인'은 김찬영과 리관주이다. 아내가 사상적으로 동경하고 숭배하는 이들의 실상은 현학적 허세를 부리며 여자들과 연애나 하는 얄팍한 인간들이며 아내가 있으면서도 다른 여자를 만나는 부도덕하고 무책임한 남자들이다. 그것을 깨달은 아내는 사상적으로도 무너지고 현실적으로도 병약해져서 죽음을 선택한다. 가정이나 학교에서 이루어지는 훈육은 아내를 합법적인 가부장제적 질서 속에 위치시키는 힘으로 기능한다. 결혼하기 전 어머니의 죽음은 어머니를 대신할 대상을 찾게 했고 그때 어머니처럼 위로해준 사람이 김찬영이었다. 가부장제는 아내에게 외로운 여성의 의지처로서의 남성이라는 존재의 중요성을 훈육하고 각 공간에 적합한 행동양식과 사고체계를 내면화하도록 강제하기 위한 감시와 처벌의 메커니즘을 작동시킨다. 남자들의 대리인으로서의 여자들이 아내를 감시하고 찾아와 모욕하고 폭행하는 등 공격함으로써 그 사회의 행동양식과 사고를 내면화하도록 처벌한다. 그러나 아내는 그 남성들을 육체적 대상이 아닌 정신적 대상으로 위치시킴으로써 아내를 제외한 모든 사람들과는 다른 공간에 존재하는 인물임을 보여준다.

통제에서 벗어나기 위해서는 비록 사소한 것이라도 이를 위한 사건을 일으키는 것이 중요하다. 사건이란 표면적이건 소규모적이건 간에 새로운 시공간을 탄생시키고 새로운 시공간은 통제와 억압에 저항하는 새로운 주체를 구성한다. 아내는 책을 사기 위해 일하는 사람들을 내보내고 남편에게 육체적 관계를 거부하며 맞서고 자신을 오해하는 여자들의 남편 곧 사상적 애인에게 전화로 자신의 입장을 명확하게 밝힌다. 이러한 일련의 행동은 가부장제의 지배하에서 벗어나 새로운 주체적 자아로 태어나려는 저항적 의지의 구현이다.

그럼에도 아내는 결국 자살로 생을 마감하는데 이는 자신이 추구하던 사상의 현실적 실현이 어렵다는 깨달음과 남편의 사랑과 이해를 모르고 거부한 일에 대한 회한 등으로 죽음으로 책임지려는 주체적 선택을 보여준다. 자신의 과거를 부인하고 되돌아가는 것은 지금까지 추구한 생을 모두 포기하는 것이고 자신의 선택에 끝까지 책임지는 태도를 유지하는 것만이 주체로서의 바른 길이다. 새로운 헤테로토피아적 공간을 창조함으로써 억압에 저항하려 했던 아내는 마지막의 죽음의 선택을 통해 현실과 타협하거나 패배하지 않고 끝까지 나아가는 주인공의 면모를 보여주었으며 사건을 일으키는 자로서 탈주하는 욕망을 실현하고 주체의 공간을 완성했다. 김명순이 자신의 진명여학교에 기록된 이름인 기정이라는 이름을 아내에게 준 것으로 보아 아내는 김명순의 자아를 반영한 페르소나로서 설정된 인물임을 알 수 있다.

제3회 한국여성극작가전에서 〈두 애인〉(노승희 연출, 대학로 여우별 소극장, 2015.10.5.~6.)을 낭독공연으로 올린 바 있다. 노승희 연출은 "연습과정에서 여주인공을 이해하는 게 어려웠다. 언어중심의 연극이라서 공연을 위해서 시나 소설 같은 다른 작품들을 인용해서 좀 풍성하게 만들려고 했다. 반면 무대의 상징적인 의미는 매우 놀라웠고 양식적인 공연으로 살릴 수 있겠다는 생각을 했다. 비극성이 두드러지는 작품인데 젊은이의 감각과는 잘 맞지 않았지만 나이 든 관객들은 공감을 하는 것 같았다."(2016.10.18. 전화 인터뷰)고 말했다. 현재까지 어느 정도 공연의 가능성을 보여준다는 점에서 희곡으로서 생명력을 갖는 작품이라 할 수 있다.

(3) 식민지와 헤테로토피아적 공간의 의미

발표연대로 보면 〈의붓자식〉에서 〈두 애인〉 사이에는 5년 정도의 시간차가 있다. 〈두 애인〉은 마치 〈의붓자식〉의 성실이 결혼을 했다면 일어날 법한 이야기이다. 두 명의 여성 주인공이 여전히 20대의 꿈을 꾸는 여성이라는 점은 동일하며 이는 작가가 글을 쓸 때의 마음가짐과 기본적인 자세를 의미한다.

그러나 〈두 애인〉에 오면 주인공과 사건과 공간과 주제가 모두 변화한다. 우선 무대에서 화려한 장식이 모두 사라지고 책이 가득한 책상들만 있는 공간으로 설정된다. 책이 있는 공간은 책을 읽는 인물과 연결되고 그 인물은 당시의 근대를 선점한 남성이 아닌 여성인물이라는 점에서 중요하다. 주인공 아내는 무려 이천 권의 책이 가득한 공간의 주인이며 결혼한 여성이 담당해야 하는 아내 노릇은 일체 거부하고 책을 읽는 여성이다. 이러한 인물은 한국근대문학사에서 거의 유례가 없다. 서재의 창조는 책 읽는 여성인물을 주인공으로 만들어냈고 인물과 공간의 상관성 안에서 작품은 완전히 새로운 세계를 열게 된다.

당대의 여성문학계를 이끌었던 여성문학 1세대의 김일엽이나 나혜석은 자신이 집안일을 하면서 시간을 내서 자아계발과 관련된 일 곧 독서와 글쓰기와 그림 그리기를 했음을 강조하는 글을 남겼다. 나혜석은 〈김일엽 선생의 가정생활〉(《신여자》 4호, 1920.6.)이라는 목판화에서 밥하고 바느질하면서 깊은 밤까지 독서하고 글 쓰는 김일엽을 그려내고 있다. 나혜석과 김일엽이라는 당대 최고의 페미니스트이자 저명인사인 대표적 신여성들조차도 여성으로서 글을 쓰거나 사회활동을 하는 것은 결혼한 아내로서 해야 하는 집안일들을 모두 해낸 다음에야 하는 일이라고 말하고 있다.

그런 상황에서 성실과 아내는 통상 여성의 집안일과는 완전히 동떨어진 생활을 하고 있다. 성실은 피아노를 치거나 그림을 그리고 글을 쓰기도 하며 아내는 오직 독서만 할 뿐이다. 그들에게 집은 가사노동의 공간이 아니라 지식과 교양을 추구하는 매우 새로운 공간이다. 정신적인 연애는 중요하지만 그들은 육체적 관계가 기반이 되는 결혼은 거부한다. 사랑을 정신과 육체로 나누고 육체적 관계를 극도로 거부하는 두 사람은 현실에서 자기의 이상적 사랑을 실현할 수 없다는 한계에 부딪쳐 자살한다.

식민지 근대는 사실 자살을 권하는 시대였다. 특히 자유연애라는 새로운 사랑의 문법을 들고 등장한 신여성들에게 큰 영향을 미쳤던 사랑 없는 결혼은 부도덕하며 결혼하지 않더라도 사랑이 있으면 도덕이라는 엘렌 케이의 사상은 남성들에게만 유효했다. 식민지 근대 공간에서 유행처럼 번졌던 자살은 흔히 실패하고 패배한 여성들의 모습이라고 생각되지만 광기와 자살 자체가 당시의 열악한 상황에 대한 여성의 저항이라고 보아야 한다. 특히 신여성의 경우 배운 지식을 활용할 공간은 없고, 공부나 사회활동 중에 만난 연애의 상대자는 모두 유부남인 탓에 첩이 되거나 부도덕한 연애라는 비난을 감수할 수밖에 없었다. 그런 상황을 수용하여 순응하고 타협하지 않는 유일한 길은 미치거나 자살하는 것뿐이었다.

이 두 편의 희곡에서 주인공이 모두 자살하는 것은 패배가 아닌 나름의 주체적 선택이자 의지의 구현으로 보아야 하는 이유가 여기에 있다. 헤테로토피아적 공간을 강조하는 것은 그 어디에도 없는 이상세계나 최종적인 구원의 추구 대신 이 세계 어딘가의 장소가 가지고 있는 해방적인 의미를 인정하는 것이다. 한편으로는 출구 없음과 무력감이 지배하지만 한편으로는 그럴수록 간절해지는 갈망이 있고 좌절을 통해 오히려 희망이 솟아나는 헤테로토피아적 공간을 만들어내면서 주인공의 의지는 구현된다.

또한 공간의 물질성을 가장 첨예하게 드러내는 것은 몸이다. 몸은 시간/역사 속에 켜켜이 축적된 물질적, 기호적 조건들에 반응하고 상호작용하면서 그 결과를 공간화 한다. 한 개인의 시간과 공간을 연결하는 것이 바로 몸이라는 점에서 몸은 권력과 주체화의 핵심부를 차지[5]한다. 그러한 몸이 표현되는 방식은 매우 비관적이다. 성실은 기침하고 각혈하다 약을 먹고 자살하며, 다리와 얼굴을 많이 다쳐 걸을 수도 없게 된 아내는 목을 매어 자살한다. 성실의 병은 의붓자식이란 이유로 계모와 부친으로부터 고통 받기 때문이고 아내의 병은 두 애인 때문이다. 20대 초반의 젊은 여성의 몸이 고통스러운 병과 비극적인 죽음으로 내몰리는 이유는 처음부터 제목에 명시되어 있는 셈이다.

두 공간은 얼핏 보면 식민지라는 시대적 특성이 드러나지 않는다. 조선의 근대가 태생적으로 안고 있는 한계 곧 모방의 대상이자 거부의 대상으로서의 일본에서 신학문을 배운 지식인들의 불안을 기반으로 한 정체성은 화려한 신문명을 수용하려는 욕망과 거부하려는 의지가 혼란스럽게 뒤섞여 있다. 한국의 식민지 근대에서 전통적으로 여성의 공간이었던 사적 공간인 가정 영역은 근대적으로 변형되는 과정에서 민족의 어머니로서의 '현모' 중심인 모성공간과 '양처' 중심의 가사 노동공간으로 바뀌는 양상을 보여주었다. 그러나 김명순의 희곡에서는 두 가지의 공간이 전혀 나타나지 않는다. 성실과 아내는 결혼을 거부하므로 양처가 될 수 없었고 따라서 현모도 될 수 없었다. 재래의 여성 공간이었던 아내와 어머니의 공간을 거부하고 그들이 선택한 공간은 근대화된 공간이고 개인이라는 새로운 자아가 탄생한 교육과 소비와 예술의 공간이었다. 그러나 이 새로운 공간은 완성되지 못하고 태동만을 보여주는 근대 초기의 모습을 보여준다는 점에서 아쉬움을 남긴다.

그럼에도 성실과 아내가 사는 공간은 서로 다른 정체성들이 소통하며 질서를 찾아가는 과정 즉 헤테로토피아의 공간으로부터 발전한 것이다. 가부장제와 남성중심적인 기존의 이데올로기적 구도를 재고하게 하고 개인의 발흥이라는 근대의 새로운 문화적 담론을 가능게 하는 이러한 공간을 헤테로토피아라고 할 수 있다. 헤테로토피아는 한편으로는 아직까지 구체화되지 못한 유토피아적 가능성을 나타내지만 다른 한편으로는 이러한 가능성 속에서 질서와 무질서가 함께 공존하는 공간[6]이다.

겉으로는 근대문명으로 화려하게 치장한 공간에서 실제로는 근대정신의 핵심인 개인의 발흥과 주체적 자아의 형성이 불가능하다면 그러한 역설이 바로 식민지라는 시대적 상황을 그려낸 것이라 볼 수 있다. 젊은 여성이 자아의 선택을 구현할 수 없어서 자살하는 결말 또한 가부장제와 근대가 혼란스럽게 뒤섞인 식민지시대의 사회상을 그대로 그려낸 것이다. 더욱이 성실의 아버지가 성실의 어머니를 겁탈하여 두 딸을 낳게 하고 자살로 몰아간 후 그 재산을 모두 빼앗는 과정은 일제가 조선을 식민지화하는 과정과 유사하다. 친밀한 척하다가 자기의 이익만을 챙기고 돌아서서 아내를 본체만체하고 그들의 아내에게 폭행을 당하게 하는 두 애인의 행태 또한 일본의 야만적 폭력성을 비유한다고 볼 수 있다. 상징과 은유를 희곡에 적용함으로써 일제의 폭력적 행태를 전혀 알 수 없게 한 기법이 오히려 뛰어나다. 아무리 겉으로 화려한 치장을 해놓았어도 그 안의 우울과 두려움과 공허함을 감출 수 없는 공간이 바로 식민지라는 공간이 내포한 근원적인 비극성을 형상화한 것이다.

3) 내면의식의 공간
─고착화된 가치관에 질문을 던지는 주체의 공간

김명순은 1917년 11월 단편 소설 〈의심의 소녀〉로 《청춘》의 현상문예모집에 당선된 이후 창작을 시작했다는 역사적 기록에 의해 오랫동안 우리나라 최초의 여성 작가로 규정되어 왔다. 〈의심의 소녀〉에 대한 당시 이광수의 평가는 다음과 같다.

> 이상춘의 〈기로〉보다도 김명순 여사의 〈의심의 소녀〉는 가장 이에 있어서는 특출하외다. 거기는 교훈 같은 ○적은 조금도 없으면서도 그러면서도 재미있고 또 그 재미가 결코 비열한 재미가 아니오 고상한 재미외다. 이 작품에서 만일 교훈을 구한다하면 그는 실패되리다. 그러나 나는 조선문단에서 교훈적이라는 구투를 완전히 탈각한 소설로는 외람하나마 내 〈무정〉과 진순성군의 〈부르짐〉과 그 다음에는 이 〈의심의 소녀〉뿐인가 합니다.

신교육을 받은 젊은이들은 식민지 상황에 대해서 일종의 시대적 사명을 갖고 문학이나 연극을 통해서 독립이나 민족 계몽의 의지 같은 것을 구현하려 한 것이 일반적인 경향이었다. 반면 그와 동떨어진 경향을 보인 김명순의 내적 자아를 주목하게 된다. 김명순이 문학창작 활동에서 특히 두 편의 희곡에서 추구하려던 것이 무엇이었는가 하는 점이다.

지정학적 개념으로서의 공간뿐 아니라 텍스트 자체와 글쓰기의 스타일도 헤테로토피아의 역할을 할 수 있다. 이러한 텍스트는 기존의 고착화된 가치관에 물음표를 던지고 대안적 사고의 모티브를 제시하기도 한다. 주변인의 위치에 있던 사람들이 주체의 입장에서 목소리를 낼 수 있고 이러한 과정에서 새로운 정체성의 확립을 가능하게 한다는 점에서 김명순의 희곡들은 이 땅의 근대 입구에서 헤테로토피아로서의 역할을 한다. 기존의 사회질서에 대항하는 저항의 공간이자 반헤게모니적 공간을 창출하고 있는 이 작품들이 사회적 억압을 해체시킬 수 있는 상상력의 보고가 되기 때문이다. 헤테로토피아의 공간에서는 사회적 이데올로기도 고착된 것이 아니며 새로운 대안적 질서를 만들어가는 진행형의 상태에 놓여 있다. 이러한 역할은 기존의 이데올로기에 저항하며 끊임없이 자신의 정체성을 재정립해가려는 작가의 자전적 문학으로서의 가치와 병행한다.

여성은 남성의 문자를 다시 쓰는 과정을 거치면서 자신의 말할 자리를 개척하는 '쓰기의 주체'로 거듭나게[7]된다. 세계를 이해하고 자신의 생각을 전달하는 도구에 불과하다고 여긴 언어가 불평등한 세상을 공고히 하는 권력의 주체라는 것을 인식한 여성들이 담론적 실천으로 쓰기 활동을 하게 된다. 김명순은 단순히 시대의 억압을 겉으로 드러내고 주장하는 계몽주의적 작품을 쓴 것이 아니라 현실과 상황과 주제를 완전히 녹여 상징화하고 새로운 그릇에 자신의 사상을 담아내고자 한 것이다. 쓰기의 주체로서 협소하고 억압적인 현실에 대항하는 작가의 자리에서 김명순은 작품 안의 인물 창조를 통해 저항하는 주체를 창조함과 동시에 자신 또한 첩의 딸이라는 주변인에서 주체로 변화한다.

남성들이 독점하던 지식과 창조의 공간에 신여성이라는 일단의 여성들이 들어왔을 때 그것은 굉장한 위협이었다. 근대의 공간에서 자아를 변화시켜 새로운 주체를 구성하기 위해 전전긍긍하던 남성 지식인/작가들에게 있어 언어의 독점권에 도전장을 내민 여성들이 인정하기 싫은 경쟁자인 것은 확실했다. 그래서 그들은 자신들이 선점하고 있던 잡지와 신문이라는 인쇄매체를 통해 무례하고 저열한 인신공격을 퍼부어 매장시킴으로써 자기들의 경쟁자들을 축출하려고 했다. 근대 연애관의 유입에 따라 그간의 조선을 유지하던 일부일처제와 조혼 제도에서 벗어난 연애라는 새로운 문명을 향유하고 주도하고 싶은 욕구를 실현하는 과정에서 신여성은 그 연애의 대상자이면서도 동시에 기존의 남성의 주도권에 위협을 가하는 자유로운 존재이기도 했기에 이들에 대한 이율배반적 애증이 공존했다. 신여성들은 숭배할 신문명이자 조선의 기존 일부일처제와 가부장제 윤리를 깨뜨리는 불안한 존재이기도 했던 것이다.

그때 안전하고 확고하게 보호해줄 남성권력을 갖지 않은 여성에 대해서는 마음 놓고 비난을 퍼부어 매장시킬 수 있었는데 그 대표적인 인물이 바로 김명순이었다. 나혜석이 상대적으로 명문가에서 자랐고 유학한 오빠들의 비호 안에서 동료 남성들의 집단 안으로 별 저항 없이 유입하여 빨리 성장할 수 있었던 것과 대조된다.

1920년 《창조》 동인이 되어 근대문학 최초의 여성 동인이 되었다가 명확한 이유도 없이 다음 해에 배제되는 것 또한 이러한 연장선상에 있다. 김명순과 연애한 적이 있었던 김찬영이 새로운 동인으로 들어오면서 김명순을 동인에서 제외한 것이라 볼 수 있다. 곧 여성에 대한 혐오와 비난은 나쁜 여성이 존재하기 때문에 자연적으로 발생하는 것이 아니라 현실의 여성을 참조해 사회적 필요에 따라 재구성[8]된다.

김명순의 두 편의 희곡은 당시의 고착화된 가치관에 질문을 던지는 주체로 일어서는 김명순을 보여준다. 김명순이 구축한 당시 상황에서 수용하기가 어려운 낯선 공간의 낯선 인물은 타인의 눈을 의식하지 않고 자유로운 작가의식의 구현이며 유토피아가 부재하는 당시 현실을 치고나갈 새로운 헤테로토피아적 세계를 보여주었다고 할 수 있다. 이러한 작품을 통해서 작가의 내면 또한 타자에서 주체로 구성되는 과정을 추측할 수 있다.

3. 최초의 여성 극작가로서의 의의

김명순은 나혜석, 김일엽과 함께 1세대 여성작가로 알려져 왔다. 1917년 소설 〈의심의 소녀〉로 문단에 등장한 이후 소설, 시, 희곡, 수필, 평론, 번역물 등 거의 모든 장르에 걸쳐 170편이라는 많은 문학작품을 남겼다. 기존에 1960년대의 극작가들을 1세대 여성극작가로 명명한 것에 이의를 제기하고 한국 희곡사의 초창기인 1920~30년대에 희곡을 발표한 김명순, 박화성, 나혜석 등을 '1세대 여성 극작가'로 재규정하고 그 중에서도 1923년에 첫 희곡을 발표한 김명순을 '한국 최초의 여성 극작가'라고 명명하고자 한다.

당시의 희곡들은 대부분 유사한 내용에 완성도도 낮았으며 공연보다는 잡지에 발표하는 단막극들이었다. 김우진과 조명희를 제외하면 장막극을 남긴 경우가 거의 없을 정도로 희곡창작이 미미한 시기였다. 그러한 시대적 상황에서 김명순의 희곡들은 비록 2편에 불과하지만 희곡의 면모를 갖추고 있고 당대의 문제적 여성상이나 사회상을 잘 담아내고 있어서 20년대의 주요 희곡이라 할 수 있다. 1930년대에는 장덕조의 〈형제〉(1933), 박화성의 〈잃은 봄 찾은 봄〉(1934), 나혜석의 〈파리의 그 여자〉(1935), 심재순의 〈줄행낭에 사는 사람들〉(1935) 등의 희곡이 발표되었다. 초창기 희곡이 양적으로도 많지 않고 공연도 되지 않은 탓에 분석과 평가도 이루어지지 못했으나 이 작품의 작가들은 한국 희곡의 시작을 연 1세대 여성 극작가들임은 명백하다.

〈의붓자식〉(1923)과 〈두 애인〉(1928)은 김명순을 한국 최초의 여성 극작가로 자리매김하게 할 뿐 아니라 근대희곡의 대표작으로서도 의의를 갖는다. 김명순의 희곡은 근대문명의 유입이라는 시대적 특성을 보여주는 동시에 식민지시대와 그 억압을 정교하게 상징화함으로써 당대 문학의 특성이었던 표현상의 사실주의와 주제적인 교훈성을 넘어서는 독자적인 문학성을 보여준다. 전통적인 모성공간이나 가사노동의 공간에서 탈피하여 피아노를 치는 상징적인 예술공간과 2천 권의 책이 있는 서재라는 지적인 여성공간을 창조했고 그 공간에서 시대의 억압에 저항하며 주체를 형성하는 새로운 여성인물을 구현해냈다. 이러한 공간은 지배질서로부터의 탈주를 시도하며 반항하는 과정에 위치한 헤테로토피아적 공간으로 남성중심적 가부장제의 닫힌 상태를 위협하는 생성의 공간이며 일탈의 공간이다.

현실의 제도 안에 존재하면서도 그 고착된 공간성에 문제를 제기하는 공간의 창조를 통해 김명순은 탈주를 감행하는 반항하는 주체로서의 의지를 보여주었다. 이러한 여성적 글쓰기의 특성을 통해 김명순이 추구한 글쓰기의 방향성을 규정할 수 있으며 희곡에서는 더욱 그러한 특성이 적극적으로 나타났다고 할 수 있다. 희곡은 등장인물이 구체적인 자신의 발화행위를 통해 자신의 사상과 감정을 표현하는 객관적인 장르이며 인물의 결단이나 행동의 선택을 더 명확하게 드러내는 특성을 갖는 장르이기 때문이다.

3장

최초의 소프라노 윤심덕의
근대 체험과 영화의 재현

광막한 광야에 달리는 인생아
너에 가는 곳 그 어데이냐
쓸쓸한 세상 험악한 고해에
너는 무엇을 찾으려 하느냐

윤심덕(1897~1926)은 우리나라 최초로 소프라노를 전공한 성악가이다. 영화 〈사의 찬미〉는 윤심덕이 일본 유학을 통해 신교육을 받고 자신의 꿈을 키우지만 예술이 인정받지 못하는 식민지적 상황에 절망하고 김우진과의 연애에도 좌절하면서 자살하는 것으로 그렸다. 당시 신여성의 화려한 의상이나 머리모양 같은 외적인 기호들의 재현에 주력한 이 영화는 우울하고 비극적인 신여성의 최후를 보여주었다. 새로운 시대를 진취적으로 살아가는 신여성은 멜로드라마의 여주인공으로 약화되었고 자살의 의미가 명확하게 부각되지 않음으로써 도피적이고 패배적인 결말에 머물렀다. 윤심덕을 소재적인 차원에서 접근하고 극적인 인물로서의 측면만 강조한 결과 그녀는 시대를 앞서 간 선구자로서의 신여성 대신 근대의 모던걸로 재현되어 영화에서 소비되는 차원에 머물렀다. 최초라는 수식어를 달고 있는 한국사의 중요한 인물이면서도 요절해야 했던 이 신여성은 존경받고 애도되는 대신 가십거리로 세상을 부유하고 영화 속에서도 주체성을 재현하지 못했다. 그 암울한 시대에 새로운 분야의 개척자였다는 것도 묻혔다. 새로운 길을 걸어간 용감한 그녀는 이 작품 안에서 자기의 삶에 충실했던 한 개인으로서 존중받고 존경받지 못했다.

1. 근대의 재현과 신여성

신여성에 대한 관심은 근대연구의 일환이라는 한 축과 한국 사회의 페미니즘 인식의 확산이라는 또 하나의 축을 근간으로 하여 90년대 이후 급격하게 활성화되기 시작했다. 이 땅의 근대가 일제시대와 일치한다는 것은 우리 근현대사의 왜곡된 측면을 집약하는 하나의 시발점이 된다. 개인의 발흥으로서의 근대가 오히려 그러한 특성을 발휘하지 못하도록 극도로 억압하는 식민지 시기에 도래한다는 이율배반적 갈등은 신문명과 그것을 유입하고 향유하거나 비판하고 경원시하는 다양한 계층의 사람들 사이에서 복잡다단한 양상을 낳게 된다. 신여성은 그 시기의 진보와 혼란을 온몸으로 부딪치며 살아낸 당대의 대표적인 아이콘이다. 따라서 신여성을 연구하는 것은 근대를 연구하는 것이며 근대를 연구하는 것은 일제시대라는 문제적 시대와 맞닥뜨려 당대의 고통과 다시금 직면해야 하는 갈등의 과정이다.

그럼에도 불구하고 여전히 오늘 우리의 삶 속에서 그 시대와 인물이 재현되고 격동기 안의 그들의 삶이 계속해서 반복 재생산된다. 본고에서는 신여성의 근대체험이 영화에서 재현되는 양상을 통해 근대와 일제시대와 신문명기라는 혼란스러운 시기와 여성의 삶과 의식의 영향관계를 고찰하고 영화가 신여성을 호명하고 소환하는 방식을 분석하고자 한다. 페미니즘은 학문 연구의 이론적 관점을 넘어서서 오늘의 사회와 문화의 큰 축을 형성한 지 오래고 급격한 한국 사회의 변화와 더불어 다양한 생산물을 내는 성과가 이루어졌다. 가장 대중적인 예술 장르로서 사회의 담론 형성에 막대한 힘을 발휘하는 영화에도 그러한 의식이 창작에 긍정적인 영향을 주었다고 볼 수 있다. 이의 연장선상에서 한국사에서 페미니즘의 선두주자라 할 수 있는 신여성을 다루는 영화에 그러한 입장이나 관점이 어떻게 수용되었는지 살펴보려 한다.

한국에서는 최근 근대 특히 일제시대를 배경으로 하는 영화가 매우 활발하게 만들어지고 있는데 대표적인 작품으로는 〈청연〉(2005), 〈라디오데이즈〉(2007), 〈원스 어폰 어 타임〉(2007), 〈모던보이〉(2008), 〈좋은놈 나쁜놈 이상한놈〉(2008), 〈그림자살인〉(2009) 등이 있다. 그중에는 왜 굳이 일제시대라는 시간적 배경이 필요한지를 명확하게 알 수 없을 정도로 시대와 무관한 내용도 많다. 이러한 갑작스러운 유행 현상에 대해서 바야흐로 근대가 담론의 중심에 서게 되었으며 대중문화를 통해 일제 강점기에 대한 문화적 소비가 진행되고 있다는 분석도 있다.

또한 해방 60년이 넘은 오늘날 비로소 일제시대라는 치욕의 역사를 가볍게 소비할 수 있을 정도로 시대와 거리를 두게 되었다는 점, 당대를 살아내고 고통스럽게 기억하는 세대가 뒤로 물러난 현재 해방 이후 세대들은 식민지시대에서 역사적 무거움을 덜어내고 모던이라는 감각적 신문명의 유입기로 당대를 수용할 수 있게 된 점 등을 이유로 들 수 있을 것이다.

이러한 흐름이 시작되기 전인 1990년대의 영화로 최초의 성악가 윤심덕을 소재로 한 〈사의 찬미〉(1991)에서 신여성의 재현 방식을 비판적으로 고찰하고자 한다.

2. 윤심덕의 근대체험과 영화의 재현

1) 신여성과 근대체험

일본을 통한 모방적 차원이기는 하지만 어쨌든 일제시대에 우리는 근대화를 경험하게 되었고 남녀평등 의식도 갖게 되었다. 근대화와 산업화, 민주화, 개방성, 교육의 확대, 기회의 평등, 여성의 지위 향상 등은 서로 긴밀한 관계를 형성하면서 연관된다. 한국의 근대 또한 그러한 특성을 갖지만 식민지시대의 국민이라는 제국주의적 억압이 남성의 억압, 가부장제와 권위주의에 의한 억압 등 여성에 대한 기본적인 억압구조에 덧입혀지면서 여성의 현실은 매우 열악했다.

그 와중에도 1920년대를 전후하여 신여성이라 불리던 일단의 인텔리 여성들이 등장한다. 이들은 여성의 90퍼센트 이상이 문맹이던 시절에 경성과 동경에서 신학문을 공부했고 여성의 지위에 대한 인식을 했으며 조선 사회의 현실에서 나름대로 방향성을 가진 삶을 살고자 노력했던 여성들이었다. 그러나 그들의 진보적인 의식과 삶은 당대의 남성들로부터는 물론 여성들로부터도 동조를 받지 못했고 자유연애 사상 등의 개방적 사고와 행동으로 인하여 플레이걸이나 탕녀라는 비난을 받기도 했다. 그리고 그들 자신조차도 가치관의 혼란을 겪으면서 내적 외적으로 고난의 시기를 살았다. 신교육을 받고 당시 첨단의 문화를 향유하는 신여성들은 글을 읽고 쓸 수 있는 여성들로 새로운 문명의 주체가 될 수 있었다. 뛰어난 몇몇 여성들은 전문적인 작품이나 논설 등을 썼고 대개의 신여성들은 감각적인 연애소설을 비롯한 소설의 독자가 되거나 때로는 잡지의 독자투고란에 짧은 글을 쓰기도 하는 등 당시의 소설이나 잡지의 주독자층이었다. 영화 관람이나 음악 감상을 하기도 하고 자전거를 타거나 테니스를 하는 등 새로운 운동을 하기도 했다. 서구 스타일의 의상이나 구두, 머리손질 등의 새로운 미용문화는 각각 쌀 한두 가마니 정도의 높은 비용이 들었기에 이런 스타일을 추구하는 여성들은 사치와 허영에 물든 여자들로 간주되고 크게 비난을 받았다.

그러나 무엇보다 신여성은 연애의 시대를 이끈 계층이었고 이들에 대한 부정적인 평가는 주로 성에 대한 그들의 자유로운 의식에 가장 큰 원인이 있었다. 조선시대의 남녀유별과 순결이 강조되는 정조관에서 탈피하고자 한 이들의 주체적 성의식은 신정조관이라고 불린다. 이는 여성이 순결에 대한 강박관념에서 해방되어 정조의 주체가 되어야 하며 진실한 사랑에 육체적 순결 여부는 중요하지 않다는 것이었다. 그들은 결혼과 상관없이 사랑에 자유로웠고 유부남과의 연애에도 적극적이었다. 그 결과 탕녀라는 이름까지 얻은 그들의 삶은 비록 여러 분야에서 재능과 열정이 있었음에도 불구하고 끝을 맺지 못하고 세상의 지탄 속에서 몰락해야 했다.

1919년 유관순을 비롯한 이화학당 출신의 신여성들은 여성운동의 선구자적 역할을 했으며 반일독립운동에도 참가하였다. 또한 여성의 독자성에 대한 투철한 인식을 가지고 가정의 속박으로부터의 해방과 자유연애를 주장하며 유교문화가 그동안 강요해왔던 절대복종형 여성상에 도전하는 개혁적 모습을 보여주었다.

그럼에도 불구하고 전통적 가족체제에 큰 변화를 주지는 못했는데, 가정이 여전히 남성의 경제력에 기초하고 있는 이상 가문 좋고 능력 있는 남자를 만나 신식생활을 하는 것이 평범한 신여성의 꿈이었던 것이다. 그러나 이러한 평범한 신여성과는 달리 적극적으로 자신들의 이상을 펼치기 위해 분투했던 여성들이 있었다.

당대의 글에는 '신진여성들은 신지식을 배운 조선 여성사회의 선량이라. 그 이론을 지지할 자가 그들이요, 지도적 지위에 임한 자가 그들이며 의식이 있고 훈련이 있으며 힘이 있고 열이 있는 자들이니 여성 운동에 있어 그 동일한 노력으로써 최대한 효과를 얻을 수 있는 부대'라고 기대되었으나 실제로는 '모처럼 얻게 된 신여성들의 탈속한 의식도 그들의 방산하는 분위기 중에서 스스로 부식되는 바 많다'는 현실이 지적되고 있다. '유식계급여자 즉 신여성도 불쌍하외다. 아직도 봉건시대 가족제도 밑에서 자라나고 시집가고 살림하는 그들의 내용의 복잡함이란 말할 수 없이 난국이외다. 반쯤 아는 학문이 신구식의 조화를 잃게 할 뿐'이라는 나혜석의 체험적 고백은 신교육을 받은 여성에게 새로운 길이 열리는 것이 아니라 전통적인 여성들처럼 결혼과 함께 구제도에 복종하든가 아니면 관습에서 벗어나 불행한 삶을 사는 극단적인 선택만이 가능했다는 것을 증명한다.

그러나 이들은 각 분야에서 당대 최고 수준의 여성들이었으며 예술과 교육을 비롯한 여러 부문의 사회활동에서 선구적인 활동을 했다. 비록 완전한 이상의 실현에는 도달하지 못하고 스스로의 모순과 시대의 한계에서 오는 좌절 등으로 방황하기는 하였으나 신문명기의 진보적인 선각자로서 최선을 다해 이상을 실현하고자 노력했던 선각자이자 개인적으로도 진지한 삶을 창조하고자 애쓴 진실한 인간들이었다.

2) 〈사의 찬미〉, 비극적 모던걸 윤심덕

윤심덕(1897~1926)은 우리나라 최초로 소프라노를 전공한 성악가이다. 1918년 경성고등보통학교 사범과를 졸업하고 강원도 원주에서 1년간 소학교 교원으로 근무했다. 그해 조선총독부 관비유학생으로 뽑혀 일본 우에노 음악학교 성악과에 입학했으며, 1921년 동우회에서 주최한 국내순회공연에 참여하면서 김우진을 만났다. 1922년 음악학교를 졸업하고 1923년 귀국했다. 경성사범부속학교 음악선생으로 있으면서 극예술협회 등의 연극공연에 출연해 풍부한 성량과 뛰어난 외모로 이름을 떨쳤고 1925년 김우진의 권유로 토월회 무대에 서기도 했다. 당시 성악만으로는 생계를 꾸려나갈 수 없어 대중가요를 부르기 시작했으며 방송에 출연하거나 레코드를 취입하기도 했다. 1926년 여동생 성덕의 미국유학길을 배웅하기 위해 일본에 갔다가 이또 레코드회사에서 27곡을 취입하고는 귀국길에 김우진과 함께 현해탄에 몸을 던져 죽었다. 이바노비치 작곡인 '도나우 강의 푸른 물결'에 직접 노랫말을 붙여 부른 '사의 찬미'는 그녀가 죽고난 뒤 더욱 유명해졌고 박승희는 이들의 사랑을 주제로 한 〈사의 승리〉를 토월회 재기공연 때 발표하기도 했다. 윤심덕과 친했던 이서구의 증언에 의하면 이 곡의 가사는 윤심덕이 직접 쓴 자작시라고 한다.

이러한 전기적 사실을 바탕으로 만든 영화 〈사의 찬미〉의 내용은 다음과 같다. 1919년 최초로 국비유학을 떠난 윤심덕(장미희 분)은 동경에서 성악을 공부하게 되고 자유분방한 성격으로 학생들의 인기를 얻는다. 유학생 홍난파(이경영 분) 역시 그녀에게 각별한 감정을 갖지만 윤심덕은 극예술협회의 김우진(임성민 분)에게 호감을 갖는다. 섬세한 감성을 가진 김우진과 불같은 정열의 윤심덕은 처음에는 부딪치지만 결국 사랑에 빠진다. 유부남이었던 김우진은 도덕적 갈등을 겪고 그녀와의 관계를 끝내려 하고 윤심덕은 조선의 암울한 현실에 좌절하여 성악무대에서 대중무대로 자리를 옮겨가게 된다. 사랑과 현실 사이에서 고뇌하던 두 사람은 역경을 겪고 재회하지만 앞으로도 변할 수 없는 개인적, 국가적 현실 앞에 무릎을 꿇고 현해탄 선상에서 바다로 몸을 던진다.

(1) 신교육 – 새로운 이상을 펼치다

근대성의 여러 차원은 민주화, 기회의 평등, 교육의 확대, 개방성, 산업화 등과 함께 여성의 지위 향상을 중요한 요소로 포함한다. 한국의 근대화는 자발적이고 능동적이지 못하고 서구국가를 모델로 하여 모방하려는 '따라잡는 근대화'였다. 특히 식민지 시대에는 주체적이지 못한 억압적 역사를 형성하는 동안 근대화과정에서 전통이 이용되면서 여성억압이 지속되는 독특한 양상을 보인다.

이러한 시기적 특성 안에 신여성이라는 일군의 여성상이 등장했다. 신여성이란 고등보통학교 이상의 학력을 지닌 여자, 학교에서 교편을 잡고 있는 여자, 사회에 각기 한 자리씩 차지하고 있는 여성 등으로 정의되지만 일반적으로는 여학생(출신)을 가리키는 말이다. 결국 신여성이 공부한 여자라는 의미라 할 때 신여성의 가장 큰 특성은 교육과 연관되어 있는 셈이다. 근대로 진입하던 시기에 교육은 여성의 지위 향상이라는 변화 과정과 맞물려 기본적이고 중요하게 여겨진 문제이다. 남성에게만 교육이 허용되던 시절에 여성을 위한 교육기관이 생기고 외국 유학도 갈 수 있게 된 시대 그것이 바로 여성에게 있어 근대의 시발점이었다. 윤심덕은 일본에서 교육을 받으면서 더 직접적으로 강하게 근대와 만났고 그만큼 갈등도 컸다.

당시 신여성은 새로운 교육을 받은 인텔리지만 서구 유행을 지각없이 따르는 부박한 여성들의 대명사이기도 했다. 그들을 배출한 여학교들은 기생학교라고까지 불리며 기생이나 소실의 딸들이나 다닐 정도로 비난을 받았다. 이에 대해 김일엽은 '고등교육을 받은 여자로서 고상한 이상과 위대한 목적을 가지고서 이를 실현코자 노심초사하는 여자가 무수합니다. 그러나 그러한 여자를 이해하고 활용할 만큼 우리 사회가 발달하지 못하였고 또한 우리의 가정이 그러한 여자를 알아주고 환영할 만한 정도에 이르지 못하였습니다.'라고 하였다. 이러한 현실에서 김일엽은 '신여성이 사치하여 여자교육의 반대 구실을 제공하지 않도록 각성하고 주의하라, 스스로 난 체하고 높여서 남자들에게 비웃음 받지 않도록 하라, 품행이 부정한 자가 있어 신여자 전체가 비난받지 않도록 하라'는 당부를 하기도 했다. 극소수의 배운 여자는 늘 관심과 주목의 대상이었고 다수의 눈에는 선망과 동시에 질시의 대상이 되기도 했다. 교육을 통한 근대 체험은 여성들에게 새로운 세상으로 나가는 첫 번째 문이었고 서구의 근대적 사상과 문명에 대한 교육은 여성에게 과거와 단절하려는 결단과 용기를 요구했다.

이와 같이 여성 교육에 대한 억압적 상황에서 윤심덕이 성악을 전공하기 위해 일본으로 유학을 간 최초의 유학생이었다는 것은 매우 의미심장하다. 최초라는 수식어는 무한한 영광과 함께 실패에의 두려움을 동시에 담고 있기 때문이다. 아무도 서양 음악을 모르던 시절에 처음으로 성악을 공부한 여성 윤심덕은 음악가라는 합당한 지위를 누리지 못하고 척박한 조선땅에서 음악의 불모지를 홀로 개척하는 선구자가 되어야 했다. 새로운 이상을 펼칠 기회인 유학을 통해서 신학문을 배우고 여성의 지위에 관해 갈등을 경험하면서 윤심덕의 근대체험은 시작되었다.

> **학장** : 학생 스스로 앞으로는 황국의 신민으로서 충성을 다하겠다
> 는 각서를 제출한다면… 졸업의 기회를 줄 수 있다.
> (심덕, 각서 용지를 받지 않고 나간다.) (#70)

> **난파** : 이 바보야. 각서가 네 심장이야? 종이 쪽지일 뿐이야. 넌 음
> 악을 공부하려고 여기 왔지 싸우려고 온 게 아니라구. 졸업 포기하
> 면 그동안 네가 한 고생은 모두 휴지가 될 텐데 도장 하나 찍기 싫
> 어서 다 때려치우겠단 말이야? 고집두 적당히 좀 부려. 각서 따윈
> 굴복도 타협도 아니야. 네 음악을 위해서 극복해야 할 현실일 뿐이
> 야. (#73)

그러나 윤심덕은 당시의 여러 가지 모순들에 의해 생겨난 상호
담론의 장이라는 측면에서 연결된 복잡한 상황에 놓여 홀로 투쟁
해야 했다. 당대의 다각적인 모순은 각기 다른 작동 방식을 가지
고 있으며 세계를 다른 방식으로 운용했기 때문이다. 윤심덕은 유
교주의적 가부장제에 의해 억압받는 여성, 식민지배를 받는 피지
배국가의 백성, 남성의 보호가 없는 미혼의 여성, 구시대의 관습으
로부터 벗어나려 하는 신문명의 세례자, 새로운 학문을 배우는 개
척자 등 다각도의 사회적 위치를 갖고 있다.

윤심덕의 고통은 일본에서 식민지 백성으로서 근대 교육을 받
아야 하는 이율배반적인 자리매김에서 기인한다. 근대적 교육과
신문명에 대한 욕구는 조국을 부인하기를 요구받고 개인과 민족
의 지향점이 상충되는 갈등을 낳는다. 동료이자 친구인 홍난파는
개인을 민족 앞에 놓고, 윤심덕 또한 어쩔 수 없이 황국신민으로

충성한다는 각서를 쓰고서야 졸업하게 된다. 이상을 펼치기 위해 조국을 배신해야 한다는 내적 양심의 갈등은 일본에서 근대를 수용해야 했던 신문명기 지식인들의 공통된 갈등이었다.

(2) 자유연애-조혼이라는 벽과 겨루다

근대는 여러 가지의 도전과 그에 따른 갈등과 변화를 낳았다. 그 중에서도 연애만큼 직접적이고 강렬하게 사람들을 흔들어 놓은 것은 없을 것이다. 용어 자체도 새로 수입되었으며 이전의 어떠한 사랑의 양식과도 다른 것으로 오직 인텔리 청춘 남녀 간의 사랑만이 'love'의 번역어인 '연애'가 되었다. 당시 개인은 국가를 위해 희생해야 했고 그런 의미에서 개인은 억압될 뿐 아니라 금기시 되는 영역이기도 했다. 이러한 상황에서 개인이 극대화된 영역이라 할 수 있는 연애가 신문명을 업고 서서히 모습을 드러내기 시작했다. 연애는 암울한 시대적 상황 속에서도 자유로운 개인의 자각이라는 근대적 명분을 획득하면서 오랫동안 지배적 결혼양식이었던 조혼과 강제결혼을 거부하는 반역의 기호로서 이 땅의 지식인들과 대중들을 파고들며 새로운 사상으로 전파되었다.

서양선교사들의 교육기관 설립과 일부 젊은이들의 일본유학은 서구 문화를 수용하는 관문이었고 20세를 전후한 청춘남녀들은 서양의 문물을 접하면서 가장 먼저 연애를 받아들였다. 연애야말로 개인의 자유와 권리를 가장 잘 반영하는 시대의 아이콘이었으며 오늘의 관점에서는 전적으로 사적인 영역에 속하는 일이면서도 당시에는 다분히 공적인 차원에 속하는 양면성을 가지고 있었다. 연애는 사회의 변화를 앞서가는 새로움이자 나아가 진보와 연결되어 있는 매우 선진적인 것이었기 때문이다. 지식인 청춘 남녀에게만 가능했던 근대적인 기호가 바로 '연애'였다. 세계 개조의 목소리가 높던 시절 연애는 개조론의 대중적 변종이었으며 새로운 가치인 행복에 이르기 위한 통로이자 문화, 예술, 문학의 유행을 자극한 주 원천이기도 했다. 연애의 양상은 다양했고 김일엽은 여성의 육체적 순결이 무의미하며 새로운 남자를 만날 때마다 진실되기만 하다면 그것으로 의미가 있다는 신정조론을 주장함으로써 여성 성담론의 선두에 서기도 했다.

윤심덕은 조선에서 유학 온 남성들과의 자유로운 친구 관계를 형성하였고 영화에서도 그렇게 그려진다. 여자 유학생이 드물었던 시절인데다가 매력적인 외모와 성품 탓에 뭇 남성들의 연애의 대상이었다. 그러나 정작 윤심덕의 사랑의 대상이었던 김우진은 유부남이었고 그것은 당시 신여성들의 연애에 있어서 공통된 난관이었다. 신여성들이 유학생활에서 만난 남성들은 모두 조혼을 하고 유학 온 유부남이었기 때문이다. 그런 상황에서 조혼의 문제점이 제기되고 이혼이 연애만큼 신문명의 기호가 되기도 했다. 또한 그 과정에서 신여성이 이혼이라는 문제적 상황의 원인이 되어 사회의 비난을 받아야 했다.

> **난파** : 지금부터 결혼을 생각해 두어야 하는 것 아냐?
> **심덕** : (깔깔 웃으며) 싫어. 남존여비니 일부종사니 하는 틀 속에서 남자하구 산다면 종이 되는 건데 난 안해. (#32)

> **용문** : 넌 내 여자가 되어야 해.
> **심덕** : 좋아, 맘대로 해. 네가 바라는 게 이 몸뚱이뿐이라면 천만번이라도 줄 수 있어. 나는 네 까짓 인간에게 더럽혀지진 않는다.
> (심덕의 야멸찬 말에 심덕의 가슴을 헤집던 용문이 손길을 멈춘다) (#41)

영화에서 김우진은 윤심덕을 자기의 집으로 초대해서 음악회를 열기도 하고 아내와 윤심덕은 서로의 존재를 알게 된다. 사랑하는 사람을 만났으나 결혼할 수도 없고 결과적으로 사회에서 떳떳하게 인정받을 수 없는 관계에 대한 인식은 윤심덕에게 있어 음악에 대한 좌절만큼이나 고통스러운 시대적 질곡이었다. 명문가의 장남 김우진은 사랑 없는 결혼을 정리하고 윤심덕과 다시 결혼할 용기가 없었고 그렇다고 윤심덕과 완전히 결별할 만큼 강하지도 못했기에 두 여성은 모두 불행했다. 한 남자를 사이에 둔 삼각관계라는 멜로드라마의 전형적인 틀을 이용함으로써 영화는 윤심덕의 시대와의 갈등과 좌절보다는 상투적 멜로드라마의 구조를 반복한다. 윤심덕의 사랑의 핵심은 삼각관계가 아니라 조혼이라는 전통적인 결혼제도와 자유연애와의 갈등이며 막강한 시대의 관습이 지닌 억압 앞에서 좌절하는 개인의 사랑을 구현하지 못하는 근대적 고민이자 고통인데 한낱 삼각관계의 한 축으로만 자리매김하는 오류를 범하는 것이다.

우진: 당신은 불같이 성격이 너무 뜨거워. 그러다 자신까지 태우게 될지 몰라요.
심덕: 나는 내가 옳다고 생각하는 일엔 머뭇거리지 않아요. 지금도 그래요. 또 만날 수 있겠지요? (#68)

심덕: 서로 사랑하면 무얼 해야 하는지 고민할 필요가 없는 거에요. 난 당신의 짐스런 정부도 애인도 첩도 아니에요. 결혼을 원하지도 않아요. 당신 마음에만 살아 있으면 그걸로 충분해요. (#121)

여성을 구속하는 결혼에 대한 윤심덕의 부정적 태도와 자유연애에 대한 열정, 정조에 대한 새로운 인식 등이 드러나 있다. 신여성 윤심덕은 최초의 성악가로서 모든 억압을 뚫고 나아가 자기 생의 주체로서 살기를 원하는 자유로운 개성을 가진 인격의 출현이라는 점에서 중요한 인물이다. 그러나 그녀의 투철한 의기보다는 좌절의 측면이 더 강조되면서 영화는 극적인 인물이 등장하는 멜로드라마의 차원에서 나아가지 못한다.

(3) 신여성의 한계–식민지 현실과 억압적 가부장제

김일엽은 여성이 약자라고 해서 규방에 감금하는 것은 하늘의 뜻을 어기는 비인도라고 주장하고 사회의 전반적인 개조와 해방을 부르짖었다. 변화된 세상을 맞이하여 우리 사회를 통틀어 개조해야 하고 그러기 위해서는 가정을 먼저 개조해야 하며 그것을 위해서는 여자가 먼저 해방되어야 한다고 주장했다. 그러나 세상의 변화는 겨우 시작이었고 최초라는 수식어를 단 여성은 변화를 이끌어가는 자이지 그 변화의 혜택을 받는 자가 아니었다.

> **우진** : 겸손해지기 싫으면 겸손한 척이라도 해요. 조선은 아직도 유교국이야. 당당한 여성에게 한때는 열광을 하겠지만 금방 화살이 되어 흉으로 될지도 몰라.
>
> **심덕** : 그런 세인의 평 따위가 무서웠다면 난 태어나지도 않았을 거에요. 당신은 나에게 비굴해지라는 설교를 하고 계시는 거에요? (#94)

> **심덕** : 내가 제일 싫어하는 게 절망이라는 거 알고 있지? (#148)

윤심덕은 이상을 가진 한 개인으로서 자아를 실현하려는 노력을 기울였으나 시대의 벽 앞에서 좌절하고 자살했다. 푸코에 의하면 자살은 잔인한 현실을 개인에게 강요하는 것이며 동시에 그에 대한 개인의 저항을 나타내기도 한다. 자살은 삶에 행사되는 권력의 경계와 틈새에 개인적이고 사적인 죽을 권리를 출현시켰음을 나타낸다. 죽음은 권력을 벗어나는 지점이며 사회 권력에 대해 주체적으로 생명을 버림으로써 저항과 해방을 나타낸다.

근대를 자각한 개인으로서의 여성의 삶에서 교육을 통한 자아인식과 자유의지에 의한 연애와 결혼, 자신의 이상을 실현하고자 하는 주체적인 노력과 성취 등은 중요한 의미를 갖는 요소들이다. 자기 생의 주인으로서 윤심덕이 선택하고 실현을 위해 기울인 노력은 여성 못지않게 무기력한 남성 지식인과의 연대 구축의 실패, 긴 세월에 걸쳐 고착되어버린 가부장제와 억압적인 식민지 현실 등 개인적인 차원과 사회적인 차원, 국가적인 차원의 문제들로 혼합되어 있는 상황의 결과이다.

윤심덕의 자살은 개인의 선택이라는 점에서 자기의 생과 정면으로 맞선 행위이며 자신을 둘러싼 사회 전체에 대한 저항의 발현이다. 이루지 못한 성악의 꿈과 희망 없는 사랑의 좌절은 죽음의 찬미로 끝을 맺었고 역설적으로 그러한 결단을 통해 비로소 그녀는 생의 주인이 되었다.

3. 〈사의 찬미〉와 신여성을 소비하는 방식

윤심덕을 주인공으로 한 〈사의 찬미〉에 나타난 신여성의 재현을 당대의 구체적인 자료와 연관하여 분석해보았다. 〈사의 찬미〉는 윤심덕이 일본 유학을 통해 신교육을 받고 자신의 꿈을 키우지만 예술이 인정받지 못하는 식민지적 상황에 절망하고 김우진과의 연애에도 좌절하면서 자살하는 것으로 그렸다. 당시 신여성의 화려한 의상이나 머리모양 같은 외적인 기호들의 재현에 주력한 이 영화는 '사의 찬미'라는 제목에서 보여주듯 우울하고 비극적인 신여성의 최후를 보여주었다. 새로운 시대를 진취적으로 살아가는 신여성은 멜로드라마의 여주인공으로 약화되었고 자살의 의미가 명확하게 부각되지 않음으로써 도피적이고 패배적인 결말에 머물렀다.

〈사의 찬미〉는 신여성을 외적인 사치에 물든 여성군이라는 당시의 시각을 그대로 반영하여 윤심덕을 화려한 의상을 통해 표현하였고 자신의 이상보다 연애에 치중하는 여성으로 그려 흥미 위주로 재현했다. 그리고 시대의 한계에 나약하게 무너지는 비관적 여성으로 재현함으로써 패배주의적 시각을 보여주었다. 신여성 윤심덕을 소재적인 차원에서 접근하고 극적인 인물로서의 측면만 강조한 결과 그녀는 시대를 앞서 간 선구자로서의 신여성 대신 근대의 모던걸로 재현되어 영화에서 소비되는 차원에 머물렀다.

최초라는 수식어를 달고 있으며 한국사에서 중요한 인물이면서도 요절해야 했던 이 신여성은 존경받고 애도되는 대신 가십거리로 세상을 부유하고 영화 속에서도 주체성을 확고하게 재현하지 못했다. 그 암울한 시대에 새로운 분야의 개척자였다는 것도 묻혔다. 획일적인 기준으로 여성을 단죄하는 동안 영화의 재현을 통해서도 살아나지 못했고 명예를 회복하지 못하며 여전히 비명을 부르짖고 있다. 새로운 길을 걸어간 용감한 그녀는 오늘날 왜 자기의 삶에 충실했던 한 개인으로서 존중받고 존경받지 못하는가. 아직도 우리는 개인을 중시하는 근대를 살지 못하고 있기 때문이다.

　세계적으로는 포스트모더니즘의 시대도 지나간 지금 한국 사회는 어떤 점에서는 여전히 근대 이전에 머물러 있다. 일제시대를 재현하는 이유는 여전히 근대가 한국사회의 화두라는 사실과 한편으로는 근대의 의미를 확인하는 일에 몰두하면서 한편으로는 근대성을 재현하는 방식을 실험하고 모색하는 중임을 알려준다.

　19세기 말부터 세계적인 현상이 되기 시작하는 신여성 현상은 나라마다 다른 모습을 펼치기도 하지만 공통점도 보여준다. 특히 일본을 통해서 근대문화를 받아들이게 되는 당시 조선과 중국은 일본이나 서구의 신여성 현상과는 다른 의미를 갖는다. 중국영화와 일본 영화에서의 신여성 재현 양상을 분석하여 세 나라의 영화를 비교하고 공통점과 차이점을 추출함으로써 동아시아 신여성 현상의 교류와 국가별 특성도 알 수 있을 것이다.

4장

윤심덕의 <사의 찬미>와
장르별 스토리텔링

삶에 열중한 가련한 인생아
너는 칼 우에 춤추는 자도다

　　　　　1920년대의 대표적인 신여성이자 최초의 성악가인 윤심덕과 근대 연극사의 천재 극작가인 김우진의 비극적인 삶과 사랑에 관한 스토리는 1988년부터 2019년까지 30년 동안 연극(1988), 영화(1991), 뮤지컬(2013~2017), 오페라(2018), 드라마(2019) 등 다섯 종류의 극장르로 작품화됨으로써 한국 문화예술계에서 가장 대표적인 원소스 멀티유즈의 사례가 되었다. 윤심덕과 김우진의 삶과 죽음에서 오늘날 공감할 수 있는 콘텐츠로서의 특징을 찾아내고 각 장르별로 신여성의 재현과 스토리텔링의 변이양상을 비교 분석했다.

　　　　　연극은 가장 최초로 극화되었으며 향후 모든 작품의 기본적인 뼈대를 제공하였다. 영화는 대중성과 흥행을 고려하여 윤심덕을 화려한 신여성으로 재현하고 남성의 시각에서 대상화했다. 뮤지컬은 김우진의 사상을 반영하는 자아를 구체적인 인물로 객관화하여 내적 갈등을 외면화하는 독특한 인물 구성을 함으로써 김우진과 윤심덕의 2인극이자 3인극인 새로운 스토리텔링을 구축했다. 드라마는 김우진에게 초점을 맞추어 그의 내면을 풍성하게 그려냈지만 사랑과 극적인 죽음에 경도된 멜로드라마에 집중했다. 이상의 작품들은 뮤지컬을 제외하고는 매체변이에 따라 변별성을 갖지 못하고 유사성을 반복한다는 점에서 한계를 보여주고 있는데 앞으로 트랜스미디어 스토리텔링을 활용하여 더욱 다양한 작품으로 재창조되기를 기대한다.

1. 윤심덕과 원소스 멀티유즈

오늘날 문화산업 영역에서 관심을 끄는 용어 중의 하나로 '원소스 멀티유즈(OSMU)'를 들 수 있다. 하나의 원형 콘텐츠를 활용해 영화, 게임, 음반, 애니메이션, 캐릭터 상품, 장난감, 출판, 테마 파크 등 다양하게 변용하여 부가가치를 극대화하는 원소스 멀티유즈는 문화 산업의 기본 전략[1]이 되고 있다. 각 문화 상품과 장르 사이의 장벽이 허물어지고 매체 사이의 이동이 용이해짐에 따라 하나의 원작으로 다양한 2차적 상품들을 개발하고 배급할 경우 시장에서 시너지 효과가 크다. 특히 하나의 인기 소재만 있으면 원작의 명성에 힘입어 다른 상품으로 전환해 높은 부가가치를 얻을 수 있다는 점에서 각광받고 있다.

또한 관련 상품과 매체를 체계적으로 관리할 수 있어 저렴한 마케팅 및 홍보비용으로 큰 효과를 누릴 수 있다. 이러한 장점 때문에 문화 산업에서는 오래전부터 OSMU를 기본적인 전략으로 채택하고 있다. 하나의 소재가 소설, 연극, 영화, 드라마, 뮤지컬 등의 예술 작품으로 발표되어 이후 다른 장르로 재창조되고 테마파크가 조성되거나 관련 굿즈의 생산에 이르기까지 기획 단계부터 파생될 부가가치를 염두에 두고 창작이 시작되기도 한다. 최근에는 매체전환에 따른 스토리텔링의 변형 양상을 크로스미디어 스토리텔링과 트랜스미디어 스토리텔링이라는 용어를 사용하여 구분하고 있다. 전자가 성공한 원작을 매체 특성에 맞게 '다시 쓰기'한다면 후자는 새로운 스토리를 '덧붙여 쓰고' '새로 쓰기'한다는 점에서 차이[2]가 있다.

이러한 관점에서 오늘날 일제강점기의 인물들을 재해석하여 예술작품으로 창조하는 한국 문화계의 현상에 주목하고자 한다. 시인 윤동주의 삶을 그린 〈동주〉는 불과 5억을 들여 만든 저예산 영화지만 100억 이상의 수익을 올림으로써 크게 성공했다. 뮤지컬 〈윤동주, 달을 쏘다〉 역시 수년 간 재공연 되고 있다. 소설가 이상도 영화 〈금홍아 금홍아〉에 이어 연극 〈날개〉와 뮤지컬 〈스모크〉 등에서 재현되는 인기 있는 인물이다. 시인 백석을 주인공으로 한 연극 〈백석우화〉와 뮤지컬 〈나와 나타샤와 흰 당나귀〉, 명성황후를 다룬 드라마 〈명성황후〉, 뮤지컬 〈명성황후〉와 〈잃어버린 얼굴, 1895〉 등 근대의 역사적 인물을 다룬 예술작품들이 지속적으로 창조되고 있다. 최근 영화 중에서 〈청연〉, 〈암살〉, 〈밀정〉, 〈박열〉, 〈덕혜옹주〉도 이 시대의 실존 인물들을 재현하고 있다.

그러나 가장 다양한 장르에서 반복적으로 창조된 스토리는 1920년대의 대표적 신여성이자 최초의 성악가인 윤심덕(1897~1926)과 근대의 천재 극작가 김우진(1897~1926)의 경우이다. 연극, 영화, 뮤지컬, 오페라, 드라마 등 다섯 종류의 극장르로 창조된 이들의 비극적 삶과 사랑 스토리는 대표적인 원소스 멀티유즈의 사례라 할 수 있다.

현재까지 〈사의 찬미〉를 소재로 한 극장르의 작품은 다음과 같다.

① 연극 ― 윤대성 작, 윤호진 연출, 이혜영, 이정길 주연, 〈사의 찬미〉, 1988.
② 영화 ― 임유순 각본, 김호선 감독, 장미희, 임성민 주연, 〈사

의 찬미〉, 1991.

③ 뮤지컬 — 성종완 작, 연출, 〈글루미데이〉, 2013, 2014, 〈사의
찬미〉, 2015, 2017, 2019.

④ 오페라 — 진영민 작곡, 정철권 연출, 〈윤심덕, 사의 찬미〉,
2018.9.28~29.

⑤ 드라마 — SBS 6부작 드라마, 조수진 작, 박수진 연출, 신혜
선, 이준석 주연, 〈사의 찬미〉, 2019.11.27~12.4.

1988년부터 2019년까지 30년 동안 지속적으로 창조되고 있는
이 콘텐츠의 매력과 장르별 특성과 스토리텔링 전략 그리고 향유
방식에 있어서의 공통점과 차이점 등을 탐색하려 한다. 우선 윤심
덕과 김우진에 관해 고찰하고 이들의 삶에서 콘텐츠로서의 특징
을 찾아내며 장르별로 어떤 방향성을 갖고 특화했는지 분석할 것
이다. 오페라를 제외한 네 편의 〈사의 찬미〉에 나타난 신여성의 재
현양상과 스토리텔링의 변이양상을 비교할 것이다.

스토리텔링이란 새롭고 확장적인 뉴내러티브 창조의 기술이다.
스토리텔링은 전통적인 스토리에 대한 접근법이 더 이상 유효하
지 않은 시점에서 이야기가 기획, 창작, 유통, 소비되는 일련의 과
정을 총체적으로 지칭하는 개념으로 등장하였다. 디지털 기술의
발달과 함께 등장한 이 개념은 유동적이고 상호보완적이며 개방
적인 특징을 가지며 대중성과 보편적 가치를 함께 지향하는 이야
기를 개발하도록 만든다.[3] 과거에 일어난 일은 언제나 매체를 통
해서만 재현되어 기억될 수 있고[4] 역사는 스토리텔링을 통해 끊
임없이 재구성되는 서사이며 과거의 역사는 반복적으로 새로운
이야기 방식을 통해 다양하게 재현되는 것이다.

또한 스토리텔링은 향유자의 체험을 창조적으로 조작하는 전

략적 구성과 실천이라는 점에서 "참여중심, 체험중심, 과정중심의 향유적 담화양식"[5]이다. 나아가 장르전환 또한 스토리텔링 전환을 전제로 한다. 장르에서 장르로의 전환은 개개의 장르별 변별성에 바탕을 두고 전개되는데, 장르별 변별성은 구현목적, 구현매체, 구현기술, 장르별 문법, 중심타깃, 중심수익창구, OSMU 전개순서, 전개효과 등의 차이를 통합적으로 구현하는 스토리텔링 전환 전략을 기반으로 탐구되어야 한다.

2. 〈사의 찬미〉의 스토리텔링

1) 실존인물로서의 윤심덕과 김우진

최근 유행이라고 할 수 있을 정도로 일제강점기를 배경으로 하는 작품들이 다양하게 만들어지고 있다. 바야흐로 근대가 담론의 중심에 서게 되었으며 대중문화를 통해 일제 강점기에 대한 문화적 소비가 진행되고 있다. 해방 70년이 넘은 오늘날 비로소 일제 강점기라는 치욕의 역사를 가볍게 소비할 수 있을 정도로 시대와 거리를 두게 되었다는 점, 당대를 살아내고 고통스럽게 기억하는 세대가 뒤로 물러난 현재의 해방 이후 세대들은 식민지시대에서 역사적 무거움을 덜어내고 모던이라는 감각적 신문명의 유입기로 당대를 수용할 수 있게 되었다는 점, 일제강점기와 근대가 겹친 독특한 시대적 특성으로 인하여 극적인 인물과 사건들이 존재한다는 점[6] 등을 이유로 들 수 있다.

당시는 독립이라는 절대적인 목표가 민족의 지향점이었기에 여성에 관한 영역은 전혀 고려되지 않던 시기였다. 그럼에도 신문명의 유입으로 인하여 개인과 자유라는 가치가 유입되고 여성에게도 인권의 문제가 제기되었다. 극소수의 한정된 경우이기는 했지만 신교육을 경험하게 된 여성들은 근대의 가치를 배우기 시작했다. 신교육을 받고 여자도 사람이라는 의식을 가지게 된 이 진보적 여성들은 신여성이라고 불리어졌다. 이들의 새로운 행보는 저마다의 분야에서 최초라는 수식어를 달게 되었고 윤심덕 또한 동경유학을 한 최초의 성악가로서 명성이 높았다.

윤심덕은 1897년 평양에서 태어났다. 1918년 경성고등보통학교를 졸업하고 조선총독부 관비유학생으로 뽑혀 일본 동경의 우에노음악학교 성악과에 입학했다. 1921년 동우회의 국내순회공연에 참여하면서 김우진을 처음 만났다. 1923년 귀국 독창회를 가짐으로써 우리나라 최초의 소프라노 가수로 데뷔했다. 이후 극예술협회의 연극공연에 참여하기도 하고 토월회 무대에 서기도 했다. 1926년 일본 이또 레코드사에서 '사의 찬미'를 녹음하고 돌아오는 길에 김우진과 함께 현해탄에서 자살했다. 10대 후반에 집을 나선 후 생의 대부분을 타향에서 보낸 것은 당시 여성의 삶으로는 희귀한 경우였고 그런 점에서 매우 현대적인 삶이라 볼 수 있다.

김우진의 호는 초성, 수산이다. 장성군수 김성규의 아들로 1897년 장성군 관아에서 태어났다. 목포에서 소학교를 마친 뒤 일본에서 구마모토농업학교를 다녔고 1924년 와세다 대학 영문과를 졸업했다. 구마모토농업학교 시절부터 시를 쓰기 시작했고, 대학시절 연극에 관심을 갖고 1920년에 조명희, 홍해성 등과 함께 극예술협회를 조직했다. 1921년 동우회순회연극단을 조직하고 국내순회공연을 했다. 조명희의 〈김영일의 사〉와 홍난파의 〈최후의 악수〉 그리고 아일랜드 극작가 던세니의 〈찬란한 문〉을 번역하여 연출을 맡아 공연했다. 대학졸업 후 목포로 귀향해서 가업인 상성합명회사 사장으로 일했고 48편의 시와 5편의 희곡, 20여 편의 평론을 썼다. 가정과 국가와 애정 문제 등으로 번민하다가 1926년 8월 생을 마쳤다.

보수적인 유교적 가정에서 성장한 그는 서구 근대사상에 탐닉

했고 연극에서 스트린드베리의 표현주의와 전통부정정신, 쇼우의 개혁사상을 받아들였으며 전통인습을 부정하는 급진적 자세를 견지했다. 그의 시는 철저한 현실부정과 개혁에의 의지를 보여주고 희곡 또한 시대적인 고통을 담은 자전적 세계를 보여준다. 그는 자기가 겪은 시대고를 희곡에 투영한 선구적 극작가였으며 특히 표현주의 희곡을 쓴 유일한 극작가이다. 또한 당대 연극계와 문단에 탁월한 이론을 제시한 선구적 평론가이며 최초로 신극운동을 일으킨 연극운동가이다.

윤심덕과 김우진의 자살 사건은 당대 조선의 저명한 예술인의 정사라는 점에서 사회에 큰 물의를 빚었다. "정사 사건이 보도되고 장안에는 늙은이나 젊은이나 어린 아이나 어른이나 모든 사람의 이야기에 꽃이 피어서는 전 계급을 통한 화제의 중심은 전혀 이 사건에 있었"던 것이다. 김우진의 아버지 김성규는 그의 죽음을 가문의 수치로 여겼고 김우진의 사후 5년 후에야 전남 무안에 가묘를 만들고 그가 '신경쇠약으로 병인년 6월 26일 해시에 죽었다'고 썼다. 두 사람의 죽음은 그들이 이루었던 예술적 업적이나 사상의 지향점은 도외시된 채 김우진이 그토록 염려했던 것처럼 긴 세월 오해와 억측과 비난 속에 묻히게 되었다. 그들의 스토리가 수차례 작품화된 것 또한 매우 극적인 스토리라는 점에서 우선적인 관심의 대상이 되었다고 할 수 있다.

2) 인물의 재현과 장르별 스토리텔링

(1) 연극, 극중극 형식을 통한 연속성의 획득

〈사의 찬미〉는 1988년 이혜영과 이정길 주연으로 초연되었다.

유명한 사건이지만 본격적인 작품으로는 만들어진 적이 없던 차에 윤대성에 의해 처음 희곡으로 작품화된 것이다. 윤대성은 이 작품을 메타드라마의 기법을 사용한 극중극 형식으로 썼다. 김우진과 윤심덕에 관한 연극을 공연하고 있는 극단의 배우 김영민, 윤혜진 두 사람이 김우진과 윤심덕처럼 사랑에 빠진 상태라는 설정과 함께 당시 극단의 어려운 상황 등이 그려졌다. 남자 배우는 김우진과 같이 유부남이고 홍난파 역을 맡은 배우 홍현태가 윤심덕 역을 맡은 배우를 사랑한다는 설정도 1920년대의 상황과 같다.

이 작품에서 무대는 극단 사무실, 분장실, 소극장 무대 등 세 개로 구분된다. 사무실에서는 재정적 압박과 건물주의 연극에 대한 몰이해 때문에 연출가와 배우들이 고민하고 분장실에서는 김영민과 윤혜진이 불륜이라는 지탄을 받게 된 사랑 문제로 괴로워한다. 소극장 무대에서는 시대고와 가정과 사랑 문제 등으로 갈등하다가 동반자살하는 김우진과 윤심덕의 현실이 그려진다. 일본에서는 이미 메이지유신 이전에 사랑 때문에 일어나는 동반자살이 많이 나타나고 있었다. 신쥬(心中)라는 이름으로 불리던 동반 자살은 근대 이후 널리 유행하던 자유 연애와 결합해 정사라는 새로운 이름을 얻게 되었는데 이 정사가 식민지 조선에 수입된 것[7]이다.

이러한 설정은 김우진과 윤심덕의 연기를 하는 김영민과 윤혜진은 김우진과 윤심덕에 대한 관객이 되며 실제 관객에게는 배우가 되는 이중의 역할을 수행한다는 특징이 있다. 연극의 배우가 극중극의 관객으로 변형되어 두 개의 공간에 동시에 속하게 됨으로써 두 층위의 관객이 존재하게[8] 된다. 관객은 김우진 윤심덕의 이야기와 김영민 윤혜진의 이야기라는 두 개의 연극을 동시에 보게 되므로 그 두 연극을 비교 대조하게 된다. 메타드라마 기법을 이용한 이러한 관계 설정은 1920년대의 사건을 오늘에 되살리게 하여 공감을 극대화할 수 있다.

일제강점기인 1920년대에 시대의 억압을 받으며 절망한 상태에서 정사를 선택한 김우진과 윤심덕은 1980년대에도 김영민과 윤혜진을 통해 똑같이 절망하고 있다. 예술로 자신의 이상을 실현하기에는 여전히 어려운 현실이고 불륜이라는 도덕적 비난 앞에서 출구를 찾을 수도 없는 진퇴양난의 상황이다.

극중극의 인물들은 가부장제와 봉건적 가족제도라는 완고한 틀과 억압에 맞서 자유연애와 개인의 이상 추구라는 시대적 과제를 실천함으로써 근대적 개인으로 거듭나는 동시에 새로운 가치를 정립하는 선구자적 모험과 투쟁을 보여준다. 그러나 현대의 배우들은 아무런 방향성도 없이 그저 불륜이라는 개인적 사랑에만 매몰되어 있다. 미래를 향한 적극적이고 실천적인 의지와 이상도 없이 무기력한 연극배우라는 현실에 머물러 있다는 점에서 극중극의 인물들과는 다르다. 아리스토텔레스에 의하면 카타르시스야말로 극적인 스토리텔링의 전부이다. 극적인 스토리텔링은 극중 임무수행 명령을 요약한 액션 아이디어로 카타르시스를 불러일으키며 관객들의 마음 속에서 정서적 심리적 배설을 이루어야 한다. 그러나 여기서 현재의 배우들은 명확한 액션 아이디어를 가지고 있지 못함으로써 관객들에게 감동을 주지 못한다.

그럼에도 이 작품은 〈사의 찬미〉를 다룬 이후의 작품들에 기본적인 토대를 제공한다. 세 사람의 삼각관계를 통해서 직접적인 갈등을 제공하며, 계급과 가족제도와 경제적 문제가 사랑을 방해하는 외적 요인으로 작용하는 등 멜로드라마적 요소가 있다는 점, 윤심덕의 성격은 강인하고 정열적이며 자존심이 강하고 때로는 충동적이기도 한 반면 자신의 음악적 성공을 향한 의지와 가족에 대한 책임감이 강하고 사랑에 대한 무모할 정도의 열정이 있는 인

물이라는 점, 김우진은 천재적인 인물이지만 조국과 아버지로 대
표되는 수직관계 속에서 자아의 방향성을 강렬하게 주장하지 못
하는 우유부단한 인물이라는 점 등은 이후의 작품들에서도 일관
되게 유지되는 공통점이다.

(2) 영화, 대중적 영화의 틀과 인물의 대상화

김호선의 〈사의 찬미〉는 임유순 작가의 시나리오를 기반으로
한다. 김호선은 당대 최고의 흥행작이자 문제작인 〈영자의 전성시
대〉(1975)와 〈겨울여자〉(1977)의 감독이다. 김호선은 두 편의 영화에
서 변화하는 시대를 담은 새로운 여성상을 보여주고 관객의 큰 호
응을 얻어낸다. 영화 〈사의 찬미〉는 이 작품들의 연장선상에 있다
는 점에서 연극과는 전혀 다른 지향점을 갖게 된다. 연극 〈사의 찬
미〉가 두 명의 주인공을 순수한 예술을 향해 나아가려는 인물로
설정함으로써 1920년대의 예술가를 계승하려는 작가의식을 토대
로 한 반면 영화 〈사의 찬미〉는 흥행 감독의 작품 계보에 들어가
있다.

감독은 이들의 스토리를 '복고적인 사랑의 찬미'라는 지점에서
보고 있다. 영화는 어떤 장르보다도 자본의 토대가 중요한 분야로
서 수익 창출을 위한 관객 동원을 목표로 한다. 김호선의 입장에
서는 〈사의 찬미〉의 윤심덕(장미희 분)은 자신의 전작들인 〈영자의
전성시대〉의 영자(염복순 분)와 〈겨울여자〉의 이화(장미희 분)와 어떤
면에서 공통점이 있는 인물이다.

〈영자의 전성시대〉는 개발독재의 산업화시대를 비판적으로 반
영하는 인물인 영자와 그녀를 사랑하는 남자를 통해 현실비판적
인 이슈를 다루면서도 헌신적인 사랑을 베이스에 둠으로써 관객
들에게 일말의 감동을 주었다. 대학 신입생 이화가 사랑하는 남자

들의 죽음을 겪으면서 세 번째 사랑의 경우에는 모든 것을 초월한 성녀와 같은 여성으로 변화하는 〈겨울여자〉는 남성 중심으로 여성을 이상화하는 왜곡된 성의식을 보여준다. 〈사의 찬미〉에 〈겨울여자〉의 이화 역을 맡았던 장미희가 들어오는 순간 두 편의 영화는 감독이 의도했든 하지 않았든 어느 정도 겹쳐지는 면이 있다.

김호선은 신여성을 재현하는 데 있어서 여자도 사람이라는 인권 의식의 자각과 변화를 보여주던 페미니스트 신여성보다는 외면을 화려하게 치장하여 멋쟁이로 부각된 모던걸의 측면을 강조했다. 윤심덕 역의 장미희는 화려한 의상을 통해 피폐한 식민지 시대와는 동떨어진 사치와 허영에 들뜬 여성으로 표현되었는데 대종상 영화제 의상상 수상은 이 영화가 추구한 강조점을 보여준다.

영화는 특히 윤심덕의 남자관계를 중요하게 다룬다. 윤심덕을 향한 사랑으로 자살하는 유학생 박정식, 동생의 유학비용 건으로 스캔들이 있었던 이용문, 연인이 되기를 소망하지만 친구로 남아야 했던 홍난파, 아내와 아버지에게서 벗어나지 못했던 김우진 등 네 명의 남자관계를 자세하게 그린다. 윤심덕은 세 남자와 사랑하는 〈겨울여자〉의 이화와 연장선상에 있는 여성이 되는 셈이다.

영화의 흥행적 요소를 고려하여 김우진(임성민 분)과 몇 차례의 정사 장면을 넣었는데 이 또한 김호선 감독의 대중적 코드를 드러낸다. 임성민은 김우진의 고뇌를 깊이 있게 표현했고 장미희는 윤심덕의 변화무쌍한 삶과 복잡다단한 내면을 잘 표현했다. 다른 장르의 작품에 비해서 영화에서는 윤심덕이 최초의 성악가라는 점을 부각시켰다. 윤심덕이 오페라 가수가 되기를 원했던 만큼 윤심덕/장미희가 졸업공연인 〈나비부인〉의 주인공 역할을 포함해서 클래식 곡을 부르는 장면이 많았다.

영화는 처음부터 끝까지 홍난파의 내레이션을 사용한다. 이러한 장치를 통해서 윤심덕은 남성의 시각을 통해서 대상으로 굴절되어 표현된다. 보고 보이는 것에는 성적이고 사회적인 권력관계가 관련되는데 "남자는 행동act하고 여자는 출현appear한다. 남자는 여자를 바라본다. 여자는 보이는 자신을 바라본다. 즉 여성은 감시당한다. 이런 식으로 그녀는 자신을 대상으로 특히 시각의 대상으로 바꾼다."9)는 것이다. 영화에서 전통적으로 관객은 남성으로 상정되며 카메라는 남성의 시선이고 여성은 카메라 안에서 대상화되어버린다. 더구나 남성이 실제로 등장해서 여성을 그의 시선 안에서 해설하고 정의하고 규정하는 행위는 여성을 더욱 완벽하게 대상으로 만들어버린다. 이 영화는 여성인물을 철저한 관음증의 대상으로 만들어 흥행에 성공한 바 있는 감독의 이전 영화의 시선과 동일한 방식으로 만들어졌다.

윤심덕이라는 활달하고 능동적인 인물은 1920년대보다 나아진 것 없는 1980년대 남성의 편견에 의해 여전히 구속된다. 이러한 구조는 윤심덕에 대한 몰이해에서 기인한다. 참된 인간으로 살고 싶은 진정한 삶에 대한 의지 때문에 죽음으로 향하는 두 사람의 선택은 역설적으로 근대적 개인의 탄생이라 할 수 있는데 감독은 그들을 한낱 이룰 수 없는 사랑 때문에 동반 자살을 택하는 도피적이며 패배적인 인물로 규정하며 오직 극적인 드라마라는 소재만을 잡으려 한 것이다. 근대의 선구적인 신여성을 극화하면서 여성의식이나 여성영화와는 전혀 무관한 남성중심적 영화가 된 것이다.

연극이 한정된 무대 안에서 공연되는 것에 비해 영화는 실제로 윤심덕과 김우진의 공간 이동에 따라 조선의 목포와 경성, 일본의 대학과 여러 지역 등을 자유롭게 이동하면서 사실적으로 재연할 수 있는 장점이 있다. 시간과 공간의 변화에 따른 인물의 내적 외적 변화도 다양하게 표현할 수 있고 엑스트라를 제외하고도 50명 이상의 관련인물들 모두를 등장시킬 수 있어서 작품을 풍성하게 만들 수 있다. 166개의 씬으로 구성되어 있는 시나리오는 표현의 측면에서는 하나의 막으로 구성되어 단조로운 연극과는 비교할 수 없을 만큼 다채롭다.

(3) 뮤지컬, 김우진의 내적 갈등을 시각화한 인물의 창조

뮤지컬 〈사의 찬미〉는 앞의 두 작품과는 전혀 다른 스토리텔링을 창조했다. 도쿄에서 영문학을 전공하면서 고국순회공연을 위한 작품 번역을 하던 김우진은 어느날 자신을 찾아온 와세다 대학에 다니는 한명운이라는 사내와 만나 친해진다. 그는 고국순회공연에 창작 희곡을 올리자고 제안하고 이를 받아들인 김우진은 그와 함께 대본작업에 몰두한다.

그러나 점차 자신을 압박해오는 사내의 진짜 모습을 보게 된 김우진은 공포에 사로잡히고 사내에게서 벗어나려 한다. 하지만 어느날부터 발신자가 없는 우편물들이 오기 시작하는데 그 안에는 창의적인 작품들이 들어있었고 김우진은 자신의 이름으로 그것들을 발표한다. 그러던 어느 날 완성된 〈사의 찬미〉를 받은 김우진은 자신과 윤심덕이 사내에게 조종당해 왔으며 사내가 원하는 것이 자신들의 비극적 결말임을 깨닫는다.

전체 17곡 중에서 김우진과 윤심덕이 각각 3곡의 솔로를 부르고 사내가 2곡의 솔로를 부른다. 사내는 특히 '죽음의 비밀'을 오프닝과 엔딩에서 솔로로 불러 작품을 시작하고 닫는 역할을 수행하는데 이는 작품의 구조상 사내의 중요성을 보여준다. 홍난파가 내레이션으로 영화를 이끌어간 것처럼 사내 또한 뮤지컬을 이끌어간다. 그에게는 한명운이라는 이름이 있기는 하지만 진짜 이름

이 아니며 와세다 대학에 다닌다는 것도 거짓임이 밝혀지면서 그
가 실존인물이 아니라 김우진의 사상과 정신을 이끌어가는 염세
주의의 현현임을 알 수 있다.

넘버	김우진	윤심덕	사내	유형
1.죽음의 비밀			○	솔로
2.유서	○			솔로
3.이 세상엔 없는 곳	○	○		듀엣
4.사내의 제안	○		○	듀엣
5.도쿄찬가A		○		솔로
6.도쿄찬가B	○	○	○	트리오
7.그가 오고 있어	○		○	듀엣
8.난 그런 사랑을 원해		○		솔로
9.날개가 찢긴 한 마리 물새	○	○		듀엣
10.우리 관계는 여기까지야	○		○	듀엣
11.그가 사라진 이후	○			솔로
12.저 바다에 쓴다	○			솔로
13.완벽한 결말	○		○	듀엣
14.시간이 다가와	○	○	○	트리오
15.사의 찬미		○		솔로
16.1926년 8월 4일	○	○	○	트리오
17.죽음의 비밀			○	솔로
	솔로 3곡	솔로 3곡	솔로 2곡	
	전체 12곡	전체 8곡	전체 9곡	

결국 이 작품은 3인극으로 보이지만 김우진의 내적 자아를 양
분해서 이원화 한 2인극이기도 하다. 이러한 독특한 인물 구성을
통해 김우진의 내적 갈등은 시각화되고 외면화되어 강렬한 갈등
으로 구체화된다. 이것은 사실적인 영화에서는 불가능한 연극적
기법으로 이전의 작품과는 차별화되는 스토리텔링이다. 이미 관

객들이 알고 있는 스토리를 극화하면서 새로운 극작술을 필요로 하는 상황에서 김우진의 내적 갈등을 시각화한 것인데 이는 모두가 알고 있는 스토리이기에 가능한 방식이기도 하다.

이 작품에서 가장 돋보이는 점은 바로 이 사내라는 미스터리한 인물의 창조에 있다. 그는 김우진이 당시에 깊이 빠져있었던 염세주의를 상징하는 인물이다. 김우진의 내적 자아를 구현한 인물인 그는 김우진에게 창작을 추동하는 힘으로 작용하는 동시에 그를 비극적 죽음으로 몰아간다. 뮤지컬은 김우진과 윤심덕의 외적 갈등과 김우진과 사내의 내적 갈등으로 이루어진다. 김우진을 중심으로 내적 갈등과 외적 갈등을 시각화하여 긴장감을 유지하는 이 작품은 2인극인 동시에 3인극이라는 독특한 형식을 보여준다.

이 작품에서는 김우진과 윤심덕의 사랑과 절망 대신 섬세하고 지적인 작가이자 지식인인 김우진의 내면에 집중하고 그가 세상과 맞서는 나름의 방식을 중시한다. 당시 유입되던 다양한 서구 사상을 수용하여 자신의 창작방법론으로 삼고자 했던 김우진의 내적 갈등에 집중함으로써 김우진과 윤심덕의 정사에만 집중해온 과거의 스토리텔링을 넘어서는 새로운 방법론을 추구한 것이다.

결국 뮤지컬은 윤심덕보다는 김우진을 주인공으로 내세운 작품이 되었다. 김우진은 자신의 운명이 사내의 대본대로 흘러가는 것을 막기 위해 1926년 8월 3일 밤 부산을 향해 출발하는 관부연락선 도쿠주마루에 탑승하고 그곳에서 다시 윤심덕을 만나게 된다. 사내의 계획은 윤심덕이 김우진을 총으로 쏘게 한 뒤 죄책감을 이기지 못해 자살하는 것이었으나 사내가 오히려 김우진이 쏜 총에 맞는다. 그 와중에도 두 사람을 몰아붙이며 위협하지만 김우진과 윤심덕은 자유를 찾아 신세계로 떠날 거라는 말을 남기고 바다로 뛰어든다. 김우진과 윤심덕이 동반 자살을 감행하기까지의 고통스러운 과정을 사내와의 총격전으로 시각화하여 두 사람이 극한 상황으로 내몰리는 과정을 긴장감 넘치게 표현했다. 이것은 다른 작품들에서 두 사람이 침착하게 바다를 향하는 모습으로 그려진 것과는 전혀 다른 표현방식이다.

동경에서의 희망, 사랑에 대한 자세 그리고 '사의 찬미', 윤심덕이 부르는 이 세 곡의 솔로는 윤심덕을 집약한다. 새로운 세계에서의 '희망'과 '사랑' 그리고 '죽음'이야말로 윤심덕의 핵심이기 때문이다. 김우진은 자신의 사상을 글로 남겨두었기에 후세에 그가 어떤 사람이었는지 알 수 있지만 글을 남기지 않은 윤심덕의 삶은 더욱 풍문에 휩쓸리게 되었다. 윤심덕은 그녀가 이룩한 성취와 인간적 고뇌보다는 외적인 면이 부각되어 획일적으로 그려지곤 했다. 이 작품에서도 윤심덕에 대한 새로운 해석은 거의 보이지 않았다. 또한 홍난파를 등장시키지 않음으로써 세속적인 삼각관계가 이들의 본질적인 갈등 요인이 아님을 명확하게 한다.

삶과 죽음의 갈등이라는 형이상학적인 문제에 추동되고 있는 김우진의 주된 갈등을 볼 때 역사적이고 사회적인 존재로서의 인물을 보여준 타 장르의 작품과는 변별점이 있다. 현실적 고민이 없는 것은 아니지만 창작이나 사상과 같은 보다 개인적이고 내적인 문제에 집중하고 갈등하는 김우진은 새로운 캐릭터가 된다. 김우진은 당시의 상황에 대한 저항과 투쟁의지보다 더 근원적으로 새로운 세상을 지향하는데 그것은 곧 세상을 바꿀 수 있는 생명력에 대한 열망과 창조적인 개혁의지이다.

'도쿄찬가'에서 당시의 도쿄는 서구의 신사상이 밀려들어오는 곳, 자유와 평등, 사랑과 낭만, 개성이 있는 새 세상으로 식민지 조국과는 대조적인 곳이다. 반말로 연기하는 이들은 대학생다운 젊은이들의 분위기를 보여준다. 특히 윤심덕은 자유롭고 발랄한 인물로 솔로곡 '난 그런 사랑을 원해'에서 '탐미적인 사랑 그런 순간의 기쁨을 난 원해 / 나를 욕해도 좋아 난 원래 이런 걸 / 누구도 나를 묶지 못해 이 세상은 온통 거짓과 속임수 / 그런 위선이 난 싫어'라고 노래한다. 보수적으로 보이는 김우진과 당돌한 윤심덕은 상반된 성격으로 오히려 사랑에 빠지게 된다. 죽음을 통해 자유로워질 것이며 이들의 비극과 진실은 비밀로 묻힐 것이라는 엔딩곡은 풍문과 스캔들에 묻힌 이들의 진실에 다시 주목할 것을 제안한다.

무대가 고정되는 공연의 특성상 무대 설정은 작품의 핵심 사건과 주제를 구현하는 중요한 사항이 된다. 연극이 사실적인 무대를 통해 현재성을 강조한 반면 뮤지컬은 무대를 배로 설정하여 김우진과 윤심덕에게 가장 핵심적인 사건은 죽음이라는 것에 초점을 맞추었다. 배의 일부분을 기울어지게 만들어 최후의 날을 향해 달려가는 두 사람의 비극적 삶을 함축했다. 작가이자 연출인 성종완은 김우진과 윤심덕의 구체적인 사건에서 시대와 사상을 초월한 삶과 죽음의 대립이라는 주제로 나아감으로써 이 스토리의 깊이를 강조한다.

(4) 드라마, 선남선녀의 아름다운 멜로

드라마 〈사의 찬미〉 홈페이지에는 다음과 같은 기획의도가 실려 있다. '그 힘겨운 시대에도 사랑은 있었으니, 우리도 결코 사랑을 포기하지 말자. 아득히 먼 시대에서 퍼 올린 누군가의 옛사랑에 오늘을 살아가는 당신과 당신의 사랑을 비춰보길 소망하며, 희미한 사랑의 기억을 지금부터 쫓아가 보려 한다.' 이러한 기획의도 안에서 김우진과 윤심덕의 독특한 개성과 개인으로서의 면모는 약화되고 보편적인 사랑만 남게 되었다.

그들의 스토리는 텔레비전 드라마에 적합한 멜로드라마의 요소를 고루 갖추고 있다. 죽음을 넘어서는 불멸의 사랑과 극적인 러브스토리, 가족을 부양해야 하는 가난한 집 딸과 개인의 이상보다는 가업을 계승해야 하는 부잣집 아들, 유부남이라는 한계상황, 남녀 주인공 집안의 계급적 차이, 얽히고설킨 남녀관계와 스캔들, 끝내 이룰 수 없는 사랑과 죽음 이야기는 멜로드라마의 요건을 충족한다. 게다가 청춘 남녀의 이상과 현실의 괴리는 어느 시대에나 통용되는 주제이다.

문제는 이 드라마가 근대의 의미를 중시하기보다는 소재 중심의 흥미를 고려한 설정에 치중한다는 점이다. 김우진은 그의 작품을 기반으로 하여 세심하게 재현되었다. 유부녀와 동반자살한 일본의 작가 아리시마 다케오의 작품을 읽는 장면은 두 사람의 정사를 암시[10]한다. 1923년 6월 9일 소설가 아리시마 다케오와 여기자 하타노 아키코의 '정사'기사를 다룬 센세이셔널한 스캔들 기사가 저널리즘을 뒤흔들었다. 당시 식민지 조선에서 발간된 일본어 신문《경성신문》의 '강명화 사건'을 전후로 한 시기의 정사 관련 기사의 제목을 보면 다음과 같다. "아리시마씨에 물들어 창기와 정사""아리시마 사건에 공명한 서생과 가출한 사장부인 정사했을지도 모름"(1923.7.24) "동성의 사랑에 빠져 묘령의 여성 투신 정사 동기는 아리시마씨의 죽음과 결혼 문제"(1923.7.25) 등 아리시마 다케오의 '정사'는 일본과 식민지 조선에 크나큰 영향을 끼쳤다고 할 것이다.

조명희의 희곡 〈김영일의 사〉로 조선 순회공연을 준비하는 과정에서 김우진이 일경에게 맞서는 모습이나 종로경찰서에 끌려가서 고문을 당하고 피투성이가 되어 나오는 모습은 그의 진정성 있는 성격과 의지를 드러낸다. 희곡 〈산돼지〉를 완성하고 죽음의 길을 떠나는 마지막 장면은 그의 문학과 예술을 향한 이상과 실천을 보여준다. 드라마를 통해서 김우진이 당대 최고의 극작가이며 신극운동의 주창자이며 식민지의 시대적 한계 앞에서 최선을 다했던 지식인이었음을 알 수 있다. 비록 신여성과 사랑에 빠졌지만 조혼한 아내에게 미안해하는 모습에서도 인간적 도리와 배려심을 보여준다.

반면 윤심덕은 귀국 독창회 장면에서 객석의 김우진을 보자 공연 도중 무대에서 뛰어내려 거리로 그를 쫓아가는 충동적인 인물로 재현되었다. 동생들의 유학비용 마련을 위해 이용문과 스캔들에 휘말리는 등 현실에 부대끼며 주체적 판단은 부족한 인물로 그려졌다. 윤심덕은 키도 크고 성격도 거침없고 활달하여 남자들도 쩔쩔 맬 정도로 당당한 여성이었다는데 드라마에서는 얌전하고 다소곳한 태도와 고운 외모의 순정파 여성으로 그려짐으로써 신여성의 당찬 모습과는 거리가 있었다. 최근의 작품임에도 불구하고 연극, 영화, 뮤지컬보다 가장 시대에 뒤떨어진 모습으로 윤심덕이 재현된 것은 텔레비전 드라마의 한계를 보여준다. 또한 최초의 성악가로서의 면모를 보여주기에는 노래 부르는 장면도 너무 적었고 선택된 곡은 소품이었다. 드라마의 OST가 윤심덕을 대신해서 노래를 부른 셈인데 세 곡이 모두 사랑에 관한 곡이어서 이 작품이 '사랑'이라는 지향점을 가지고 있음을 분명히 했다.

김우진이 죽음을 택하는 것이 지식인의 고뇌에 기반한 논리적 선택이라면 윤심덕의 죽음은 현실에 찌들어 감상적으로 죽음으로 떠밀려가는 것으로 보였다. 작품은 사의 찬미가 흐르는 가운데 선원이 두 사람의 행방을 좇는 장면으로 시작해서 두 사람이 갑판에서 춤을 추는 장면으로 끝을 맺는다. 작품에는 시작과 끝이라는 두 개의 중요한 점이 있고 그것은 작품의 주제를 구현한다. 죽음으로 시작해서 죽음으로 끝나는 구조는 이 드라마가 최초의 동반 정사라는 소재에 초점을 두고 기획되었음을 드러낸다. 더욱이 죽음을 앞두고 갑판에서 춤을 추는 모습은 상징적인 의미를 담기는 하지만 스토리의 비현실성을 강조한 장면이었다.

젊고 아름다운 배우들은 실존인물의 나이에는 가까웠지만 영화의 배우들보다는 상대적으로 깊이가 부족해 보였다. 당대 가장 유명한 신여성이자 최초의 성악가 윤심덕은 사라지고 일제에의 저항 의지를 담은 진지한 작가로서의 김우진만을 강조한 것이다. 김우진은 출구 없는 현실에서 도덕적 갈등을 느끼는 인물이라는 점에서 극적인 인물이다. 아내를 두고 다른 여자를 사랑하게 된 현실, 부유한 집안의 장남이라서 오히려 이상을 택할 수 없는 상황, 부친의 뜻을 거역하고 맞서야 하는 처지, 세상의 비난과 오해 속에 남겨질 것을 알면서도 죽음을 택할 수밖에 없는 최후의 결단 등 김우진의 고통은 관객들에게 공감과 흥미를 느끼게 한다. 주인공이 그렇게 행동할 수밖에 없지만 그 행동에는 도덕적으로 잘못된 요소가 있다는 사실이 극적인 스토리를 만드는 것이다. 행위자의 도덕적 특성이야말로 하나의 완결된 행동 안에서 이야기에 톤을 제공한다. 첫 장면에 나온 두 장의 사진 곧 순회연극단 공연 후 찍은 사진과 윤심덕의 독사진은 김우진에게 가장 소중한 것이 연극과 사랑이었음을 보여준다.

3) 장르별 스토리텔링의 변이양상

1988년의 연극과 1991년의 영화는 거의 동시대적으로 연결된 작품이고 2013년부터 2019년까지 지속적으로 공연되는 뮤지컬과 2019년의 드라마 또한 동시대성을 띤다. 긴 시간이 경과하는 동안 한국 사회와 문화에는 큰 변화가 있기에 작품 또한 그러한 변화를 반영하고 있다.

	연극 (1988)	영화 (1991)	뮤지컬 (2013~2019)	드라마 (2019)
윤심덕 역	이혜영	장미희	안유진 외 다수	신혜선
김우진 역	이정길	임성민	정문성 외 다수	이종석
조연	홍난파	홍난파	사내	홍난파
등장인물	3명	다수	3명	다수
작가	윤대성	임유순	성종완	조수진
연출	윤호진	김호선	성종완	박수진
주제	시대의 아픔을 지닌 지식인과 예술가의 치열한 삶과 사랑	복고주의적 사랑의 찬미	시대와 사상을 초월한 삶과 죽음의 대립	힘겨운 시대의 슬픈 사랑
강조점	시대가 변해도 지속되는 예술과 현실의 괴리와 사랑의 고통	영화의 대중성과 흥행적 요소	사내를 통해 김우진의 내적 갈등 시각화	김우진의 작품을 인용한 문학적 분위기

연극과 뮤지컬은 등장하는 배우의 수에 제한이 있다. 연극의 경우는 윤심덕, 김우진, 홍난파 역을 맡는 3명의 배우가 등장한다. 각 배우는 극중극의 세 명의 인물을 연기하는 극단의 배우 역할로 설정됨으로써 각기 두 사람을 연기하도록 되어있다. 이 극중극의 방식은 연극의 효과적인 방법론을 보여준다. 과거에도 김우진과 윤심덕은 연극을 매개로 처음 만나게 되는데 그들을 연기하는 현재의 배우들도 연극 공연이라는 현실의 어려움을 그대로 겪고 있기에 두 쌍의 예술과 사랑과 삶이 그대로 중첩되어 상승의 효과를 보여주기 때문이다.

연극의 이혜영과 이정길, 영화의 장미희와 임성민은 당대의 대표적인 배우들이었고 작품은 큰 성공을 거둔다. 날카롭고 강인한 인상의 이혜영은 윤심덕을 강단 있는 인물로 재현했고 영화의 장미희는 윤심덕을 화려한 신여성으로 재현했다. 역사적 인물과 배우가 동일시되는 것은 아니지만 두 명의 여배우는 윤심덕을 각기 다른 방식으로 재현했다. 연극에서는 당찬 윤심덕이었지만 영화의 윤심덕은 화려한 외양에 갇혀 오히려 인물의 본질과는 거리가 있었다.

　　이는 작품 생산자의 의식에서 이미 차이가 있었다. 희곡을 쓴 윤대성은 사회에 대한 비판의식을 가진 작가로서 김우진을 어려운 시대와 맞서 고민하는 지식인으로 그리고자 했다. 윤심덕 또한 시대를 앞서가는 선구적 인물로서의 고뇌를 담은 인물로 그려냄으로써 사랑과 불륜과 정사라는 풍문을 넘어선 엘리트 지식인과 예술가의 고뇌에 초점을 맞추려 했다.

　　반면 영화는 한국대중영화의 흥행작인 〈영자의 전성시대〉와 〈겨울여자〉를 만든 김호선 감독의 작품이다. 그는 〈사의 찬미〉를 복고적인 사랑 이야기로 되살리고자 했다. 영화는 자본의 투자와 수익의 창출과 긴밀한 관계가 있다. 당대 최고의 여배우를 기용했고, 윤심덕의 화려한 의상과 일본의 이국적 배경은 해외여행이 흔치 않던 시대에 시각적 쾌락을 제공했으며, 몇 차례의 정사신을 통해 영화의 대중성을 담보함으로써 해당연도 흥행 3위의 영화로 기록된다. 배우들의 실제 연령대는 30대로서 원숙한 연기를 보여주었고 김우진과 윤심덕의 삶과 죽음이 그만큼 진지하고 무겁게 그려진다. 네 편 중에서 윤심덕의 성악가로서의 면모를 가장 잘 드러낸 것도 영화이다. 장미희는 윤심덕의 대학시절부터 말년에 이르기까지의 다양한 상황에서의 성악 장면을 여러 번 재연함으로써 최초의 성악가인 윤심덕을 가장 본질적으로 재현했다. 반면 뮤지컬과 드라마에서는 젊은 배우들이 기용됨으로써 작품이 경쾌해진다. 윤심덕을 맡은 배우들은 당돌한 면은 있지만 연약하고 불안정하며 섬세한 분위기의 여성성을 강조했다.

연극과 영화는 윤심덕이 주인공이었다면 뮤지컬과 드라마에서는 김우진이 주인공이다. 전자의 경우 윤심덕의 역할을 맡은 이혜영과 장미희의 개성에 의해 작품의 분위기가 좌우된다면 후자의 경우에는 김우진이 작품을 이끌어간다. 이것은 거의 30여 년이라는 시간의 격차를 두고 있는 이 작품들이 소비되는 지점을 말해준다. 전자의 관객들이 윤심덕이라는 인물의 개성과 비극적인 스토리에 관심을 가졌다면 오늘날의 관객들은 스토리의 운용방식 즉 새로운 스토리텔링이나 재현방식에 더 관심을 갖게 된 것이다. 기존의 작품들이 윤심덕에 초점을 맞추고 있기에 신작들은 상대적으로 김우진으로 중심을 이동하게 되고 김우진이 남긴 작품을 통해서 이야기를 풍성하게 만들 수도 있기 때문에 중심축을 이동하게 된다. 또한 장르의 향유계층과도 관계가 있다.

오늘날 한국 창작 뮤지컬의 경우 관객층은 젊은 여성이며 혼자서 여러 번 관극하는 매니아층을 형성하는 경향이 있다. 그래서 매력적인 남자 배우가 이끌어가는 극이 성공 가능성이 높고 하나의 배역에 다른 개성을 가진 3,4명의 배우를 캐스팅함으로써 한 작품을 여러 번 보도록 하는 마케팅 전략을 활용하고 있다. 〈사의 찬미〉도 덕수환 승선권이라는 재관람 카드를 마케팅에서 활용했는데 공연을 관람할 때마다 도장을 찍어서 모으는 것이다. 한 공연을 최대 12회까지 관람하도록 권하는 마케팅인데 이렇게 여러 번 관극하는 관객이 없으면 뮤지컬의 성공을 담보할 수 없는 상황이다. 이러한 공연계 현실에서 주인공은 여자보다는 남자가 유리한 측면이 있고 그 결과 윤심덕보다는 김우진에게로 중심이 이동한 것이다.

드라마의 경우 김우진이 남긴 작품들을 삽입함으로써 문학적 분위기를 보여주는 동시에 김우진의 내면을 드러내는 데 기여한다. 글에 담긴 개성은 작품에서 김우진의 독특한 아우라를 형성하게 되고 내면의 깊이가 있는 인물로 구축하는 데 기여한 반면 윤심덕은 성악 대신 가요를 부르라는 일본이나 방송국의 억압과 경제적인 문제를 완전히 책임져야 하는 가족 문제 같은 외적 갈등 위주로 그려짐으로써 대조적으로 형상화된다. 드라마에서 배우들의 연령은 김우진과 윤심덕의 실제 나이에 근접한 탓에 풋풋한 이미지 안에서 실존 인물을 그려볼 수 있게 했다. 연극과 영화에서 재현했던 인물의 무게를 털고 아름답고 신선한 이미지를 강조한 것은 시대적 특성과 시청자의 욕구를 반영한 것이다.

연극과 뮤지컬이 고정된 무대 안에서 단 3명의 배우가 집약적으로 밀도 있게 인물의 내면을 추구해간다면 영화와 드라마는 시간과 공간의 자유로움을 바탕으로 해서 표현의 풍성함을 추구할 수 있다. 상대적으로 많은 자본이 들어간 만큼 관객의 요구에 더 민감하게 반응하는 가운데 진지한 주제의식보다는 대중적 흥미에 더 치중하게 된다. 영화와 드라마가 공통적으로 사랑에 초점을 맞추어 이들의 스토리를 어려운 상황에서도 사랑을 추구한 멜로드라마로 정의하려 한 것이 그것을 말해준다.

3. 새로운 스토리텔링의 가능성

OSMU의 관점에서 네 편의 〈사의 찬미〉를 비교해보았지만 뮤지컬을 제외하고는 유사한 스토리와 동일한 인물 해석으로 장르별로 큰 변별성이 없었다. OSMU 전략이 지금까지는 성공한 원작 스토리를 매체 특성에 맞게 각색하는 크로스미디어 스토리텔링방식과 연결되었다면 앞으로 트랜스미디어 스토리텔링과 같은 새로운 전략을 응용한 참신한 작품이 요구된다. 트랜스미디어 스토리텔링은 통일된 세계관을 바탕으로 하여 매체별로 새로운 스토리를 '덧붙여 쓰고' '새로 쓰기'하는 방식이라는 점에서 차이를 보인다. 트랜스미디어 스토리텔링은 다매체를 활용하여 하나의 스토리세계를 분절하여 제공하는 것으로 매체별 스토리의 반복을 피하면서 동시에 각 스토리 갈래들이 서로 연결되어 있어서 사용자들로 하여금 적극적인 매체 횡단을 통해 하나의 스토리세계를 향유하도록 유도하는 것이 특징이다.

신여성 윤심덕과 극작가 김우진에 대한 관심이 지속된 데는 한국 근대사의 선구적 인물에 대한 지적 관심의 발현이라는 점, 그들이 식민지라는 한계상황과 봉건주의가 표방하는 각종 억압의 시대와 처절하게 맞서면서 파멸하지만 패배하지 않는 비극적 인간상으로서의 면모를 보여준다는 점, 인물의 개인적인 매력과 극적인 삶의 스토리, 어떠한 어려움에도 최후의 순간까지 함께 한 열렬한 사랑 등의 요인이 복합된 것이다.

　인텔리 계층이었던 신여성의 주장이나 실천이 당대에는 남성과 여성 모두에게 수용되기가 어려웠던 반면 21세기인 오늘에 와서야 비로소 모든 여성들이 공감하는 문제로 부각되었다는 점에서 오늘날 신여성의 빈번한 소환 이유를 찾을 수 있다. 신여성의 주장과 외침이 수용되기까지 무려 100여 년이 필요했다는 것을 고려하면 신여성의 선진적 의식과 선구자적 실천이 더욱 놀라운 것이다. 그 중 대표적인 신여성 윤심덕과 관련해서는 '사의 찬미'라는 개성이 강한 음악이 남아있다는 점에서 구체화되는 데 힘이 된다. 또한 김우진이 남긴 문학 작품들 또한 스토리텔링의 보고로 기능하고 있다. 김우진의 문학에 대한 기존의 연구를 작품에 수용하여 연장하고 확장하며 수정하고 치환하는 등의 트랜스미디어 스토리텔링의 전략을 적극적으로 활용한다면 기존의 작품과는 또 다른 매력을 가진 작품의 탄생이 가능할 것이다. 윤심덕과 김우진에 대한 다양한 해석을 바탕으로 이들의 스토리는 앞으로도 무궁무진한 스토리텔링의 보고가 될 것으로 기대된다.

5장
서구 연애론의 유입과 연애의 시대

정조는 도덕도 법률도 아무 것도 아니요,
오직 취미다.
밥 먹고 싶을 때 밥 먹고
떡 먹고 싶을 때 떡 먹는 거와 같이
임의 용지로 할 것이요,
결코 마음의 구속을 받을 것이 아니다

근대의 연애는 신교육의 세례를 받은 자들의 신문명이자 신도덕이었으며 그래서 진보적인 것이었다. 남녀 간의 사적 차원에 그치지 않고 사회적으로 공론화해야 할 공적인 부분이 분명히 있었다. 그래서 서구의 이론가와 작가들의 연애론은 중요했고 근대문명의 새로운 공적 담론 생산의 장인 잡지는 이들의 이론을 소개하고 논쟁을 펼쳤다. 비록 완전한 저서의 번역은 거의 이루어지지 못한 미미한 수준의 소개였고 부분적인 수용방식이었으나 그럼에도 불구하고 사회에 큰 반향을 불러 일으켰다.

　　　엘렌 케이의 경우는 폭넓은 사상 중에서 일부인 연애론이 수용되었으며 자유연애와 연애의 자유라는 기본적 개념 자체도 구별되지 않고 자유연애로 통합 수용되었다. 그녀가 주장한 자유연애가 결국은 모성론으로 귀결된다는 점에서 비교적 큰 비판 없이 긍정적으로 수용되었다. 콜론타이의 경우는 사회주의이념과 함께 수용되면서 한편으로는 계급적이고 진보적인 연애관으로 긍정적으로 수용되는가 하면, 과격하고 부도덕한 측면이 있는 불온한 연애론으로 비판되기도 했다. 입센은 연애의 측면을 특별히 강조한 것은 아니지만 〈인형의 집〉의 노라를 통한 여성해방론이 결국은 자유연애로 연결되고 이를 뒷받침한다는 점에서 그리고 당시 세 사람의 여성론이 동시에 소개되고 영향을 미친다는 점에서 함께 살펴볼 수 있다. 입센은 근대의 초입 조선에서 작가보다는 여성해방론자로서 강조되었고 노라의 유입은 이 땅의 여성들에게 여성의 인권에 대한 인식을 불러 일으켰기 때문이다.

1. 근대와 자유연애

근대의 심연은 오랫동안 그 복잡미묘함에 대한 끈질긴 분석을 요구해왔고 다각적인 측면에서의 연구를 가능케 했다. 현란한 포스트모더니즘의 담론 형성이 한창인 와중에 다른 한쪽에서는 다시 근대 연구가 활성화되는 현상은 현재를 넘어서 미래로 나아가기 위해서라도 근대의 정체를 규명하는 일이 얼마나 중요한지를 반증한다. 최근 들어 근대 연구는 무거운 학문영역의 틀 안에서 벗어나 대중화의 가능성까지 보이고 있다. 이는 근대를 보는 다양한 시각과 방법론에 기인하며 오늘을 사는 현대인과의 접점에서 특히 일상과 구체적인 삶에서 근대의 의미를 살펴보려는 관점의 변화에 힘입은 바 크다 할 것이다.

근대는 여러 가지의 도전과 그에 따른 갈등과 변화를 낳으며 시작되었다. 그 중에서도 연애만큼 직접적이고 강렬하게 사람들을 흔들어놓은 것은 없을 것이다. 일제강점기에 국가와 독립은 민족의 생존을 위한 지상과제였고 개인은 그 거대한 목표 아래 아주 미미한 것으로 간주되었다. 당연히 국가를 위해 개인을 희생해야 했고 그런 의미에서 개인은 억압될 뿐 아니라 금기의 영역이기도 했다.

이러한 상황에서 개인이 극대화된 영역이라 할 수 있는 연애가 신문명을 업고 서서히 모습을 드러내기 시작했다. 연애는 암울한 시대적 상황 속에서도 자유로운 개인의 자각이라는 근대적 명분을 획득하면서 오랫동안 지배적 결혼양식이었던 조혼과 개인의 의사를 존중치 않는 강제결혼을 거부하는 반역의 기호로서 이 땅의 지식인들과 대중들을 파고들며 새로운 사상으로 전파되었다. 학습된 열정으로서의 근대의 연애[1]는 근대인의 한 전형[2]을 보여줄 수도 있는데 연애란 끝없이 주체의 의미를 다시 묻는 일과 동일하며 자기를 해체했다가 다시 세우는 고뇌에 찬 실존적 결단의 과정을 포함하기 때문이다.

서양선교사들의 교육기관 설립과 일부 젊은이들의 일본유학 등은 서구의 문화를 수용하는 관문이 되었다. 20세를 전후한 청춘남녀들은 서양의 문물을 접하면서 가장 먼저 연애를 받아들였다. 연애야말로 개인의 자유와 권리를 가장 잘 반영하는 시대의 아이콘이었으며 오늘의 관점에서는 전적으로 사적인 영역에 속하는 일이면서도 당시에는 다분히 공적인 차원에 속하는 양면성을 가지고 있었다. 연애는 사회의 변화를 앞서가는 새로움이자 나아가 진보와 연결되어 있는 매우 선진적인 것이었기 때문이다. 세계 개조의 목소리가 높던 시절 연애는 개조론의 대중적 변종이었으며 새로운 가치인 행복에 이르기 위한 중요한 통로이자 문화, 예술, 문학의 유행을 자극한 주 원천[3]이기도 했다.

이광수는 조혼철폐를 주장하며 연애라는 새로운 사상을 몸으로 실천한 연애의 선각자였고 당시의 문학작품들은 앞 다투어 구식여성과 이혼하고 신여성과 결혼하는 것을 신지식인이 가장 먼저 해야 할 일로 꼽았다. 이광수의 희곡 〈규한〉에는 신여성과 연애를 하게 된 유학생이 조선에 남아있는 구식여성 아내에게 '내가 그대와 부부됨은 내 자유의사로 한 것이 아니요, 전혀 부모의 강제, 강제, 강제로 한 것이니 이 행위는 실로 법률상에 아무 효력이 없는 것이라 (중략) 서로 자유의 몸이 되어 그대는 그대 갈 데로 갈지어다' 라며 지식인 남성으로서 자못 자애롭게 아내의 자유를 허락하는 편지를 보내는 장면이 있다. 이 편지는 '전근대적 전통에 대한 결별선언'이라 하여 〈규한〉으로 하여금 '근대문학의 최초의 희곡다운 희곡'이라는 명예를 안게 하였고, 주인공 영준은 〈무정〉의 이형식에 앞서 근대의 선구적 자각을 보여주는 인물로 평가되었다. 그러나 갈 곳 없는 여성에게 이 같은 자유란 아내의 대사처럼 '죽는 일 아니면 미치는 일'이라는 단 두 가지의 길이 있을 뿐인 허울 좋은 자유였다.

더욱이 이 시대의 연애 신봉자들에게는 여성의 인권과 여성해방에 대한 이론적 뒷받침을 할 서구의 사상가들이 있었다. 그 중에서도 스웨덴의 사상가 엘렌 케이(1849~1926)와 러시아의 외교관이자 작가인 알렉산드라 콜론타이(1872~1952), 그리고 노르웨이의 극작가 헨릭 입센(1828~1906) 등 세 사람이 대표적이다. 물론 이들의 관심사가 연애에 국한되었던 것은 아니었고 연애라는 핵심어로 함께 묶기에는 다소 부적절한 면이 있기도 하다. 연애사상의 유입과 수용이라는 주제로 엘렌 케이와 콜론타이를 비교하고자 할 때 입센은 다소 거리가 있기 때문이다. 그러나 이 세 사람의 여성관련 사상들이 거의 동시대에 유입되었고 입센의 경우는 연애를 겉으로 강력하게 주장한 것은 아니지만 결과적으로는 그의 여성해방론이 자유연애의 뒷받침이 되는 사상으로 연결되었기 때문에 함께 살펴볼 수 있다.

엘렌 케이는 문학사와 여성문제, 교육문제 등 다양한 분야에서 전문적인 강의와 저술을 하였으며 루소와 니체의 영향을 받아 사회적 자유주의와 개인의 해방, 억압 당해온 여성과 아동의 해방을 주장하였다. 일본에서는 그의 『연애와 결혼』을 비롯해서 주요 서적들이 번역되었지만 조선에서는 주로 일역본을 읽은 일부 지식인들에 의해 유입되었으며 완역이 이루어지지는 않았다.

콜론타이는 레닌과 스탈린 시대의 이례적인 비판적 정치인으로서 세계 최초의 여성 외교관이었다. 여성해방에 관한 저서들을 남겼으며 그 중에서도 〈붉은 연애(원제는 바실리사 말리기나)〉와 〈三代의 연애〉가 당시 조선의 여성문제와 관련하여 논란거리가 되었다. 성적 욕망이나 사랑의 만족은 한 컵의 물을 마시는 것과 같다고 주장한 '물 한 컵 이론'이 흔히 콜론타이즘이라 하여 전세계에 파급되었다.

입센의 경우는 세계적인 극작가임에도 불구하고 〈인형의 집〉이라는 문제작을 통해 유입됨으로써 희곡과 연극의 예술적 특성보다는 여성해방론자로서 이념적으로 받아들여졌다. 이것은 그의 모국인 노르웨이에서나 중국, 일본, 조선 등 동아시아에 번역되는 과정에서나 동일했다. 작가 자신에게나 문학과 예술을 향유한다는 목적으로 볼 때는 오류이겠으나 당시의 여성문제에 관한 입센의 표현이 얼마나 문제제기적이었는지 그 관심의 강도를 보여주는 현상이기도 하다.

여성문제와 관련한 이 세계적 명사들의 저술은 당시 동경유학생들의 자유연애를 뒷받침하는 매력적이고도 강력한 버팀목이 되었다. 1919년 3·1운동의 실패 이후 어떠한 탈출구도 찾을 수 없는 상황에서 정신적으로 황폐해진 젊은이들에게 이들의 사상은 연애를 중심으로 강조되어 유입되고 유용한 부분만 재단 수용되기도 하면서 몽환적 탈출구로서 기능한 측면이 있었다. 사적인 영역의 연애가 당시의 정치적 억압과 불안으로부터 벗어나게 하는 낭만적인 돌파구로 혹은 문화적인 도피처로 기능하면서 상당히 중요한 시대상을 담고 있는 공적 영역의 한 징후로 자리 잡았던 것이다. 개인의 연애와 결혼이 곧 사회적 이념의 실천이 되는 시대였다.

이들의 사상이 유입되는 과정을 당시의 잡지를 중심으로 살펴보려 한다. 잡지는 근대적 담론 형성의 장으로서 문자와 지식을 선점한 지식인들이 의사를 개진하는 새로운 터전이었고 이 땅의 근대에서도 중요한 의미를 갖는다. 또한 이들의 사상의 유입과 전달도 잡지를 통해서 이루어졌기 때문에 우선적인 관심의 대상이 된다. 이들의 사상은 유입 당시에도 원전의 번역이 아닌 일본의 번역본을 먼저 읽은 이들에 의해서 부분적으로 유통되었고 현재 이들에 관한 연구 또한 원전의 본격적 해석이 아닌 간접적 인용과 재인용을 반복하고 있을 뿐이다. 근대를 연구하면서 접하게 되는 자료나 문학 작품들에서 상당히 많이 거론되고 있는 이들이 매우 의미 있고 흥미로운 사상적 기반을 제공하고 있음에도 불구하고 본격적 연구가 이루어진 적이 거의 없었던 것은 다소 의아한 일이다.

이러한 상황에서 이들의 사상이 폭넓은 영역에 걸쳐 있음에도 불구하고 자유연애의 측면에서 유독 강한 영향을 주면서 수용되었다는 사실에 주목하고자 한다. 근대의 서구 페미니즘 사상 유입에 있어서 엘렌 케이와 콜론타이가 흔히 짝을 이루어 언급되고 입센보다 더 많은 영향을 준 것으로 여겨지는 경향이 있다. 그러나 이 세 사람 중에서 가장 먼저 그 이름이 지상에 언급되는 것은 입센이고 나혜석의 〈이상적 부인〉에서도 노라가 이상적 부인의 예로 거론된다. 이후 입센이 본격적으로 소개되는 것은 1921년 〈인형의 집〉의 번역 이후이며 이는 노자영이 엘렌 케이를 번역 소개한 것과 같은 시기이기도 하다. 콜론타이는 이보다 늦은 20년대 후반에 소개된다. 결국 이들은 1920년대부터 1930년대에 걸쳐 거의 동시에 소개되고 함께 논의되면서 영향을 주고받았던 것이다. 자유연애를 통해서 개인의 자각과 자유로 나아가고자 했던 이 땅의 젊은이들에게 엘렌 케이와 콜론타이의 연애론과 입센의 여성해방론이 미친 영향과 그 수용양상을 살펴보기로 한다.

2. 근대의 연애론

1) 엘렌 케이와 연애의 자유론

엘렌 케이와 관련된 최초의 글은 노자영의 〈여성운동의 제일인자 엘렌 케이〉라 할 수 있다. 《개벽》에 2회로 분재된 이 글은 '일본인 生田君의 엘렌 케이론을 토대로 했다'는 자신의 언급처럼 그 글의 영향을 많이 받은 것으로 보인다. 당시의 자료 중에서는 발표 시기와 지면은 다르지만 거의 같은 내용과 구성으로 된 글들을 간혹 볼 수 있는데 필자들이 일본의 글을 읽고 거의 그대로 번역하거나 대충 수정하여 자신의 글로 발표하는 경우가 상당수 있었음을 추측할 수 있다. 이러한 증거를 바탕으로 할 때 매우 잘 정리된 노자영의 이 글도 스스로 밝힌 것처럼 거의 번역본일 가능성이 높다.

노자영은 이 글에서 연애론, 자유이혼론, 모성관 등을 상술하고 있다. 연애중심의 결혼론과 자유이혼론은 긴밀하게 연결되며 결혼한 부부라 할지라도 연애가 없어지면 결혼생활이 무의미해지므로 이혼해야 한다는 것이다. 이에 대해 독일의 펠스타 교수는 결혼이라는 형식의 가치를 논하면서 엘렌 케이의 자유이혼론을 비판했다. 그러나 엘렌 케이는 개인의 자유를 억압하는 각종 폐해를 들어 다시 이를 반박하였고 특히 불행한 부부의 이혼은 아이의 교육을 위해서도 오히려 좋다고 주장하였다. 노자영은 입센의 〈유령〉을 근거로 들면서 이상적 결혼생활의 건설을 위한 유력한 주장이라 하여 자유이혼론을 어느 정도 수긍하고 있다.

엘렌 케이가 특히 우호적으로 수용되는 것은 모성론의 강조와 관련이 있다. 엘렌 케이는 『모성의 부흥』에서 여자의 여자 된 이유는 모성에 있으며 어머니로서의 직능을 다하지 못하면 어떤 일을 하든지 훌륭한 일을 했다고 할 수 없다고 했다. 새로운 사회가 여자로 하여금 어머니 대신 노동자를 만든다 하면 이것은 잘못된 일이라고 주장함으로써 새로운 여성상으로서 독신여성과 여성노동자를 내세웠던 콜론타이와는 상반되는 입장을 보여준다. 이것은 여성의 참정권과 함께 경제력을 중시함으로써 여성의 직업을 강조한 근대 여성운동의 흐름과는 방향을 달리 한 것으로 여성의 천직을 어머니 되기로 규정하고 어머니의 자녀양육을 통한 개인의 향상이 인류사회의 발달이라고 주장한 것이다.

남성의 입장에서 볼 때 자유연애와 자유이혼, 모성의 교묘한 병치야말로 조혼이라는 구식결혼의 굴레에서 벗어날 수 있는 근거를 제공함과 동시에 여성을 구제도의 틀에 묶어둘 수 있는 새로운 사상이었던 셈이다. 엘렌 케이는 여성론자로서 유입되었지만 그녀의 사상은 여성보다 남성에게 더 유리하게 작용하는 부분이 있었고 이러한 이유로 적극적으로 소개되었다. 더욱이 엘렌 케이의 다양한 관심사를 포괄한 여러 권의 서적 중에서 단 한 권의 완역본 출간도 없이 일역본을 읽은 소수의 유학생들을 중심으로 부분적으로 유리한 구절이 인용되어 이입되면서 엘렌 케이의 사상을 종합적으로 수용하지는 못했다. 당시 일본에서는 엘렌 케이의 저서 『연애와 결혼(1911)』, 『연애와 윤리(1912)』, 『엘렌 케이 사상의 진수(1915)』 등 거의 전저작물이 출간 후 몇 년 안에 즉시 번역 출간되었다. 반면 그 책의 사상을 해설하는 글 중의 한 편을 거의 번역하다시피 한 노자영의 글이 엘렌 케이에 관한 가장 완성도 높은 소개글이라 할 때 일본과 조선에서 엘렌 케이 수용의 괴리는 매우 크다고 하겠다.

김일엽은 특히 엘렌 케이의 사상을 근간으로 신정조관념을 발표했고 이후 큰 반향을 일으켰다. 정조는 애인에 대한 타율적 도덕관념이 아니라 애인에 대한 감정과 상상력이 최고조화한 정열인 고로 사랑을 떠나서는 정조의 존재를 다른 곳에서 구할 수 없는 본능적인 감정이라는 내용이다. 입센이나 엘렌 케이의 사상을 신조로 삼고 성적 신도덕을 위해 힘쓸 자각있는 여자가 많이 나올 것으로 기대한다는 김일엽의 이 글은 여성의 시각에서 정조에 얽매이고 구속된 남녀관계에 파격적인 발언이었으나 사랑 없이 함부로 육체에 빠지는 것은 죄악이라 하여 성적 자유와 방종을 명확히 구분하고 있다. 이 글은 매우 급진적이었으며 신정조관은 이후 김일엽의 대표적인 이론이 되었다.

이후 전쟁과 부인에 관한 글이 요약 번역되는데 전쟁의 폐단을 지적하면서 여성은 자녀들에게 위대한 영웅은 권력과 영광을 위하여 싸우는 사람이 아니고 다른 사람을 도와주기 위하여 싸우는 사람이라는 인상을 가지게 해야 하며 수호에 대한 욕망과 전쟁에 대한 욕망을 구분하는 문제를 언급하고 있다.

다음으로 안화산의 글은 펠스타, 버나드쇼, 카펜다, 엘렌 케이, 콜론타이 등 당시의 연애론을 나열하고 성도덕을 비교하고 있다. 그는 엘렌 케이가 말하는 연애란 도덕적으로 지식적으로 같은 선상에 있는 남녀관계에만 있는 것으로 그러한 남녀가 자기를 완성하기 위하여 결합하는 상태라고 하여 펠스타의 일방적인 비난으로부터 엘렌 케이를 옹호하고 있다. 버나드 쇼와 카펜다의 견해도 자유결혼과 자유이혼의 측면이 강조 수용되어 엘렌 케이와 별반 차이가 없는데 내용은 결혼하더라도 아무 구속이 없고 자유롭게 되면 사랑도 깊어갈 것이며 기존의 일부일처제가 편협 강고하기 때문에 도리어 연애감정을 삭감시킨다는 것이다.

그는 청년의 성적 교섭에 관해 언급하면서 콜론타이즘과 엘렌 케이즘이 청년남녀의 분방한 성적 해방의 근거가 되고 있는 현실을 비판한다. 이러한 성적 분방함은 진정한 성적 해방이 아니므로 구도덕에서 탈피하고 신도덕 즉 새로운 계급적 성도덕을 스스로의 힘으로 건설해야 한다고 주장하고 그 내용으로 동지간의 성적 회계를 분명히 할 것과 정조를 여성만 지킬 것이 아니라 남성도 지켜야 할 의무라고 하여 매우 선진적인 주장을 하고 있다. 이 글은 일방적인 서구사상을 수용하기보다 당시 조선의 상황에 맞는 계급적 성도덕의 건설이라는 시각을 명확히 하고 있다는 점에서 의미가 있다.

한 권의 완역본조차 없이 수용되었음에도 불구하고 엘렌 케이는 당시 조선에 막강한 영향력을 행사했다. 그녀가 말하는 자유연애(free love)와 연애의 자유(freedom of love)는 명확하게 구별되지 않고 동의어로 사용되었다. 엘렌 케이는 자유연애란 미숙한 남녀의 문란한 연애를 의미하며 연애의 자유란 인종개량의 목적에 적합한 조건에 따라 배우자를 선택할 자유라고 구별하고 후자를 가치있는 것으로 보았던 것이다. 결국은 모성주의로 귀결되는 연애론에서 중요한 인종 개량이나 국민국가 형성의 문제가 탈락된 채 연애론 중심으로 소개되었다. 그러면서도 엘렌 케이를 자유연애론과 서구 페미니즘사상의 대모로서 꼽기에 주저함이 없었음은 당시 서구사상의 번역과 수용의 수위를 짐작할 수 있게 한다.

연애는 출구가 보이지 않는 식민지 상황, 국가와 독립이라는 실체 없는 주체의 거대한 중압감, 그 속에서 낭만적 동경의 씨앗으로 자라났다. 이러한 상황에서 엘렌 케이의 연애론은 가장 설득력이 있었으며 자극적인 콜론타이식의 연애가 갖는 사회적 비난에서도 비껴날 여지를 둔 비교적 온건한 연애론이었다. 특히 모성론이 뒷받침되어 있다는 것은 더욱 긍정적이었다. 아이를 잘 키우기 위해서는 연애를 기반으로 한 행복한 결혼생활이 필수적이라는 결혼론과 그 사랑이 깨질 때는 이혼하는 것이 자녀를 위해서도 낫다는 자유이혼론은 연애와 결혼 나아가 이혼에 이르는 전과정에 있어서 복음과도 같은 것이었다.

2) 콜론타이와 붉은 연애론

콜론타이는 엘렌 케이와 함께 조선의 여성해방론에 가장 큰 영향을 미쳤다. 그러나 엘렌 케이의 여성해방론이 모성론과 연결된 자유연애론으로 이해되면서 상대적으로 온건하고 긍정적으로 수용된 반면 콜론타이는 과격한 '붉은 연애'와 '물 한 컵 이론'으로 소개됨으로써 긍정과 부정의 논란 속에서 비판적으로 수용되었다.

콜론타이의 이론서와 소설들은 엘렌 케이의 경우와 마찬가지로 제대로 완역 소개되지 못하고 일어판을 통해서 소수의 사람들에 의해 읽혀졌고 부분적으로 기사화되었다. 결국 명성에 비해 실체는 가려진 채 부분만이 소개됨으로써 당시에 콜론타이를 제대로 수용하는 것은 원천적으로 불가능했다. 콜론타이의 연애관과 여성관을 보여주는 『연애와 신도덕』이 번역 출간된 것이 1947년이었고 그 전에도 부분적인 번역이 있다고는 하나 확실치 않다. 1920년대 중반 사회주의 여성운동이 활발해지면서 콜론타이의

〈붉은 연애〉가 소개되어 읽혔다는 글과 그에 대한 비판과 토론의 글들이 남아있지만 원본에 대한 번역을 누가 했으며 언제 출간되었는지를 명확하게 하는 자료는 없다. 다만 《조선지광》(1928.11)에 '〈신사회의 연애관〉 30원, 〈사회주의 부인관〉 10원' 등의 광고가 있는 것으로 보아 콜론타이의 『연애와 신도덕』이 일부 번역 소개되었으리라는 추측을 할 수 있다.

콜론타이는 사회주의 여성론자로서 유입되었으며, 당시에 함께 들어온 베벨보다 그가 더 많이 언급되는 것은 좀 더 이해하기 쉬운 소설이라는 형식과 자극적이고 혁신적인 내용이라는 대중적 코드로 전파되었기 때문일 것이다.

신문 잡지를 통해서 볼 수 있는 콜론타이에 대한 글들은 거의 남성이 쓴 것이고 비판적인 경향을 보여준다. 그 글의 목록 중에서 가장 앞선 것은 기생에서 여성운동가로 변신하여 근우회 등에서 크게 활동했던 정칠성의 대담 기사로서 이는 여성의 입장을 명확하게 보여주는 동시에 드물게 긍정적 입장을 피력한다는 점에서 중요하다.

당시 대중종합지였던 《삼천리》는 이 대담의 목적을 '양성관계의 신도덕 문제에 대하야 조선의 여류사상가들은 너무도 안타까웁게 침묵을 직히고 있기에 오늘은 분개하여 그 비판을 드르려고' 하는 것이라 밝히고 있다. 정칠성은 콜론타이를 지지하는 입장이지만 조선의 상황을 고려하여 조심스러운 태도를 보여주기도 한다. 여성의 사회활동의 수위에 관한 질문에 대해서 사회적 의무를 더 중히 여겨야 하나 남편에게 배반을 아니 받을 정도로 해야 한다고 답했다가 남편이 끝내 반대한다면 일과 동지가 더 중요하므로 가정을 나와야 한다고 답함으로써 가정보다 사회적 일을 우위에 두었다.

무엇보다 연애와 관련해서는 파격적인 입장을 보여준다.

첫째, 연애라는 것은 시간이 많이 드는 일인데 사회운동에 공부에 투쟁에 한가한 틈이 없는 사람들이 연애를 할 수 없으므로 생리적 충동을 구하여 성욕의 만족을 얻는 것이라 하여 성욕과 연애를 분리하였다. 둘째, 정조문제와 순결의 문제는 과중하게 평가할 필요는 없다. 셋째, 개인의 연애는 결과적으로 사회에 영향을 미치게 되므로 개인적인 일이 아니며 감시와 간섭과 비판을 하여야 한다. 넷째, 결혼생활을 하다가도 연애가 사라지면 허위와 기만의 생활을 깨뜨리고 이혼해야 한다. 그러나 그 이혼은 독신생활을 위해서가 아니라 새로운 결혼생활의 준비이다. 다섯째, 이혼할 경우라도 아이를 낙태하지 말고 왓시리사의 신시대적 모성애에 따라 육아원을 설치하고 모든 아이들을 함께 양육해야 한다. 여섯째, 경제적 해방이 없이 진정한 여성해방은 없다. 노라는 개인주의적 자각으로 공상적 여성이며 해방되지 못한 여성이고 왓시리사야말로 철저하게 자유스러운 해방을 한 여성이다.

콜론타이의 자유연애와 여성해방론을 수용하는 과정에서 거의 대부분의 글이 남성에 의한 것이어서 여성의 입장을 아는 것은 매우 어려운 일이다. 이 글은 흔히 콜론타이를 파격적인 연애관 중심으로 수용한 것과는 달리 여성의 경제적 독립이나 육아문제에 이르기까지 광범위한 콜론타이 수용을 보여준다는 점에서 의미가 있다. 〈인형의 집〉의 노라와 〈붉은 연애〉의 왓시리사를 비교하는 관점도 매우 분명한데 자유주의적 여성해방론과 사회주의적 여성해방론의 차이를 구별하고 후자를 택하는 단호한 입장을 보여준다.

콜론타이의 연애론은 이후에도 여러 사람에 의해 비판 또는 옹호되면서 논쟁을 불러일으키게 된다. 김온은 여성은 노예적 생활에서 벗어나 남성과 동등하게 살아야 하며 그를 위해서는 경제적 생산능력이 중요하다고 강조하고 부르주아의 위선적 성생활의 노예에서 벗어나 성적 해방을 구하라고 주장한다. 이의 예로 왓시리 사를 들고 동지적 사랑과 자각한 남녀의 사상적 결합을 강조한다. 여성에게 새로운 사회적 지위 곧 국가와 계급을 위하여 일하는 일꾼이 됨으로써 인간으로서의 사회적 임무를 수행할 것을 역설하고 있다.

유철수는 콜론타이의 '물 한 컵 이론'이 우리 청년의 마음을 어지럽게 했다고 전제하고 물을 마시는 것과 성애의 추구의 차이점에 대해서 첫째, 그 대상이 물과 산 사람이라는 점, 둘째, 후자의 관계에서는 생명이 나온다는 점 등을 들어 비판했다. 그는 〈삼대의 연애〉의 게니아 식의 찰나적 연애를 성적 타락으로 규정하고 그러한 것에 빠지지 않을 때 오히려 더 일을 잘 할 수도 있을 것이라 하면서 일부일처제야말로 혼란한 성문제를 해결할 수 있다는 부르주아적 결혼관을 강조했다.

김옥엽과 장국현은 연애를 세 가지로 분류한다. 첫째, 숙명적 연애관인 연애지상주의, 둘째, 합리주의적 연애찬미론, 셋째, 개인주의적 입장에서의 자유연애와 사회주의적 입장에서의 자유연애 등이다. 연애를 인간의 지고의 도덕으로 보고 영속적인 영과 영의 결합이어야 한다는 첫 번째 이론과 결혼을 연애의 완성이라 하여 연애와 결혼을 연결한 두 번째 이론을 모두 시대에 뒤떨어진 청산해야 할 연애론이라 하여 비판했다. 자유연애의 이론적 기초는 개인의 자유에 있으며 인간은 상호의 자유의지로 성욕을 행하게 한다는 세 번째 이론에서는 산아제한의 기술이 연애의 자유를 보장하는 과학적 도움을 준 것으로 보았다. 그러나 연애는 사회에 공헌함이 없는 쾌락의 정당화이므로 문제가 된다. 결과적으로 연애의 종류를 분류한 끝에 가장 진보적인 사회주의적 입장에서의 연애 곧 콜론타이의 연애론으로 나아간다.

그러나 연애는 우리의 인간성을 높이며 새로운 사회를 위하여 싸우는 능률을 높이는 것이어야 하는데 그것은 현실적으로 어려운 일이므로 우리들의 임무를 방해하는 개인적 욕망으로서의 연애를 경계하는 것이 더 중요하다는 입장으로 글을 마감한다. 콜론타이즘의 핵심을 일시적 육체의 결합으로 보고 그것이 프롤레타리아계급에 좋은 결과가 있지는 않을 것이라고 비판한 것이다. 결국 콜론타이의 연애론이 가장 합리적이지만 그것도 일에 방해가 되므로 가급적 지양해야 한다는 연애의 무용론 내지는 극복론 성향의 글이다.

이어서 《삼천리》에 실린 두 편의 글은 공통적으로 콜론타이의 소설을 통해서 콜론타이즘의 실체를 규명하고자 하였다. 「코론타이주의란 엇던 것인가」는 소설 〈삼대의 연애〉 중에서 딸 게니아가 어머니의 애인 안드레이와 성관계를 맺는 장면을 소개하면서 사랑 없이도 성적 본능만 만족하게 하면 좋다, 연애에는 많은 시간과 정력이 들고 사업에 바쁜 사람이 그럴 여유가 없으므로 사랑과 별도로 성욕을 채울 수 있다, 연애와 가정보다는 사업이 중요하다는 것을 콜론타이주의라 요약하였다. 이 주의 자체는 매우 새로운 연애관이지만 성적 충동에 따라 향락적으로 행동하면서 이것을 콜론타이주의라고 함부로 끌어다 붙이는 세태를 비판하고 있다.

김안서는 콜론타이의 소설 〈연애의 길〉을 영과 육이 함께 있는 존재의 입장에서 볼 때 전혀 이해할 수 없다면서 비판하고 있다. 삼대의 연애관을 비교한 후 특히 삼대 게니아의 경우는 인생을 동물화시킨 것이며 영혼 없는 육체를 강조한 인생으로 이것은 잘못된 연애관이지 새로운 연애도덕이라고 할 수 없고 이런 책이 나오게 된 것은 매우 대담한 일이라고 분개하여 글을 맺고 있다.

이상의 대표적인 몇 편의 글을 통해서 볼 때 찬성보다는 비판의 글이 더 많음을 알 수 있다. 곧 콜론타이즘이 프롤레타리아의 계급성을 바탕으로 한 새로운 사회를 배경으로 하고 있다는 점에서는 우호적이지만 그럼에도 불구하고 인간의 정신과 육체를 분리시켜 성적인 만족을 얻을 수 있다는 측면은 동지적 사랑의 의미보다는 성적 방종의 측면이 부각된 것으로 보았던 것이다. 더욱이나 콜론타이즘이 왜곡된 형태로 수용되는 현실을 볼 때 더욱 문제적으로 받아들여졌다.

　「붉은 연애의 주인공들」은 사회주의 페미니즘사상으로 콜론타이를 수용한 사람들 즉 콜론타이즘의 실천자들을 붉은 연애의 주인공들이라 명명하고 여러 명의 남자들을 사귀면서 동지적 결합을 강조한 허정숙을 비롯해서 주세죽, 박원희, 박진홍 같은 여성들을 언급하고 있다. 그러나 그들의 수가 그리 많지 않을뿐더러, 그 외의 대다수의 여성들에게 콜론타이즘이란 동지적 사랑, 사상적 결합이 아니라 매력을 느낄 때면 자유롭게 육체적으로 결합한다는 성도덕의 자유로운 측면만 강조되어 수용되었다. 레닌과 스탈린 시대를 거치면서 여성으로서는 보기 드물게 유력한 인물이었으며 매우 적극적인 비판자였던 콜론타이의 진보적이고 다각적인 여성해방론이 거시적으로 수용되기보다는 부분적으로만 수용되면서 평형감각을 유지하지 못했고 다만 붉은 연애의 측면만이 강조되어 수용된 것은 아쉬운 부분이다.

　콜론타이는 여성해방은 사회주의를 향한 투쟁의 일부이고 여성운동이 사회주의를 향한 투쟁과 분리되지 않도록 하는 데 온힘을 쏟았다. 당시 부르조아 여권론자들은 여성문제는 사회주의와 동떨어진 것으로 자본주의체제 내에서도 완전한 해결이 가능하다고 믿고 있었다. 그러나 콜론타이는 부르조아 여권론자들의 한계를 지적하면서 여성의 상황을 계급의 시각으로 분석하려는 시도를 하고 있었다. 엥겔스나 베벨이 추상적인 수준에서 여성문제를 사회주의 이후에 해결될 문제로 보았던 것과는 분명히 다른 입장이었다. 콜론타이는 여성해방에 있어서 정치적 자유와 평등, 경제적 독립, 결혼과 가족문제의 해결을 위한 투쟁의 중요성을 강조하였다. 1909년에 출간된『여성문제의 사회적 기초』는 콜론타이의 프롤레타리아계급 여성에 대한 열렬한 관심과 함께 부르주아 여성 중심의 페미니스트 운동과의 차별성을 강조한다. 그들은 자본주의 내에 속해 있으며 프롤레타리아 여성들과 관심사가 다르기 때문에 그들이 추구하는 운동의 목표는 일치하지 못하고 때로 첨예하게 대립한다는 것이다.

'특히 진정으로 자유로운 여성이 되기 위해서는 여성이 여성으로서 인간으로서 어머니로서 억압받는 현재의 가족형태를 벗어나야 한다. 결혼제도에서 벗어난 자유로운 사랑이 대안으로 제시되지만 그것은 아이를 홀로 기르는 일이라는 새로운 짐을 지울 것이고 그 모든 의무가 가족에서 사회와 국가로 이행되고 여성이 일하러 나가고 경제적 독립을 얻을 때 자유로운 사랑의 부정적인 면에서 여성을 보호할 수 있을 것이다. 곧 가족과 결혼 문제의 핵심은 사회적 경제적 조건에 있다.' 이렇게 강조하면서 콜론타이는 엘렌 케이의 모성에 대한 의무와 가족에 대한 강한 애착에 대해 사회적 모순 속에서 길을 잃은 것이라고 강하게 비판한다. 그러나 이후 콜론타이는 모성 승인의 양면적 개념에 대해 언급한다. 그것은 엄마로서 교육자로서 여성역할에 우선권을 부여한 것으로 이전의 견해와는 대조적으로 보이기도 한다. 그럼에도 불구하고 콜론타이는 여성해방과 관련된 문제들-여성의 경제적 정치적 독립에서부터 피임과 낙태의 문제에 이르기까지-을 이해하는 데 가장 멀리까지 나갔던 사람들 중 한 사람이었다. 그리고 그 가운데에 연애가 있었다.

이와 같이 콜론타이의 여성해방론이 현실에 대한 명확한 통찰을 기반으로 한 구체적이고 문제제기적인 측면이 있음에도 불구하고 이론서가 아닌 소설을 통해서 이입됨으로써 부분적으로 왜곡된 형태로 수용된 것이 문제이다. 결국 콜론타이의 사상은 자유로운 연애와 성적 관계를 정당화하기 위한 방편으로만 의미가 있게 된 것이다. 그렇다면 당시 우리 사회가 받아들이기 원한 것은 여성해방을 통해서 진정한 남녀평등과 인간해방을 이루고자 하는 사회주의 페미니즘이라기보다는 자유연애, 자유결혼, 자유이혼 등 연애를 통해 이루어지는 일련의 통속성과 대중성에 더 무게가 실려 있는 것이 아닌가 추측할 수 있다.

3) 입센과 여성해방론

입센은 1909년 최남선의 글에서 이름이 처음 언급된 후 간간이 소개되다가 1921년 《매일신보》에 양백화가 〈인형의 집〉을 번역한 이후 본격적인 영향을 미치기 시작했다. 주인공 노라는 중산층 가정에서 인형처럼 안주하는 삶에서 깨어나 인간이 되기 위해 집에서 뛰쳐나온다. 서구에서도 이 작품은 불온한 작품으로 평가되어 공연 불가 판정을 받았으며 일본을 통해서 노라를 접한 조선에도 노라의 인간에 대한 자각은 매우 혁신적인 사상으로 받아들여졌다. 노라라는 이름은 하나의 사상으로 형성되어 노라이즘(noraism)이라는 용어를 생산해냈는데 인습에 반항하고 인간으로서의 여성의 지위를 확립하려고 하는 주의를 의미한다. 당시의 여성들은 인간으로서의 자각을 내세우며 인형으로서의 삶을 떨치고 노라가 되어 참된 인간으로서의 자유를 누리는 삶을 구가하기에 이르렀다.

당시 조선에서 입센은 극작가로서보다는 오히려 여성해방사상의 주창자로서 더 이름을 떨쳤다. 그는 이렇게 세계적으로 자신이 여성운동가로 이해되고 있는 상황에 대해서 난색을 표하면서 자신은 극시인에 불과하며 사회학자가 아니고 더욱이나 여성운동에 대해서도 잘 모른다고 했다. 다만 자신은 여성문제를 인간에 관한 묘사의 차원에서 표현하는 것일 뿐이라며 여성에 대한 문제제기가 사회전반에 관한 문제의식의 일환임을 명백히 했다.

그럼에도 불구하고 그의 일련의 희곡들 〈인형의 집〉과 〈유령〉, 〈바다에서 온 여인〉 등이 하나로 묶이어 여성에 대한 강력한 문제의식의 표현으로 수용되었고 이는 당시 여성의 억압적 현실에서 하나의 중요한 시사점을 준다. 엘렌 케이가 이론으로서 도입되고 콜론타이가 지나치게 급진적으로 여겨졌다면 입센은 당시에 수용하기에 적절한 수준에서 작품을 통해 가공된 형태로 수입되었다는 사실은 이 세 명의 이론가가 수용되는 지점을 알려준다. 더욱이나 입센이 세 사람 중에서 유일한 남성이라는 점은 어느 정도 남성들의 수용태도에 영향을 주었을지 모른다.

그러나 이 작품이 당시 일제의 기관지인 《매일신보》에 처음으로 번역 게재되었다는 사실에 주목하고 민족의 존립이 불분명한 상황에서 〈인형의 집〉의 소개가 작가의 의도와는 달리 정치적 목적을 가지고 있다고 보는 견해도 있다. 암흑의 현실 문제를 가정 내부의 문제로, 민족 존립의 문제를 남녀문제로 초점을 흐리게 함으로써 현실을 호도하는 목적을 가지고 있었다는 것이다.

즉 조선의 근대문학사에 있어서 이 작품은 가정 내에서 벌어지는 남녀의 갈등을 보여주는 가정비극에 그치고 마는가 하면 아내의 인격문제 혹은 여성운동으로 주제를 축소시키고 있다는 해석을 통해 일본의 소위 문화정치의 이면을 읽어내고 있다. 이 견해는 여성문제를 제외한 입센의 다른 작품들의 번역이 상당히 많은 시간이 흐른 다음에야 가능해진다는 사실과 연관해볼 때 매우 타당하다. 결국 〈인형의 집〉은 원래 작가의 의도와는 달리 제국주의를 통한 근대화라는 동아시아의 역사적 상황에서 여성문제라는 근대화 문제의 한 지점을 중심으로 의도적인 변용과 수용 양상을 보여주게 된 것이다.

현실에서 입센의 수용을 구체적으로 보여주는 것은 나혜석과 김일엽이다. 나혜석은 〈이상적 부인〉에서 당시 일본 여성운동의 핵심이었던 청탑파의 리더 히라츠카 라이초와 더불어 노라를 이상적 부인으로 들었다. 또한 자신의 삶을 통해서 입센과 노라의 여성해방론을 실천하였고 그 문제점까지도 보여준 인물이었다. 당시 〈인형의 집〉이 번역 소개된 중국에서도 이에 대한 논란이 있었는데 루쉰은 집을 나온 노라에게는 굶어죽거나 타락하거나 집으로 되돌아오는 길이 있을 뿐이라고 하면서 이상보다도 이상을 실현할 수 있는 터전으로서의 경제적 기반의 중요성을 강조한 바 있다.

루쉰은 경제권이야말로 인형이 되지 않기 위한 필요충분조건이라고 지적했고 남녀에게 평등한 분배가 이루어져야 하며 이를 위해서 참정권을 요구할 때보다 더 극렬한 투쟁이 필요하다고 역설했다. 실제로 조선의 노라를 꿈꾸었던 나혜석은 경제적 어려움과 아이들과의 이별에서 기인하는 정서적 불안으로 고통스러워 하다가 끝내는 거리에서 죽어감으로써 루쉰이 지적한 집 나간 노라의 현실을 그대로 보여주었으며 이는 채만식의 소설 〈인형의 집을 나와서〉의 결말과 어느 정도는 일치하는 부분이 있다.

또한 여성의 힘으로 만드는 진정한 여성잡지를 표방하며《신여자》를 창간한 김일엽도 재정적 후원을 해주던 남편과의 이혼으로 더 이상 잡지를 만들지 못하고 4호로 종간하는 것을 볼 때 여성에게 있어 경제적 기반은 이념적 해방보다도 더욱 절실한 것임을 드러낸다. 당대의 대표적 신여성이었던 나혜석과 김일엽의 파란만장한 삶은 노라의 현실적 적용이 지난한 것임을 강력하게 시사한다. 고등교육을 받았으며 활발한 사회활동을 하던 뛰어난 여성들조차 집을 나간 이후의 생이 순탄치 않았는데 일반여성들에게 노라의 현실적 적용은 매우 심각한 어려움을 수반한 것이었다.

결과적으로 이상의 선진적인 페미니스트 외에도 많은 여성들이 노라의 여성해방대열에 합류하였으나 그 이념과 현실의 괴리를 극복하기에는 역부족이었다. 어설픈 여성해방론의 모방은 사회의 비난을 받는 여성을 양산하였고 그들 자신도 명확한 방향을 견지하기에는 어려움이 있었다. 조선의 상황은 〈인형의 집〉이 생산된 구체적 배경인 노르웨이처럼 여성의 인권 곧 남성과 동등한 인격체로서의 인권의 중요성을 자각할 만큼 성숙하지 못했고 히라츠카 라이초의 청탑운동의 왕성한 활동으로 인해 여성운동의 기반을 어느 정도 형성한 일본과도 달랐다.

조선은 겨우 몇 편의 소개글들을 통해 서구의 여성주의사상을 간접적으로 수용하고 있었고 극소수의 선진적 교육의 혜택을 받은 유학생들을 중심으로 좀 더 구체적인 체험이 있는 정도였다. 그 외에 여성해방론이 긍정적으로 수용되고 뿌리를 내리기에는 척박하기 그지없는 불모지로서의 조선은 그들의 사상을 적극적으로 받아들이기에는 무리한 상황일 수밖에 없었다.

입센이 자신이 그리고자 한 것은 여성이 아닌 인간이었다고 한 연설을 유의해본다면 노라는 여성으로서보다는 한 인간으로서 억압적 현실에 저항한 인물이다. 그렇다면 여성이 집을 나간 이후의 삶의 문제를 현실적인 차원에서만 볼 것이 아니라 정신적인 차원으로 가치의 척도를 달리 하여 볼 수도 있다. 나혜석이 노라의 가능성을 보여준다고 할 때 그녀가 삶에서 소중한 모든 것을 잃어버린 후에도 정신적으로 패배하지 않는 정신을 보여주는 것에 의미를 부여할 수 있는 것이다. 남성이 어떠한 결단을 했을 때 정신적 위대함이 있다면 그로써 평가받는 반면 노라에게는 굶어죽거나 창녀가 되는 일밖에 없다는 식의 현실적이고 극단적 기준을 내세우는 것은 남성과 여성의 삶에 대한 가치기준이 상이함을 의미한다. 정신적 위대함의 실천자로서 여성을 평가하는 시각이 당시에도 현재도 없다는 것에 이의를 제기하면서, 억압을 뚫고 반항과 반역을 꿈꾸었던 여성들의 정신적 가치를 진지하게 평가할 시점임을 강조하고자 한다. 그것은 현실적 안주를 버리고 집을 나가야 했던 노라를 통해서 입센이 의도했고 나혜석과 김일엽이 추구하던 가치를 재인식하는 과정이 될 것이다.

3. 이념과 현실의 거리

이시기에 연애가 가진 의미는 오늘날의 연애와는 다른 특수성이 있다. 그것은 신교육의 세례를 받은 자들의 신문명이자 신도덕이었으며 그래서 진보적인 것이었다. 남녀 간의 사적차원의 문제가 아니라 사회적으로 공론화해야 할 공적부분이 분명히 있었다. 그래서 서구의 이론가와 작가들의 연애론은 중요했고 근대문명의 새로운 공적담론 생산의 장인 잡지는 이들의 이론을 소개하고 논쟁을 펼쳤다. 비록 완전한 저서의 번역은 거의 이루어지지 못한 미미한 수준의 소개였고 부분적인 수용방식이었으나 그럼에도 불구하고 사회에 큰 반향을 불러 일으켰다.

엘렌 케이의 경우는 폭넓은 사상 중에서 일부인 연애론이 수용되었으며 자유연애와 연애의 자유라는 기본적 개념 자체도 구별되지 않고 자유연애로 통합 수용되었다. 그녀가 주장한 자유연애가 결국은 모성론으로 귀결된다는 점에서 비교적 큰 비판 없이 긍정적으로 수용되었다. 콜론타이의 경우는 사회주의이념과 함께 수용되면서 한편으로는 계급적이고 진보적인 연애관으로서 긍정적으로 수용되는가 하면, 과격하고 부도덕한 측면이 있는 불온한 연애론으로 비판되기도 했다. 입센의 경우는 연애의 측면을 강조한 것은 아니지만 노라를 통한 여성해방론이 결국은 자유연애로 연결되고 이를 뒷받침한다는 점에서 그리고 당시 세 사람의 여성론이 동시에 소개되고 영향을 미친다는 점에서 함께 고찰되었다. 입센은 작가보다는 여성해방론자로서 강조되었고 노라의 유입은 이 땅의 여성들에게 여성의 인권에 대한 인식을 불러 일으켰다.

이들의 이론은 당시 현실에 구체적으로 연애 열풍을 가져왔고 근대문학에서 연애를 표현하는 데 있어 근거가 되는 등 사회에 많은 영향을 미쳤다. 연애론과 관련한 연구에는 다음과 같은 문제점이 있다.

우선 자료선택의 측면이다. 당시 신문과 잡지의 편집과 필진은 거의 남성들이 주도하고 있었고 여성들에게는 지면이 거의 주어지지 않았다는 사실을 고려할 때 남성들의 글만 가지고는 이들의 사상이 여성을 포함한 당시 사회에 어떠한 영향을 주었는가를 명확하게 알기 어렵다. 여성들이 새로운 사상을 자유연애와 성해방 쪽으로만 받아들였다는 식으로 비난하는 글이 많은 것도 남성의 시각에서 여성들의 변화하는 성의식에 대한 완고한 입장을 드러내고 있는 경우로 볼 수 있다. 여성의 입장을 확실하게 피력하거나 일방적인 남성들의 의견에 반론을 펼칠 장이 마련되지 않은 상황, 남성들만 말을 하고 있는 이 상황이야말로 당시 여성의 억압적 상황을 반증하며 이들의 말이 절대적인 판단의 근거가 될 수 없음을 말해 준다.

언어독점사업은 남성 자신의 우월성을 확실시하려는 성향을 띠면서 여성의 비가시성이나 타자성도 여실히 보여준다. 이러한 우월성은 여성이 남성에게서 물려받은 남성적 언어를 사용하는 동안은 어쩔 수 없이 영속화된다. 이러한 관점은 신여성들이 글쓰기 행위에 열의를 가졌던 것과 지면을 확보하기 위한 잡지간행에 관심을 가졌던 이유를 설명해준다. 나혜석의 글이 당대에 어느 수준이었는가를 가늠하는 기준으로 제시되곤 하는 《학지광》에 글을 실은 유일한 여성'이라는 구절이나 김일엽이 《신여자》에는 '여성들의 글만 싣겠다'고 빈번히 밝히고 있는 것은 남성중심의 권력이 언어와 지면을 독점하였음을 알려준다.

본고에서 사용한 자료들은 당시의 잡지를 중심으로 하고 있어서 거의 남성의 글을 분석대상으로 삼았다는 한계를 안고 있다. 그러나 이러한 지점을 출발점으로 삼고 여성의 글 특히 직접적인 논설이나 비평의 형태가 아닌 문학작품을 통한 이들의 수용양상을 분석해야 한다. 김명순, 나혜석, 김일엽 등 1세대 여성작가들은 이들의 영향을 많이 받고 있으며 그것을 작품을 통해 표현하고 있다.

당시의 잡지와 신문에서 남성들이 주로 논설을 통해 주장을 펼치는 반면 여성은 문학작품뿐 아니라 수기, 좌담회, 고백문, 편지글 등 다양한 형식의 글쓰기를 보여준다. 그들은 억압적인 남성중심적 사회에서 직접적인 언술보다는 화자의 목소리를 가린 간접적 언술행위를 선호했다. 자신의 이야기를 어디서 들은 이야기인 양 말한다든지 제3의 인물의 고백체형식을 빌어 언술하는 행위가 그것이다. 그러므로 당사자인 여성들이 이 이론가들을 어떻게 수용했는지 알기 위해서 논설이 아닌 다른 형식의 글을 분석해야 할 것이다.

다음은 이념과 현실 사이의 거리문제이다. 노자영은 엘렌 케이를 소개한 지 2년 뒤인 1923년 연애서간집『사랑의 불꽃』을 출간하여 20년대 최고의 베스트셀러로서 명성을 날렸다. 그는 당시 가공인물인 미국 선교사의 이름을 내세워 이 책을 기획 출간하였다고 한다. 엘렌 케이를 비교적 객관적으로 소개했으면서도 정작 그의 사상을 배경으로 한 대중적인 책을 내면서 가명을 사용했다는 것은 당시 남성작가의 연애론 수용에 있어서 이념과 현실의 거리를 잘 보여주는 예라고 할 수 있다.

이렇게 남성과 여성의 거리, 이념과 현실의 거리, 논설과 작품의 거리, 사상과 실천의 거리, 상황의 당위와 현실의 거리 등 대조적인 항목들을 비교 분석함으로써 당시 조선에 밀어 닥친 새로운 사상의 수용양상을 온전하게 알 수 있을 것이다.

[인용출처]

1부

1장. 최초의 여성화가 나혜석의 탈주욕망과 헤테로토피아

1) 이수안, 「서울 도심의 공간 표상에 대한 젠더문화론적 독해」, 이화인문과학원 편, 『경계짓기와 젠더의식의 형성』, 이화여대출판부, 2010, 260면.
2) 배정희, 「카프카와 혼종공간의 내러티브」, 『카프카연구』 22집, 2009, 44면.
3) 정병언, 「저항적 여성공간으로서의 헤테로토피아」, 『현대영미희곡』 20권 3호, 2007, 133-134면.
4) 김현미, 「페미니스트 지리학」, 『여/성이론』 19호, 여이연, 2008.
5) 나병철, 「근대문학의 기원과 주체의 계보학」, 『현대문학이론연구』 15권, 2001. 106면.
6) 이진경, 『근대적주거공간의 탄생』, 소명출판, 2000, 13면.
7) 김애령, 「이방인의 언어와 환대의 윤리」, 이화인문과학원 편, 『젠더와 탈경계의 지형』, 이화여대출판부, 2009, 49면.
8) 이진경 편, 『문화정치학의 영토들』, 그린비, 2007, 238면.
9) 오태영, 「'조선' 로컬리티와 (탈)식민 상상력」, 『사이(間)SAI』, 4호, 242-244면.
10) 김수환, 「경계 개념에 대한 문화기호학적 접근」, 이화인문과학원 편, 『지구지역시대의 문화경계』, 이화여대 출판부, 2009, 278면.

3장. 나혜석의 남편으로 산다는 것

1) 이송희, 「양한나의 삶과 활동에 관한 일 고찰」, 『여성연구논집』 13집, 신라대학교 여성문제연구소, 2002, 7-21면.

4장. 이혼 전후, 여성의 세 가지 권리를 주장하다

1) 노명숙, 김순옥, 「1990년 개정가족법 이후의 판례에 나타난 이혼효과」, 『한국가족관계학회지』 5권 1호, 2000, 95면.
2) 박복순 외, 「여성, 가족 관련 판례에 대한 성인지적 분석 및 입법과제 II-가족 관련 판례」, 『연구보고서』, 한국여성정책연구원, 2013, 1면.
3) 소현숙, 「생존과 자존의 길 찾기-1920-30년대 여성 이혼과 빈곤문제」, 『여성문학연구』, 32호, 2014, 103면.

4) 윤범모, 「나혜석 미술세계의 연구쟁점과 과제」, 『나혜석연구』, 1(1), 2012, 62면.

5) 노명숙, 김순옥, 앞의 글, 100-101면.

6) 노영숙, 김순옥, 앞의 글, 108면.

7) 성주현, 「나혜석과 최린」, 『나혜석 한국 문화사를 거닐다』, 푸른사상, 2015, 429면.

8) 이용창, 「나혜석과 최린, 파리의 자유인」, 『나혜석 연구』 2집, 2013, 99면.

9) 「정조료 일천 원」, 『매일신보』, 1916.6.9. 소현숙, 『이혼법정에 선 식민지 조선 여성들』, 역사비평사, 359면에서 재인용. 이 장에서 언급한 소송 사례들은 소현숙의 책에서 인용한 것이다, 2017.

10) 소현숙, 「정조유린 담론의 역설」, 『역사문제연구』, 28집, 역사문제연구소, 2012, 201면.

11) 소현숙, 앞의 책, 372면.

12) 〈여학교를 졸업한 제매에게〉, 「부인」 12호, 1923.6. 이상경, 「새로 찾은 나혜석의 글」, 『나혜석연구』, 5호, 152면에서 재인용, 2014.

13) 소현숙, 「정조유린담론의 역설」, 『역사문제연구』, 28권, 역사문제연구소, 2012, 206면.

14) 이효원, 「성적 자기결정권에 대한 헌법재판소의 결정 분석」, 『형사법의 신동향』, 통권 34호, 2012.3, 328-346면.

15) 헌재 2002.10.31. 선고 99헌바40, 2002헌바50 병합결정, 「판례집」 제14권 2집, 397면. 이호중, 「성형법 담론에서 섹슈얼리티의 논의지형과 한계」, 『형사정책』, 제23권 제1호, 340-341면, 2011.6.

2부

2장. 최초의 여성 극작가 김명순, 저항하는 쓰기의 주체

1) 서정자, 남은혜 공편, 『김명순 문학전집』, 푸른사상, 2010, 788면.

2) 이진경, 『문화정치학의 영토들』, 그린비, 2011, 205-207면.

3) 태혜숙, 『한국의 식민지 근대와 여성공간』, 여이연, 2004, 114면.

4) 정병언, 앞의 글, 133-134면.

5) 태혜숙, 앞의 책, 31면.

6) 문지희, 「자연적 민족문학과 헤테로토피아의 공간」, 『세계문학비교연구』 38집, 2012. 봄호, 306면.

7) 양경언, 「쓰기-주체'되기'의 정치성」, 『여성문학연구』 36호, 2015, 149면.

8) 윤보라 외, 『여성혐오가 어쨌다구』, 현실문화연구, 2015, 16면.

4장. 윤심덕의 〈사의 찬미〉와 장르별 스토리텔링

1) 김평수, 『문화산업의 기초이론』, 커뮤니케이션북스, 2014, 36면.

2) 서성은, 「트랜스미디어 스토리텔링의 캐릭터 구축 전략 연구」, 『인문콘텐츠』 51호, 2018, 72면.

3) 양근애, 「역사드라마의 스토리텔링 전략과 반향」, 『한국극예술연구』 56집, 2017, 221면.

4) 김기봉, 『히스토리아, 쿠오바디스』, 서해문집, 2016, 198-199면.

5) 박기수, 「One Source Multi Use 활성화를 위한 문화콘텐츠 스토리텔링전환 연구」, 『한국언어문화』 44집, 2011, 165-167면.

6) 이승환, 「식민지 근대의 영화적 재현을 통한 한국사회의 인식」, 『영화연구』 41호, 한국영화학회, 2009, 111면.

7) 이준식, 「일제강점기 치정사건의 사회사」, 『나혜석 연구』 6호, 2015, 65면.

8) 박해령, 「윤대성 희곡연구」, 『한국극예술연구』 7집, 1997, 298면.

9) 앨리슨 버틀러, 김선아 조혜영 역, 『여성영화』, 커뮤니케이션북스, 2011, 6-7면.

10) 권정희, 「현진건의 〈그림은 흘긴 눈〉과 '정사'」, 『한국문학이론과 비평』 제76집, 2017, 229면.

5장. 서구 연애론의 유입과 연애의 시대

1) 권보드래, 『연애의 시대』, 현실문화연구, 2003, 92면.

2) 정선태, 『심연을 탐사하는 고래의 눈』, 소명출판, 2003, 136면.

3) 권보드래, 앞의 책, 8면.

[참고문헌]

· 강성희, 「철쇄」, 『흰꽃마을』, 범우사, 1986.

· 강성희, 『강성희 희곡집 II 역광』, 한누리미디어, 1996.

· 권보드래, 『연애의 시대』, 현실문화연구, 2003.

· 김 진, 『그땐 그 길이 왜 그리 좁았던고』, 해누리, 2009.

· 김경수, 『페미니즘과 문학비평』, 고려원, 1994.

· 김기봉, 『히스토리아, 쿠오바디스』, 서해문집, 2016.

· 김동진, 『1923 경성을 뒤흔든 사람들』, 서해문집, 2010.

· 김미지, 『누가 하이카라 여성을 데리고 사누』. 살림, 2005.

· 김성희, 『연극의 세계』, 태학사, 1996.

· 김우영, 『민족공동생활과 도의』, 신생공론사, 1957.

· 김우영, 『회고』, 신생공론사, 1954.

· 김평수, 『문화산업의 기초이론』, 커뮤니케이션북스, 2014.

· 나영균, 『일제시대 우리 가족은, 황소자리, 2003.

· 마이클 티어노, 김윤철 역, 『스토리텔링의 비밀』, 아우라, 2008.

· 맹문재 편, 『김명순 전집』, 현대문학, 2009.

· 민족문제연구소, 『친일인명사전』 1권, 민연, 2009.

· 서연호 · 홍창수 편, 『김우진전집』 2, 연극과 인간, 2000.

· 서정자 편, 『원본 나혜석 전집』, 푸른사상, 2013.

· 서정자 편, 『정월 라혜석 전집』, 국학자료원, 2001.

· 서정자 · 남은혜 공편, 『김명순 문학전집』, 푸른사상, 2010.

· 소현숙, 『이혼법정에 선 식민지 조선 여성들』, 역사비평사, 2017.

· 신우선, 『민법총론』, 고려대학교 출판부, 2017.

· 아스무트, 송전 역, 『드라마 분석론』, 서문당, 2000.

· 앨리슨 버틀러, 김선아 조혜영 역, 『여성영화』, 커뮤니케이션북스, 2011.

· 에드먼드 윌슨, 채윤미 역, 『연극의 이해』, 예니, 1999.

· 영화진흥공사 편, 『한국시나리오선집』 9권, 집문당, 1993.

· 위베르스펠트, 신현숙 역, 『연극기호학』, 문학과 지성사, 1988.

· 유민영, 『한국현대희곡사』, 홍성사, 1982.

· 유민영, 『윤심덕:현해탄에 핀 석죽화』, 안암문화사, 1984.

· 유민영, 『한국현대희곡사』, 홍성사, 1982.

· 유민영, 『비운의 선구자 윤심덕과 김우진』, 새문사, 2009.

· 유지나 외, 『멜로드라마란 무엇인가』, 민음사, 1999.

· 유진월, 『파리의 그 여자, 나혜석』, 평민사, 2019.

· 유진월, 『김일엽의 〈신여자〉 연구』, 푸른사상, 2006.

· 유진월, 『불꽃의 여자 나혜석』, 평민사, 2003.

· 유진월, 『한국희곡과 여성주의비평』, 집문당, 1996.

· 윤대성, 『윤대성 희곡전집』 1권, 평민사, 2004.

· 윤범모 외 공편, 『나혜석, 한국 근대사를 거닐다』, 푸른사상, 2011.

· 윤범모, 『화가 나혜석』, 현암사, 2005.

· 이상경 편, 『나혜석 전집』, 태학사, 2000.

· 이상경, 『인간으로 살고 싶다』, 한길사, 2002.

· 이상경, 『한국근대여성문학사론』, 소명출판, 2002.

· 이진경, 『문화정치학의 영토들』, 그린비, 2011.

· 이화형 외, 『한국근대여성들의 일상문화』 1-9권, 국학자료원, 2004.5.18.

· 임영호(편역), 『스튜어트 홀의 문화이론』, 한나래, 2008.

· 정규웅, 『나혜석 평전』, 중앙 M&B, 2003.

· 정선태, 『심연을 탐사하는 고래의 눈』, 소명출판, 2003.

· 최동호 외 공편, 『나혜석, 한국 문화사를 거닐다』, 푸른사상, 2015.

· 태혜숙, 『한국의 식민지 근대와 여성공간』, 여이연, 2004.

· 푸코, 이규현 역, 『말과 사물』, 민음사, 2012.

· 푸코, 이규헌(역), 『성의 역사1』, 나남출판, 1997.

· 한국연극협회 편, 『한국희곡문학대계』 1권, 1976.

신여성을 스토리텔링하다

나혜석/김일엽/김명순/윤심덕

초판 1쇄 인쇄일   2021년 3월 26일
초판 1쇄 발행일   2021년 3월 31일

지 은 이   유진월
만 든 이   이정옥
만 든 곳   평민사
            서울시 은평구 수색로 340 〈202호〉
            전화 : 02) 375-8571
            팩스 : 02) 375-8573
            http://blog.naver.com/pyung1976
            이메일   pyung1976@naver.com
등록번호   25100-2015-000102호
ISBN   978-89-7115-778-7   03800
정   가   18,000원